族ですが前世の記憶が
のでひよこな弟育てます

V

やしろ

TOブックス

contents

イラスト　keepout
デザイン　團 夢見（imagejack）

story

前世の記憶が生えたことで鳳蝶は、弟レグルスを本邸に住まわせ教育を受け持つことに。神々や大人たちに助けられながら、豊かな地を弟に譲るため、産業を興す会社 Effet・Papillon を設立したり、領地の軍権を掌握したりと、荒れた領地をコツコツと改革中。

characters

菊乃井伯爵家

レグルス

鳳蝶の母親違いの弟。五歳。好きなものは、にぃに。母方の実家で育てられたが、実母が病死。現在は、菊乃井家で鳳蝶の庇護の下で暮らしている。

鳳蝶《あげは》

主人公。麒凰帝国の菊乃井伯爵家の嫡男。七歳。前世の記憶から料理・裁縫が得意。成長したレグルスに殺される未来の映像を見るも、その将来を受け入れている。

宇都宮アリス

メイド。レグルスのお守役として菊乃井家にやってきた少女。

ロッテンマイヤー

メイド長。鳳蝶の乳母的な存在。愛情深いが、使用人の立場をわきまえて鳳蝶には事務的に接している。

鳳蝶の父

(名前不明)

菊乃井伯爵家の現当主だが、菊乃井家本宅には寄り付かない。レグルスの養育費を捻出するため、事業経営の道を模索中。

鳳蝶の母

(名前不明)

菊乃井伯爵家夫人であるが、従僕を連れ別邸住まい。

菊乃井家を取り巻く顔ぶれ

奏

菊乃井家の庭師・源三の孫。この世界においては、鳳蝶の唯一の親友。

アレクセイ・ロマノフ

鳳蝶の家庭教師。長命のエルフ族。帝国認定英雄で元冒険家。鳳蝶に興味を惹かれ、教師を引き受けている。

百《ひゃっ》華《か》

大地の神にして、花と緑と癒しと豊穣を司る女神。六柱の神々の一人。鳳蝶の歌声を気に入り、兄弟を目にかけている。

氷《ひょう》輪《りん》

月の神にして夜と眠り、死と再生を司る神。六柱の神々の一人。鳳蝶の語るミュージカルに興味を持っている。

ヴィクトル・ショスタコーヴィッチ

麒凰帝国の宮廷音楽家。エルフ族。アレクセイの元冒険者仲間。鳳蝶の専属音楽教師。

イラリオーン・ルビンスキー（イラリヤ・ルビンスカヤ）

通称ラーラ。エルフ族。男装の麗人。アレクセイ、ヴィクトルとは元冒険者仲間。

ロスマリウス

魔術と学問と海の神。六柱の神々のうちの一人。鳳蝶を一族に迎え入れようと画策中。

イゴール

空の神にして技術と医薬、風と商業を司る神。六柱の神々の一人。鳳蝶に興味津々。

菊乃井家を取り巻く顔ぶれ

艶陽《えんよう》・・・太陽神にして朝と昼、生命と誕生を司る神。六柱の神々のうちの一人。妖精馬《ケルピー》を欲しがっている。

源三《げんぞう》・・・菊乃井家の庭師。元凄腕の冒険者。

紡《つむぐ》・・・奏の弟で、源三の孫。

ヨーゼフ・・・菊乃井家の動物の飼育係。

ござる丸・・・鳳蝶の魔力を受けて歩けるようになったマンドラゴラ(大根)。

タラちゃん・・・氷輪が鳳蝶に与えた蜘蛛《くも》のモンスター。

ポニ子・・・菊乃井家のポニー。

颯《はやて》・・・妖精馬《ケルピー》。ポニ子の旦那(仮免《かりめん》)。

グラニ・・・ポニ子と颯の間に生まれた子ども馬。

アンジェラ(アンジェ)・・・隣国の元孤児。菊乃井家でメイド修行中。

シエル・・・アンジェラの姉。菊乃井少女合唱団で練習中。

ソーフィヤ・ロマノヴァ(ソーニャ)・・・アレクセイ・ロマノフの母親。

ルイ・アントワーヌ・ド・サン=ジュスト(ルイ)・・・隣国の元財務省官。現在は菊乃井家の代官。

エリック・ミケルセン・・・隣国の元官史。現在は菊乃井少女合唱団の経理。

ユウリ・ニナガワ・・・異世界からきた元役者。現在は菊乃井少女合唱団の演出。

晴《はる》・・・「蒼穹《そうきゅう》のサンダーバード」という二つ名を持つ冒険者。

バーバリアン

獣人国出身のジャヤンタ、カマラ、ウパトラの冒険者3人組。

エストレージャ

鳳蝶に忠誠を誓ったロミオ、ティボルト、マキューシオの冒険者3人組。

菊乃井少女合唱団『ラ・ピュセル』

凛花《りんか》、シュネー、リュンヌ、ステラ、美空《みそら》のアイドル5人組。

時には昔の話を……


アレクセイ・ロマノフには妻帯歴はない。

しかしながら、彼には息子が一人いた。

過去形なのは、その息子・レオニードが既に鬼籍《きせき》に入って久しく、最早《もはや》息子がいたことすら人々の記憶から失せて久しいから。

レオニードはアレクセイ・ロマノフの血を分けた実子ではなく、ダンジョンの中で拾った人間の子どもだった。

アレクセイ・ロマノフは、子に先立たれる親の辛さを知る数少ないエルフの一人である。

しかし、幸運なことにレオニードはエルフからすれば非常に短命でも、人間としては長生きした方で、妻もいたし、息子も娘も、孫もひ孫も抱くことが出来た。

だが残念なことに、そのレオニードの子孫は流行り病や飢饉《ききん》で数を減らして、遂には口減らしで売られたアーデルハイドという娘だけになってしまった。

「そのアーデルハイドが、そなたの守り役のロッテンマイヤーとな？」

「はい。もうビックリしました！」

「なんとまあ、芝居の様ではないかえ……」

姫君がヒラヒラと薄絹《うすぎぬ》の団扇《うちわ》を翻《ひるがえ》して、大きな息を吐かれる。

なんと私こと菊乃井伯爵家嫡男・鳳蝶《あげは》の守り役であるアーデルハイド・ロッテンマイヤー……私はロッテンマイヤーさんって呼んでるけど、彼女は帝国認定英雄のエルフで私のカテキョのアレクセイ・ロマノフ先生の遠い孫だったんだよ。

帝都に住んでたロマノフ先生のお母様のソーフィヤ・ロマノヴァさんが訪ねていらして、それが判った。

姫君が探しておられた妖精馬《ケルピー》がうちのポニーのポニ子さんのお婿さんで、その調教を請け負うことになったことも奇縁だけど、そんな繋がりがロッテンマイヤーさんとロマノフ先生との間にあったなんて。

まったく、事実は小説よりも奇なり。

ロッテンマイヤーさんがまさか血は繋がらないけど、ロマノフ先生の家族だったとは。

ロッテンマイヤーさんが持っていたロマノフ先生との伝手《つて》って、そういう事だったのね。

でも元を辿ると、って言うか、ロッテンマイヤーさんが祖母から聞いた話として教えてくれたことには、そもそもソーニャさんが菊乃井を助けてくれた事を、祖母はずっと恩義に思っていて、何か恩を返す手段を考えてソーニャさんの喜びそうなことを調べていたら、ロマノフ先生の血の繋がらない息子・レーニャさんのことが出てきたらしい。

それでレーニャさんの家族がどうしてるのかを探ったら、ロッテンマイヤーさんが口減らしに売られかけていて、祖母がへそくりをはたいてロッテンマイヤーさんを買ったと言うか保護したんだそうな。

それで直接自分がソーニャさんにロッテンマイヤーさんを保護した事を伝えると、恩返しに何か出来ないか探っていたのがバレてしまうので、祖母はロマノフ先生にロッテンマイヤーさんから手紙を差し上げるようにしたとか。

因みに、祖母的にはロッテンマイヤーさんを保護したのは直接ソーニャさんのためになるとは言えないから、恩返しとしてはカウントしないと言っていたそうだ。

ラ・ピュセルのお嬢さん方のご家族に、彼女達の無事を報《しら》せるのをさっくりやってくれたのは、この辺りの経験が活きたのだろう。

人の繋がりって本当に凄《すご》い。

「ふむ、しかし、この地を救ったはエルフのみではなく、その友人もであろう？　それはどうしたのじゃ？」「ああ、それは……。ご友人のお弟子さんが、大怪我をして冒険者を引退することになって物凄く荒んでいたのを、引き取って庭師に転向させた……と、ロッテンマイヤーから聞きました」

ロッテンマイヤーさんのお話だと、ソーニャさんのご友人さんと祖母は文通していて、何かの折りにお弟子さんの話になったそうで。

ご友人さんの手紙には、お弟子さんがどこかの辺境で怪我をして、もう冒険者としてはやっていけないからと荒れているらしいとあったから、その地まで行ってお弟子さんを説得して菊乃井に連れて帰ってきたそうだ。

これ、もしかしなくても源三さんのことだよね。

言葉は悪いけどロッテンマイヤーさんのことを上手く使えば、その当時もう英雄だったロマノフ先生はきっと祖母の後ろ楯になってくれただろう。

それをしなかったのは、祖母の中でロッテンマイヤーさんを引き取ったことは、本当になんの恩返しにもならない事柄で、寧《むし》ろ自分の頼れる右腕を手に入れてお釣りをもらった感覚だったから。

私と祖母は考え方や性格が似てるらしいから、これは間違ってないだろう。

源三さんはロマノフ先生と面識はなかったし、ロッテンマイヤーさんもあえて自分の話をするタイプじゃないもん。

祖母は菊乃井のことは菊乃井の中で、つまり自分と自分に賛同してくれる人達の力で何とかしたかったに違いない。

私もそうだけど、祖母も妙なところで意地っ張りだったのだ。

だから人材を育て、自分の次、正確には次の次に当たる私に託したかったんだろうけども、それを破綻させたのが私の性根の悪さと、両親の予想外の駄目っぷりだった……と。

いや、まだだ。

私はすんでの所で踏み止まれた。

なら菊乃井だって。

ぐっと手を握ると、「ひよこ、兄の頬を摘《つま》んでやれ」と姫君様の声がぼんやりと聞こえて、むきゅっと軽く頬を摘まれる。

はっとすると、レグルスくんが困った顔で私の頬を摘んでいた。

「そなた、学問を敷《し》くのは人間が元々本能が先んじる生き物じゃが、それを学ぶことで性根の良い者に育てるためであろうが。そなたは親から最低限の教えも与えられなかったのじゃろ？　性根が悪くて当然ではないか。それを恥じるより、これから何を学び、どの様にそれを活かし、何をなすかではないのかえ？」

そうだった。

今しなくちゃいけないのは、過去を振り返って歯ぎしりすることじゃなく、見えている未来を何とかすることだ。

短く「はい」と答えると、姫君はにっと口の端を上げられる。

そしてレグルスくんと手を繋いでいる反対側を、団扇で指した。

そっちの手には、大人しく控えている妖精馬の手綱が握られている。

その姿は最初にポニ子さんの厩舎《うまや》に現れた時の、ばん馬のような姿で。

もうね、控えている姿だけ見たら立派で、そりゃあ太陽の女神である艶陽《えんよう》公主様が欲するだけはあるとは思うんだけど、実際の所はちょっと前まで人間に囲まれただけで気絶するほど小心者だったんだよね。

「……堂々としたものじゃな」

「はい。昨日、最終確認のため走っている姿を見ましたが、見事な駿馬と確信しております。名前もお付けいただければ」

「うむ。馬具の方も、昨夜氷輪がそなたから預かった敷物と飾りをイゴールに渡しておる故、今頃仕上がって艶陽の元に届いておろう」

「ありがとう存じます」

「ありがとーぞんじます」

レグルスくんと二人でお辞儀すると、妖精馬にも何の話をしているのか解ったのか小さく鳴いて、頭を下げた。

今着けている手綱はヨーゼフのお手製で、天上に行けばイゴール様が作った物と取り替えられる。けれどイゴール様の手綱に付く飾りにも敷物にも、ポニ子さんとグラニの毛が少しずつ混じっているから、妖精馬は一人じゃない。家族と一緒だ。

持っていた手綱を姫君に差し出すと、手のひらから姫君の方へと持ち手が飛んでいく。

ヒラヒラとゆっくりと姫君の差し出した団扇の上に着地すると、それに引かれてトコトコと妖精馬が姫君の御前へと歩み出た。

そして恭順の意を示すように恭しく頭を下げる。

「では、預かるぞ」

「はい。万事姫君様にお任せ致します」

「うむ、悪いようにはせぬ」

姫君の唇が「ではの」と刻むのに、少し遅れて馬が嘶《いなな》く。

そして姫君から発せられた光が妖精馬も包むと、一瞬目も眩《くら》むほど輝いて、後には姫君を慕う季節外れの花が揺れるだけだった。

後は妖精馬を信じよう。

彼が天に行くまでの毎日、微々たる物にしかならないだろうけど、ござる丸の葉っぱに普通の二倍くらいの魔力を込めて育てたのを食べさせておいた。

艶陽公主様の怒りに触れても、耐えて即死でなくば姫君が癒してくれるだろう。素早ければ雷も避けうるかもだし。

イゴール様にお渡しした敷物や飾りにも、これでもかってくらい防御力や素早さを底上げする付与魔術を付けてる。

普段なら賑やかにお話しながら歩くレグルスくんも、今日は言葉少なに固く繋いでいる手を握り返して歩くだけ。


玄関まで辿り着いて開けた扉の向こうには、ロッテンマイヤーさんと宇都宮さんが待っていた。

普段通り迎え入れられると、お客様が来ているからか、手を洗うとリビングへ。

客間の扉を開けて中に入ると、三人がけのソファにソーニャさんが一人で座り、向かい合うもう一つの三人がけのソファにロマノフ先生を真ん中に挟んで左にヴィクトルさん、右にラーラさんで座っているのが見えた。

何だか心なし、三人がそわそわしているような気がしないでもない。

リビングに入ってきた私とレグルスくんに気がついたのか、ソーニャさんがニコニコと手招きする。

人見知りがおさまったレグルスくんが、ぴよぴよとソーニャさんに近付くので、私も歩いて行くと、先生方三人があわあわとした様子を見せた。

「もー、あっちゃん、れーちゃん聞いてー？　このどら息子達、折角来たのにもう帰れって言うのよ！」

「え？　なんでですか⁉」

驚いて先生方を見ると、凄く顔がひきつっている。

なんでだろ？

私に「ひどい！」と泣きついてくるソーニャさんに対して、エルフ三先生の顔は何処となく固い。

なんでか尋ねる前に、ロマノフ先生がへの字に引き結んでいた口を開く。

「お店を閉めてまでやってくるなんて……」

「だって、三人とも揃ってるって中々ないじゃないの」

「会いたいって連絡くれたら、僕達の方で訪ねて行くよ？」

「そうだよ、ボクらの方から出向くのに……」

「来たかったんだもん！」

眉を八の字に下げたヴィクトルさんやラーラさんに、ぷいっとそっぽを向くとソーニャさんはほっぺを膨らませる。

三人とソーニャさんの外見年齢がそんなに変わらないせいか、なんか姉弟喧嘩してるみたいで、私とレグルスくんは顔を見合せた。

レグルスくんがこてんと首を傾ける。

「にぃに、ソーニャばぁばとなんでおともだち？」

「レグルスくん、ばぁばは止めようね」

「なんでぇ？　ばぁばでいいっていったよぉ？」

「レグルスくんにはソーニャさんがお婆さんに見えるの？」

「ぜんぜんみえない。でもばぁばってよんでほしいっていったもん。だからばぁばなの」

「あー……そうか。うん、じゃあ、レグルスくんはばぁばでいいよ」

素直なのはレグルスくんの美徳だもんね。

私がばぁばと呼べないのとは、また違うことだもん。

それはそれとして、エルフのお耳は地獄耳らしいから、この会話もソーニャさんや先生方には丸聞こえなんだろう。

なんか四人ともこっち見てるし。

顔をそちらに向けると、小さなお手々で両頬を包まれ、レグルスくんの方に向き直らされた。

「にぃに、なんでソーニャばぁばとおともだち？」

「それはね、ラーラさんからもらった刺繍のご本を通して、ソーニャさんとお話出来たからだよ」

「そうなの？」

目を真ん丸にしたレグルスくんが「ソーニャばぁばすごいねぇ！」と、きゃっきゃすると、こちらを見ていた四組の視線がそれぞれ違う場所に移動する。

ソーニャさんはニコニコと正面の三人を見ていて、ロマノフ先生達はジト目でソーニャさんを見ていて。

ヴィクトルさんがガシガシと長い髪を乱す。

「遠距離通話魔術、完成しちゃったのか……！」

「しちゃったのかってなんなの、ヴィーチェニカ。おばさん頑張ったんだから！」

「頑張りすぎだし。それ、うちの両親に教えたりしてないよね？」

「はっ⁉　ボクのところには⁉」

「えー……どうかしらねぇ？」

ヴィクトルさんの言葉にラーラさんが色めき立ったけど、ソーニャさんに軽くあしらわれて、二人とも苦虫を噛み潰したような顔をしている。

私から見たら充分大人な先生方も、もっと大人なご両親には弱いんだな。

面白いなぁ。

レグルスくんもそう思ったのか、私のお膝の上にやって来て面白そうな顔で四人のやり取りを見ている。

私もなんかニヤニヤして来ちゃった。

それを見られたようで、ロマノフ先生が咳払いを一つ。

「兎に角、私達の顔は見たんだから、直ぐに帝都に戻って下さい」

「いーやーよ！　貴方達やあっちゃんやれーちゃんのお顔は見たけど、かなちゃんのお顔はまだだもん！」

「じゃあ、かなたんのお顔見たら直ぐに帰るんだね？」

「なんでそんなに追い返そうとするの！」

「なんでって……」

眠れっ面のソーニャさんに、ラーラさんが困ったように肩をすくめる。

私が口出しすることじゃない気もするけど、一日くらい泊まっていかれては……とも思う。

さて、どうしたもんかな？

そう思っていると、私のお膝から降りたレグルスくんが、ソーニャさんのお膝に移る。

「レ、レグルスくん!?」

「ソーニャばぁば、おみせはいちにちも、やすんじゃだめなの？」

「うぅん、そんなことないわ。留守にするけどご用がある時は連絡出来るように使い魔を置いてきたし、お店のお隣の人にもよろしくお願いしてきたもの」

「じゃあ、おとまりする？　にぃに、だめ？」

「いや、駄目じゃないよ。うちがダメでも代官屋敷の客室が使える筈だから……」

私の座っているソファの後ろに控えているロッテンマイヤーさんを振り返ると、深々と頭を下げて「客間は整って御座います」と返してくれた。

じゃあ、別に一泊くらい大丈夫なんじゃないの？

ロマノフ先生は去年の暮れに会ったきりっていうし、ロッテンマイヤーさんとは初めてみたいだもん。親子や家族水入らずで話したいこともあるだろうし。

そう思ってハッとした。

もしかして先生達は親子関係に問題のある私とレグルスくんに気を使って、ソーニャさんを早く帰そうとしてるんじゃ……？

それはいけない。

私は表情を引き締めると、ソーニャさんに頭を下げた。

「気が利かなくて申し訳ありません。先生達が頑ななのは、私に気を遣って下さるからです。きっと私と両親の関係が悪いのに、ソーニャさんとの再会を喜ぶなんて無神経だと思われて……！」

そうだよね。

教え子が両親と仲が悪いのに解ってて、身内できゃっきゃするなんて先生達には出来ないはずだ。

こう言うことは、普段からお世話になってる私の側で気が付かなきゃいけないことなのに。

「大丈夫です、先生方。私、解ってますから！　どうぞ、今日はご家族水入らずで過ごされて下さい。ロッテンマイヤーさんもお仕事を少しおやすみしても良いですからね！　私とレグルスくんとエリーゼと宇都宮さん達で、出来ることはしますし」

「ね！」とレグルスくんに目を向けると、レグルスくんも「はい！」と、元気に手を挙げて返事してくれる。

するとロッテンマイヤーさんの更に後ろに控えていたエリーゼと宇都宮さんが「お任せ下さいませ！」と揃って頷いてくれた。

しかし、ロッテンマイヤーさんは静かに首を横にふる。

「若様のお気持ちはとても嬉しゅう御座いますが、私は出来れば普段通りの私を大祖母様にお見せしたく存じます。私がどうやって生きてきたかは、普段の働きにこそ現れると思いますので」

「そうね、私もいつも通りのハイジちゃんでいてほしいわ」

うっすらと唇に笑みを帯びるロッテンマイヤーさんは、いつもと同じく背筋が伸びているし、それをソーニャさんに見せたいという。

ソーニャさんも普段のロッテンマイヤーさんを見たいなら、私に異存はない。

それならお家のことはいつも通り、ロッテンマイヤーさんに任せよう。

「ソーニャさんとお話ししたかったら、その時はいつでも休憩してね？」

「ありがとうございます」

美しいお辞儀を披露するロッテンマイヤーさんに、ソーニャさんはニコニコだ。

翻って先生方を見ると、ロマノフ先生が眉間にシワを寄せて大きなため息を吐く。

「違うんですよ、鳳蝶君。君が私達やその人を思いやってくれるのはとても嬉しいけれど、その人には大事な使命があるんです」

「使命……ですか？」

仰々《ぎょうぎょう》しい言葉にきょとんとすると、ロマノフ先生もヴィクトルさんもラーラさんも重々しく頷く。

それにソーニャさんが僅《わず》かに視線をそらした。

麒凰《きおう》帝国とエルフの郷《さと》は、対等な同盟関係にある。

それは何でかっていうと、麒凰帝国初代皇帝の友人にエルフがいたからだそうで、初代皇帝の親友の辺境伯にならってそのエルフが臣下の礼を執ろうとしたところ「アイツにも臣下の礼を執られて傷心の俺に、お前まで追い討ちをかけるのか！」と泣かれてしまい、結局臣下の礼を皇帝に受け入れてもらえなかったことに由来するそうな。

エルフは麒凰帝国の友、そういうことらしい。

表向きは。

「表向きは……ってことは、何か他に大人の事情があるんですね？」

「そうねぇ、初代皇帝陛下とエルフの友人には何もなくても、周りにはあったみたいねぇ」

コロコロと鈴を転がすように、ソーニャさんは軽やかに笑う。

その話とソーニャさんのお店がどう関係するのかってのが肝心なとこだけど、要するにソーニャさんのお店はエルフの郷の大使館のようなもので、ソーニャさんは駐在員みたいなものなのだとか。

そんな大事なお役目を任されるソーニャさんは何者なんだろう。

英雄のお母さんってだけじゃないよね。

もしかして、初代皇帝陛下のお友達だったのかしら？

視線だけで先生方に問いかけると、ソーニャさん本人が否定系に顔を動かした。

「私はエルフの郷の先々代の長《おさ》の娘だから、あのお店を任されてるのよ。人間のことも好きだしね」

「え？　じゃあ、初代の皇帝陛下のご親友様は先々代の長様ですか？」

「いいえ。それはまた別の人」

なのね。

つまり、先生方が頑なに早く帰るようにソーニャさんに言ってたのは、大事な使命があったから

なんちゅう壮大な話なんだろう。

「ははぁ……」

早とちりして「解ってますから！」なんて胸張ったりして、超恥ずかしいんですけど！

内心で悶絶《もんぜつ》していると、やわやわと柔らかな手で頭を撫でられた。

ソーニャさんの手は、ロッテンマイヤーさんとはまた違う柔らかさがある。

「本当にあっちゃんは稀世《きよ》ちゃんそっくりねぇ。会いに来て良かったわ」

「そうですか？」

「外見も中身もそっくりみたいで、ばぁば嬉しいわ」

私は祖母に会ったことないけど、ロッテンマイヤーさんは頷くし、外見はちょっと違う気もする

けど、中身は源三さんからも「わりと似てる」って前に言われたし、そうなのかも。

何よりソーニャさんが凄く懐かしそうな目で私を見てるもんね。

そんなものかと思っていると、ロマノフ先生が眉を胡散臭《うさんくさ》げに顰《ひそ》めた。

「その話も私は初めて聞いたんですが？」

「だってアリョーシュカ、母さんの冒険の話なんて聞かないじゃない」

「ぐぬ……」

おぉう、ロマノフ先生が言葉に詰まるとか珍しい。

そしてもっと珍しいのは、ソーニャさんのお膝にレグルスくんが乗ったままってこと。

小さい子にはお母さんみたいな存在がやっぱり必要なのかな？

ちょっと寂しく思っていると、こそっと宇都宮さんが近付いて来て。

「若様。レグルス様、絶対面白がってますよ」

「へ？　なにを？」

「ロマノフ先生がぐぬぐぬしてらっしゃるのを、です。レグルス様、実はロマノフ先生にだけ絶賛反抗期なんです」

「えぇ……？　なんで？」

思いもよらない言葉に困惑していると、ロッテンマイヤーさんも微かに頷いて、話の輪に加わる。

「……このお屋敷には大人の男性は源三さん、料理長、ヨーゼフを除けば、ヴィクトル様とロマノフ先生だけですし、ヴィクトル様はレグルス様の魔術の先生ですから」

「んん？　ロマノフ先生のことは先生と思ってないってこと？」

「先生と言うよりは……なんでしょう、越えるべき壁というか……」

先生と言うより越えるべき壁。

それはもしや。

「え？　なに？　レグルスくんってロマノフ先生のことお父さんみたいに思ってるってこと？」

私の言葉にロッテンマイヤーさんも宇都宮さんも目をそらす。

それはつまり、私の「反抗期の対象＝父親」を肯定する反応なような……。

そうか、そうなのか。

私も子どもだし、子どもの発達なんてよく解んないんだけど、反抗期は誰にでもくるって前世では聞いた気がする。

ご迷惑かもだけど、レグルスくんもお父さんのように慕ってるから、ロマノフ先生には対抗心とか反抗心が出てくるのか。

こうやって子どもって大きくなるんだね。

ほわっと和んでいると、ヒラヒラと虹色に光る蝶が窓ガラスをすり抜けてリビングの中へと入り込む。

この蝶って確か、姫君様の先触れだったような?

首を捻《ひね》っていると、ふよふよと漂う蝶が私の髪に止まった。

『鳳蝶、庭に来《こ》よ』

静かに、けれど否やを言わせぬ強い姫君様の声が、リビングの中で響いた。

瓢箪《ひょうたん》から妖精馬

珍しいお呼び出しに、一目散に庭に飛び出すと、身体強化をかけてひた走ってたんだけど、途中で魔術を使っていないレグルスくんに追い付かれた。

ぐぬぬ

まあいいかと一緒に走ったら、ちょっとも行かないうちに追い抜かれて、心が折れたので、異変を察知してやってきたタラちゃんにレグルスくんと一緒に乗せてもらって、ばびゅんとやってきた奥庭。

華麗《かれい》な牡丹《ぼたん》の花の前には、つい一時間くらい前にお見送りしたばかりの姫君様がいらした。

そのお顔はやっぱりお美しいけれど、物凄く不機嫌そう。

もしかして妖精馬が粗相《そそう》したのかと、内心で震えながら跪《ひざまず》いた。

「鳳蝶、御前に」

「うむ、大儀《たいぎ》」

「れー……レグルス、ごじぇ、ごぜんに！」

「む、ひよこも来たか。大儀じゃ」

レグルスくんも噛み噛みしながら跪くと、姫君様の団扇がひらりと閃《ひらめ》いて「面をあげよ」とお声がかかる。

しかし見上げた姫君様のお顔はやっぱり険しくて、レグルスくんと緊張しながら手を繋ぐ。

そんな私達の様子に、姫君様は眉を上げて、それから大きくため息を吐かれた。

「そう震えずともよい。妾《わらわ》は確かに不機嫌じゃが、そなた達のせいでも、そなたらの馬のせいでもない」

「え、あ、はい……」

姫君様のお言葉に頷きはしたものの、じゃあなんでそんなにご機嫌麗《うるわ》しくないんですか……とか、聞ける筈もなく。

普段は物怖じしないレグルスくんも、何だかピヨピヨと身体を左右に動かしてるだけで、聞きたくても聞けないって感じ。

そんな私達を他所に、姫君様はギリギリと領巾《ひれ》を握りしめて、雑巾《ぞうきん》絞りを始めた。

「彼奴《あやつ》めぇぇぇ！」

いやーん！　めっちゃお怒りなんですけどぉぉぉぉっ⁉

暗雲俄《にわか》に立ち込めてって表現が似合うほど、一気に空が曇りだして、天を稲光が走る。

「ひえっ⁉」と小さな悲鳴を上げてしがみついてくるレグルスくんを抱き締めてガタブルしていると、姫君の背後からひょっこりと煌《きら》びやかな馬具を着けた妖精馬が顔を出した。

何処となく申し訳なさげな雰囲気を醸《かも》してはいるものの、怪我をしているようには見えないし、とりあえずは無事みたい。

となると、何があったかさっぱりだ。

おずおずと姫君様の後ろから、妖精馬が私達兄弟の方に向かってやってくる。

私が手を差し出すと、妖精馬は自分で咥えていた手綱をぽとりとそこに落として。

その間も雷鳴が轟《とどろ》いて、これはいよいよ雷が降ってくるなってタイミングで、姫君様が縊《くび》り殺していた領巾を手放した。

まだ眉の辺りには不機嫌が漂っているけれど、瞬時に空が晴れる。

「……取り乱した、許せ」

「えぇっと、はい。大丈夫です」

「うむ。妖精馬も、無事じゃの？」

「はい、けろっとしています」

「で、あるか」

むすっとした表情はそのままに、姫君様は深く息を吸われると、ゆっくりと吐き出す。

瞬きを一度してから、姫君様は薄絹の団扇をひらりと閃かせた。

「……沙汰《さた》じゃが」

「は、え……妖精馬の、ですか？」

「左様。先の約束では明日沙汰することになっておったが、状況が変わった」

「は、はい！」

口の端を引き結ぶ姫君様に、私もレグルスくんも背筋を正す。

状況が変わったってなんだろう？

きゅっと手を握ると、なんだかちょっと湿っていて、手汗をかいていたことに気付く。

すると姫君様のお顔から、険が消えた。

「艶陽がそなたらに妖精馬を下賜《かし》すると言うておる」

「……かし、ですか？」

かし？　貸し？

なんのこっちゃと、ぽかんとしていると、姫君様が片眉を上げげた。

「兄弟揃って間の抜けた顔をしおって……。まあ、気持ちは解るがの」

「あの……かし、とは？」

「そのままじゃ。妾が艶陽にやった、そなたらが献じた妖精馬……号《ごう》を颯《はやて》というが、それを艶陽は
そなたらに下賜……下げ渡すというておる」

「ふぁ!? かしって、下賜のことですか!?」

「うむ」

ちょっと何を仰ってるか解らない。

私達が姫君様に妖精馬をお渡しして、それを賭けの支払として姫君様が艶陽公主様にお渡しした。

そこまでは解る。

そこから何で妖精馬が私達に下げ渡されるのかが、全く解らない。

どういうことなの？

レグルスくんと顔を見合わせると、同じくらいぽかんとした顔をしている。

一方、姫君様の方を窺《うかが》うと、苦虫を噛み潰した上にセンブリ茶まで飲んだようなお顔で。

これはあんまりつついちゃダメなヤツな気がするけど、聞かない訳にはいかないヤツだ。

「あの……どうしてそのような事に……？」

「思い返すも腹立たしいが、まあ、聞くがよい」

眉間に深いシワを刻みながら、姫君様の仰るには、あの後直ぐに妖精馬を連れて、姫君様は艶陽
公主様のお宮にお出かけになったそうな。

そこにはイゴール様の馬具ももう届けられていて、お宮に住む艶陽公主様の側仕えがきちんと妖精馬に馬具を着けさせると、艶陽公主様は直ぐに乗り心地を試されることに。

天上の馬場で妖精馬に乗って、艶陽公主様は乗馬を楽しまれたそうだ。

妖精馬も調教の甲斐あってか、多少緊張した面持ちではあったものの、艶陽公主様の手綱捌《さば》きにきちんと応えていたそうで。

「良き馬じゃと申すから、当たり前じゃと返しておいたわ」

「勿体《もったい》ないお言葉を。ありがとう存じます」

姫君様はひらりと団扇で口許を隠される。

目が笑っておられるから、本当に妖精馬は見事に走ったのだろう。

姫君様の話は続く。

妖精馬は私達の期待通りに頑張った。

しかし、艶陽公主様は姫君様の仰るに、少しばかり気性の激しいところがあるようで、段々と手綱捌きが手荒になってきたそうな。

妖精馬がそれに疲れてしまい、少し脚を縺《もつ》れさせて立ち止まってしまったらしい。

それに艶陽公主様がお怒りになり、天上に稲妻が光り、あわやと言うところまでに。

「妾も勿論止めようとしたが、稲光が光った瞬間氷輪が来ての」

「氷輪様が？」

「うむ。それはもう目から火が出るかと思うぐらい、艶陽を叱りつけおったわ」

曰く、「自分の機嫌の悪さで他者の命を粗末にするとは何事か」とか「神と言えど無為に命を摘むのは許されぬ」とか、それはもう氷輪様は厳しく艶陽公主様を叱責なさって、最後には泣かせてしまうほどだったそうな。

神様も叱られて泣くんだ……。

吃驚《びっくり》したのが顔に出たのか、難しいお顔で姫君様が頷く。

「艶陽と氷輪はまた事情があるでな。艶陽にとって氷輪は特別な存在なのじゃ。それから厳しく叱責されれば、泣きたくもなろうよ。考えてみれば、我ら神の中でも艶陽は強い力に反して、その精神はややもすれば幼い。親神より最後に作られた存在ゆえ、致し方ないのかも知れぬが……」

「なるほど」

「しかし、思えば氷輪が艶陽の我が儘《まま》というか、荒ぶりというか、そんなものをわざわざ叱りに来るのも珍しい事じゃがのう。更に珍しいのは叱って泣かせた後に、きちんと詫びた艶陽を慰めていたのもそうじゃな」

「ははぁ……」

「まあ、それから、氷輪はこの妖精馬……いや颯がどの様な仔細《しさい》で、妾の手から艶陽に渡ったかを詳《つまび》らかに語りやったのじゃ。そうしたら艶陽め、『家族と引き離すなど、ひどいことをして！　そのようなこと、吾《われ》は望んでおらぬぞよ！』などとぬかしおって！　妾も予め説明したというに！　彼奴め、少しも聞いておらなんだのじゃ！」

うわぉ、それは……！

あまりの事に唖然《あぜん》としていると、姫君がこほんと咳払いをなさる。

「そういう訳で」と、眉に再び不機嫌を漂わせて、姫君が団扇で妖精馬を指した。

「妖精馬の名前は艶陽がそなたらの申し出を受けて『颯』とした。その颯は、妖精馬を神の乗るに相応しき馬へと調教してみせたことへの褒美として、馬具ごとそなたらに下賜するそうじゃ」

「は、ははぁ。ありがたき幸せ……で、よいのでしょうか？」

「良いのだろうよ。二度と颯は欲さぬと氷輪が誓わせておった故、返せと言うてくることもなかろうて」

なんかよく解んないけど、結果オーライだ！

兎も角、ありがたく艶陽公主様の思し召しを受け止めておこう。

改めて姫君様や艶陽公主様にお礼申し上げると、ほうっと姫君様がため息を吐いた。

「ともあれ、よくぞ艶陽が認める結果を出した。誉めおこう。この家《や》の馬丁も、ようやった。特に誉めおくぞ」

「ありがたき幸せにございます。当家の馬丁にも、お褒めの言葉を頂戴したこと、伝えおきます」

「うむ。妾の臣のための骨折り故、妾からも氷輪には礼をしておいたが、そなたからも改めて礼を言うがよいぞ」

「承知しております。氷輪様にはお会いした時にお伝え致したいと思います」

「妾の臣としての」

「はい、必ず……？」

なんだか妙に「臣」を強調なさってるけど、なんだろうな？

若干気になったものの、私がそれを口にする前に「では明日《みょうにち》」とだけ仰って、姫君様はしゃららと光に紛れてお帰りになってしまった。

残されたのは、私とレグルスくんと、颯と名付けられた凄くカッコ良く飾られたポニ子さんの旦那（仮免）だけ。

颯の手綱を引くと、トコトコと更に近付いてくる。

「まあ、なんだか解りませんが、貴方の頑張りが認められたようですよ」

「ひん」

しゅるんと即座にポニーくらいの大きさに変わった颯の背を撫でると、レグルスくんもお腹の辺りを撫でる。

そしてこてんと小鳥のように首を傾げた。

「ケルピー……はやて、おうちのこになるの？」

「うん。艶陽公主様が、ポニ子さんとグラニと一緒にいさせてあげなさいって」

「よかったねー！」

本当に良かった。

ほっと胸を撫で下ろすってこういうことなんだろう。

ポテポテとレグルスくんと屋敷に戻るために歩き出すと、何処にいっていたのか今度はござる丸を連れたタラちゃんも合流して。

ようやく屋敷の近くに戻ってくると、ロマノフ先生やヴィクトルさん、ラーラさん、ヨーゼフにロッテンマイヤーさんとソーニャさんが庭に出てきているのが見えた。

レグルスくんがヨーゼフのもとに走り出す。

「ヨーゼフ！　ケルピー、おうちにいていいよって！　えんよーさまがいいよって！」

「ほ、本当に⁉」

「ひめさまが、ヨーゼフがんばったねーって！」

グラニの主になったレグルスくんは、ポニ子さんとグラニの家族の颯のことが、口には出さなくても凄く気になってたんだろう。

ヨーゼフの事にしても、事の初めに泣きそうな顔をしていたヨーゼフを慰めながらわざわざ私のところに連れて来た訳だし、レグルスくんなりに心配してたんだろうな。

うちの弟は良い子だよ、ほんとに。

感慨に耽《ふけ》っていると、ピタリと颯のあゆみが止まる。

不思議に思って振り向くと、颯はその場で私に跪くような体勢を取って嘶いた。

「わ、若様を、こ、これ、これからは、主として、い、いきっ、生きてくって」

「……その前に『ポニ子さんと一緒になりたいです。妻子共々必ず幸せになりますので』からです、やり直し」

じゃないと、何時まで経っても「ポニ子さんの旦那（仮免）」だぞ、君。

おねだりに作法はあるのか？

緊張気味のヨーゼフの口を借りて、颯と呼ばれる事になった妖精馬は、どうにかこうにか私にポニ子さんをお嫁に迎えたい挨拶を済ませ、ようやくポニ子さんの旦那さん（真）になった。

で、背中を撫でてやると、颯は馬具をヨーゼフに外してもらって、一足先に妻と子の待つ厩舎へと「一人で行けます」と帰っていった。

それで私は中庭に迎えに出て来てくれた皆さんと、リビングに戻って姫君様からのお沙汰をご説明。

斯々然々《かくかくしかじか》……と話せば、ロマノフ先生が大きな息を吐いた。

「なんというか……今回は鳳蝶君の人脈が火を吹いたという感じですね」

「だね。もしも氷輪様がお出でにならずに、妖精馬……颯だっけ？　あの子が怪我でもしようもんなら、百華公主様と艶陽公主様との間で大喧嘩だったんじゃない？」

肩をすくめるヴィクトルさんに、ラーラさんとロマノフ先生が首を縦に動かす。

「あり得るね。そうなると人界も天候とか大荒れになったんじゃないかな」

「世界は救われましたね」

姫君様は確かに颯を助けようとしてくれていたらしいし、そうなると艶陽公主様と諍《いさか》いになってたかも。

神様同士の争いは人界にも凄く影響して、やれ大嵐だの大津波だの、飢饉だの地震だのと大災害が起こるって神話の本にも書いてあったっけ。

ひぇぇ！　危なかった！

そういうことも加味して、姫君様は氷輪様に重々お礼申し上げるように言われたんだな。

肝に銘じておこう。

それはそうとして、颯が馬具ごとうちに来た事は、イゴール様にも申し上げておかなくては。

イゴール様にも颯の件では協力いただいたし。

その証の馬具もうちに来ちゃったけど。

そう言えば、協力っていったら、今朝ソーニャさんと会った時、颯とヨーゼフにおまじないをしてくれたって言ってたよね。

あれも颯が頑張れた要因なんだろう。

「ソーニャさんも、おまじないしていただいてありがとうございます。お蔭様で無事に帰ってきました」

「ああ……そんな畏《かしこ》まってお礼を言われるようなことしてないわよぉ。だって妖精馬ちゃんには『あっちゃんが、カッコいい父親の生き様を妖精馬ちゃんは見せてくれるって期待してる』って言っただけだし、ヨーゼフちゃんには『あっちゃんはヨーゼフちゃんを信じてるって言ってた』って伝えただけ……。あと馬具の敷物に妖精馬ちゃんの家族の毛を使った織物を用意してるとか、妖精馬ちゃんのご飯になるマンドラゴラの葉っぱに普段の二倍くらい魔力を注いで内側から強化かけてあげてる……とか、そういうことを教えただけだもの」

む、それは私が遠距離通信でソーニャさんに話したことなんだけど、マンドラゴラに魔力を思いっきり注いだとか敷物にポニ子さんやグラニの毛を織り込んだとか、そんなことまで話してない……ような？

氷輪様やイゴール様にも馬具に携わっていただくから、颯の家族の毛を混ぜる話はしたけども、マンドラゴラの葉っぱの話はしてない筈だ。当然ソーニャさんにもしていないだろう。

「なんで知ってるんですか？」

ちょっとムッとしたような声が出て、自分でもびっくりした。

慌てて怒ってる訳じゃないことを示すのに、手を振るとソーニャさんはにっかりと笑う。

「言ってないことを他人に当てられちゃったら、驚くわよねぇ」

「あ、はい。いや、それも、なんで解ったんですか……？」

「それはあれよ、年の功」

凄く綺麗な、それこそ人間なら三十路そこそこのお姉さんに見える人から、年の功とか言われると「それどんな意味だったっけ？」ってなるんですけど。

目を点にしていると、ロマノフ先生が首を横に振った。

「鳳蝶君、その人はエルフの中でも一二を争う曲者《くせもの》です。気にしたら負けです」

「まあ、母親に対してなんて言い種《ぐさ》なのかしら！」

「貴方の息子だからこそ言えるんですよ」

髪をかきあげて苦い顔をするロマノフ先生に、ヴィクトルさんやラーラさんも苦笑しながら頷く。

先生のこんな表情、凄く珍しいよね。

いつもは悠然としてる先生も、親御さんの前だと子どもなんだなぁ。

大人しく隣に座ってるレグルスくんを見ると、やっぱりその顔は興味津々って感じで、目が輝いてる。

でも、そうか。

先生達にも今の私やレグルスくんや奏《かなで》くんみたいな時分があったんだ。

当たり前のことなのに、なんだか不思議。

この風景を見たら、奏くんはなんていうだろう？

そう言えば、今日はまだ奏くんは来ていない。

どうしたんだろう？

気になって後ろに控えていたロッテンマイヤーさんに声をかける。

するとそっとリビングを退出して暫し。

「源三さんが今しがた来られて、今日は弟さんが熱を出して、その看病をするから来られなくなったと……」

「ありゃ……弟くん、大丈夫かな？」

「昨日から咳をしていたそうで、風邪のようです」

「そっか、お大事にって伝えてもらえるかな？」

「承知致しました」

美しくお辞儀すると、ロッテンマイヤーさんは再びリビングを退出する。

源三さんの所に行ってくれたんだろう。

「後でボクが源三さんとカナの家に様子を見に行くよ。カナはボクの弓の弟子だし、風邪なら薬ぐらい作ってあげられるだろうし」

「ありがとうございます、よろしくお願いします」

ラーラさんは厳密にはお医者さんじゃないけど、人の体調管理とかはプロって言っても差し支えないもんね。

でも、あのクソ不味い薬湯飲まされるのか……。

頑張って、弟くん。超頑張って。

そんな訳で今日は奏くんは来ない。

となると、ソーニャさんだ。

奏くんにも会いたいって言ってたし、私も大事なお役目が大丈夫なら、一泊くらいしてもらっても……と思うんだけど。

じっとロマノフ先生を見ていると、私の視線に気がついたのか、そっと目を逸らされた。だけど、ロマノフ先生が視線を逸らした先には、レグルスくんがいて。

こてんと小さく首を傾げて、上目遣いで「だめなの？」と、目だけで聞いてくるスタイルはレグルスくん必殺のオネダリポーズだ。

これされると私も弱いんだよね。

だけど、流石は百戦錬磨のロマノフ先生。

ぐっと息を詰まらせたけど、また目線を逸らして、レグルスくんのお願い光線に耐えている。

うーむ、私もソーニャさんのお話聞きたいな。

先生達の子どもの頃の話とか、凄く面白そうだもん。

なので、ここは私もレグルスくんに加勢しよう。

改めてソーニャさんに向き直る。

えぇい、どこまで通じるか解んないけど！

「その大事なお役目は、一日も休んではいけないものですか？」

「本当ならそうなんだけれど……。でも連絡すれば多分大丈夫……かな」

「じゃあ、連絡して許可が出たらお泊まりなさっては？　それでは駄目ですか、先生？」

レグルスくんの真似して首を傾げて、上目遣いで先生を見る。

ちょっと、似合わないこと甚《はなは》だしくて、羞恥心で色々焼き切れそうなんですけど！

じぃっと見ていると、ヴィクトルさんとラーラさんがこほんと咳払いをした。

「アリョーシャ、折角伯母さんが来てくれたんだから、一日くらい良いと思うよ！」

「そうだよ、家主のあーたんが良いって言ってるんだし！」

「あ！　裏切りましたね、ヴィーチャ！　ラーフ！」

私が内心、羞恥心で転げまくっているのを察してくれたのか、ヴィクトルさんとラーラさんが加勢してくださる。

レグルスくんも味方が増えたからか、ロマノフ先生とジリジリ距離を詰めて、更にじっと先生を見つめた。

私もレグルスくんの傍まで行くと、二人並んでじっと先生を見る。

「駄目ですか？」

「ぐっ……そんな手管を何処で教わってきたんですか？」

手管って、大袈裟な。

でも先生、公爵閣下の所で交渉の時は、子どもの子どもらしいところをフルに活用しなさい的なことを言ってたじゃん。

じゃあ、教えたのは先生だよね。

そんな感想も込めてじっと見ていると、ロマノフ先生の首がガクッと折れた。

「……役所にちゃんと確認とって、文書で回答を貰ってくださいね」

「勿論よ！　ありがとう、あっちゃん、れーちゃん！　息子が折れたわ！」

「ありがとうございます、先生！」

「ありがとーございます、せんせー！」

きゃーっと歓声を上げるソーニャさんに、三人は微妙な顔だけど、とりあえず良かった。

レグルスくんもニコニコだし。

そんな訳で、ソーニャさんは役所に手紙を書くと、使い魔にそれを運ばせた。普通なら二、三日かかるらしいけど、ソーニャさんの使い魔は特殊で半時間もあれば手紙は届く仕様になっているそうな。

仕組みは今の私では無理だけど、使えるくらいになったら教えてくれるそうだ。

その使い魔が帰ってくるには時間がかかるだろうから、その間にソーニャさんに家の中を案内することに。

ソーニャさんの言ってたサンルームも、祖母の書斎も見てもらった。

特に書斎に入った時には、ソーニャさんはびっしり詰まった本棚を見て「あれから頑張ったのね」と、ぽつりと溢《こぼ》されて。

なんでもソーニャさんが書斎に招かれた時は、祖母も若くて本棚の本も疎《まば》らだったそうで、いくつか領内統治に参考になる本を祖母に紹介したそうだ。

それが今は全て本棚には納められていて。繰り返し繰り返し読んだのだろう表紙には、補修の跡がいくつもあって、その一冊を手にとってソーニャさんは祈るように抱き締めていた。

ソーニャさんはサンルームでも「姿も中身も、とても素敵な若奥様だったのよ」と、肖像画の祖母を見て懐かしそうに笑った。

過去と未来が重なる。

ソーニャさんは先生方や私達に会いに来ただけじゃない。

きっと祖母にも会いに来たんだ。

サンルームに注ぐ柔い日差しを受けるソーニャさんの背中は、どこか寂しそうだった。

春を待つための別れ

結局、帝都からソーニャさんへ一泊二日の菊乃井家滞在の許可書が届いたのは、その日の夕食間近のことだった。

ソーニャさんの使い魔は確かに速く飛べるけど、役所の決裁が遅いとこんなものだそうな。

それだけ重要な役割を、ソーニャさんが負ってるってことでもあるんだろうけど。

なので、今日のところは、先生方とロッテンマイヤーさんと積もる話をしてもらうとして、奏くんに会ったり、一緒に菊乃井の観光をしたりするのは明日に持ち越し。

ソーニャさんは「一泊二日でしょ？　日付が変わるギリギリまで居ても、一泊二日よね」と、にんまりしてた。

お母さんはどこの世界でも逞《たくま》しい。

うちのは知らんけど、あの人も針のむしろの筈の帝都に居座れるんだから、違う意味で逞しいんだろう。知らんけど。

本日のお夕飯は、お客様がいらして、それも先生方のお母様で伯母様、更にロッテンマイヤーさんの大祖母様ということ、それから妖精馬が無事に帰って来たから、料理長に頼んで私もレグルスくんもお手伝いして、三角お山の卵焼きを作ったり、菊乃井名物となってる料理を用意したりで、ちょっと豪勢にして屋敷で働く皆にも同じものを食べてもらうようにしたんだよね。

本当ならパーティーにしたかったけど、そういうのはやっぱり準備がいるって料理長が申し訳なさそうにしてたので、ソーニャさんは「また来るからその時に」と言って料理長と握手してた。

ディナーの後にはまったりお茶を楽しみながら、私とレグルスくんは先生方の子どもの頃の話や、エルフの子どもの遊びの話やらを聞かせてもらったんだけど、自分たちの子ども時代の話って大人になると恥ずかしくなるのか、先生方の魂がちょっと抜けかけてた。

だけどあれだよ。

ロマノフ先生は人間の遺跡とか好きで潜り込んでどろどろになったり、ヴィクトルさんは音楽に夢中でご飯食べ忘れて寝込んだり、ラーラさんはモンスター牛でロデオしたり。

それぞれめっちゃ個性的。

うちのひよこちゃんはラーラさんのモンスター牛でロデオの話が気に入ったらしく、自分もしたいと目を爛々《らんらん》と輝かせてたっけ。

だけどそういう楽しい時間は、どうしても去っていくのが早い。

夜も更けて、続きはまた明日ということでお話し会は終わって、私はお風呂の後の趣味タイム。

窓越しに見上げた月が、雲の合間からさやさやと部屋の中を照らす。

すると、月光が柔らかく人の形に変わり、徐々に輪郭をはっきりさせて。

瞬きする間に、胸元が広く開いた黒のロングジャケットに身を包んだ氷輪様が部屋に佇む。

「いらっしゃいませ」

『ああ』

「妖精馬のこと、ありがとうございました。お蔭さまで無事に戻って参りました。これからは当家で妖精馬の家族共々、大事にしていきます」

『そうか。艶陽にもお前の言葉を伝えておこう』

「よろしくお願い致します」

お辞儀すると、すかさず旋毛《つむじ》をつつかれる。

顔を上げろという合図に、そうすると氷輪様が決まり悪そうな顔をしていた。

「どうなさいました？」

不思議に思ってお尋ねすると、氷輪様はいつもの様に私のベッドに腰かけられて『近《ちこ》う』と手招きされる。

とてとてと近付くと、手を取られて氷輪様の真横に座るように促された。

不敬だと思ったけど、促されて座らない方が不敬だよね。

すとんとベッドに腰を下ろすと、『艶陽のことだが』と言いつつ、氷輪様が長い足を組んだ。

『我ら神は皆、同じ親神より生まれ出でている。だが、人間のように赤子だった頃はなく、生まれ出でた時よりこの我だった。だから艶陽が少しばかり幼くとも、神としての道理を弁《わきま》えていると思っていた』

「はぁ……」

『しかし、艶陽の振る舞いを――荒ぶる感情のままに力を振るったり、他者に思いを致したりすることもあまりないのを見ていると、我らと少し違うのではないかと……』

そう言えば、姫君様も艶陽公主様が最後に生まれたから幼いって仰ってた。けどそれは幼い人格神なのではなくて、本当に幼いって意味なのかしら。

『そうだ。我も今日艶陽とじっくり話してみて、そう感じた』

おうふ、だだ漏れだ。

いや、まあ、それは良いんだけど、つまり艶陽公主様は他の神様と違って、子どもっぽいところのある大人じゃなくて、小さい子だったってことか。

それは、それは。

驚いていると、氷輪様が眉を寄せながら頷く。

『お前と話すようになってから、我は大きな勘違いをしているのではないかと思うようになった。お前は大人顔負けな存在だが、やはり子どもであるには違いない。些細なことにもはしゃぐ。もしや艶陽も大人なのでなく、そういう存在なのではないか、と』

「ははぁ、なるほど……？」

私なんか大人からしたら生意気な子どもなんだろうけど、今のところ周りの大人の皆さんが寛容だったりおおらかに受け止めてくれたりするから、好きなこと出来てるだけだと思うんだよね。

それは兎も角、艶陽公主様が身体は大人で心が子どもってアンバランスさだったら、それはそれで大変そうだな。

口には出さないけど伝わったのか、氷輪様が首を横に振った。

『艶陽は見た目も幼い。丁度お前と同じくらいだ。だが我らは生まれた時から今の我らで、成長するということがほぼなかった。故に艶陽も姿は子どもとはいえ、中身は我らと同じく完成されたものと思い込んでいた。まして神は自在に姿を変えられる』

そう言えば氷輪様は女性でも男性でもないけど、死に臨む人には女性にも見えるし、私が役者さんを投影するせいで男性だったり女性だったり、まちまちの姿を見せてくださる。

ロスマリウス様も最初はお爺さんの姿を取られていたけれど、神様としてはお若い姿をしておられた。

神様方が艶陽公主様の幼い姿を、好きでそうしていると思い込んでもおかしくはない訳で。

これに加えて、神様同士は互いにあまり行き来はしなくて、お正月に集まって宴会するくらいで、積極的に交流を持とうとするのはイゴール様ぐらいだというから、誤解が続いた理由なんて、つまり。

「没交渉故の相互理解の不成立……！」

『……そういうことだ』

あらぁ……。

なんとも言えない顔をしていると、それを見た氷輪様がとてもばつが悪そうな顔をする。

だからお出でになった時に、決まり悪そうな顔をなさってたんだな。

となると、気になることが出てきて、私はおずおずと氷輪様にお尋ねした。

「では、もしかして気性が荒いというのは……」

『神といえど儘《まま》ならぬことはあるが、それに耐えたり、荒ぶりを諌められたりする経験の無さが、他者を恣《ほしいまま》にしてもよい、寧ろ自分の意を汲まぬ者が悪いという考え違いの土壌になったようだ』

「それは……」

『有り体に言えば我が儘だな』

ピシャリと言い切る氷輪様のお顔は少し厳しい。

だけども、そういう土壌を作ったのは他者との関わりの無さによる、学びの欠如だ。

こういうある種の悲劇を無くすために教育は必要と掲げる私としては、若干我が儘と言い切ってしまうのは、どうかと思う訳で。

そんな私の悶々とした何かはただ漏れなようで、氷輪様は『解っている』と頷かれた。

『解っている。アレの気性があのようになったは、あれを見誤って放置していた我らにも非のあることだ。だから、諌めるためにあの場に行った』

「そういうことでしたか！」

『うむ。艶陽には少し厳しめに言って泣かせてしまったが、それでもあれも永く神であった身。己のしようとしたことが、人間にとっても誰にとっても不幸しか呼ばぬと解れば、素直に態度を改めた。そもそも百華に妖精馬を所望したのも、寂しかった故。妖精馬が手に入れば良し、ダメならそれを理由にちょくちょく百華と共に過ごせると思ったからだそうだ』

なんですと⁉

そんな真意が隠れてたなんて。

氷輪様の言葉に思わず絶句する。

それって艶陽公主様は姫君様と仲良くしたいってことだよね。

だけど今回のこと、姫君様は物凄くお怒りになられてた。

その話を氷輪様にすると、その秀麗な面が苦悩にひきつる。

『それは……、艶陽にも聞いたが妖精馬が手に入る、尚且つ百華が寵臣に命じて自分のために調教を施してくれると聞いて舞い上がって、百華の説明をその辺りまでしか聞いていなかったそうだ。我からそれを百華に話しても怒りが深まるだろう。すまぬが取り成してやってくれ』

「し、承知致しました……！」

ああ、子どもってそういうとこあるよねー。都合良いとこしか聞いてないって、私も覚えがあるわー。

私が請け負うと、氷輪様はほっとしたように大きく息を吐く。

『それにしても、子どもと関わるというのは……いや、叱ると言うのは難しいものよな。泣かせたい訳ではないのに、つい何故こちらの事を解ってくれぬのかと思ってしまう』

私の頭をワシワシと撫でると、再び大きなため息を吐かれる。

『お前は弟をどのように叱っている？』

「私ですか？　私は……そう言えば叱ったことがないような？」

だってレグルスくん、凄く良い子なんだもの。

私が「こういう理由があるから、それはいけないことだよ」って説明したら、大概解ってくれるし。

もしかしたら宇都宮さん辺りには叱られた事があるかもだけど。

そう伝えると氷輪様は緩く頭を振って、肩を落とされる。

その姿も麗しく悩ましいんだけど、本当に氷輪様は艶陽公主様とのつきあい方に悩んでおられるようだ。

こういうのって育児疲れっていうのかしら?

それにしても美人が悩むと、凄く綺麗。

そう思ってハッとする。

うちには今、凄く綺麗な育児の先輩がいるじゃないか!


朝食は私とレグルスくんと先生方三人で、忙しくない限り必ず一緒に食べる。

本日はロマノフ先生のお母様のソーニャさんも一緒で、いつもより華やか。

その席で、昨夜氷輪様が私に話してくださった事を伝えると、先生方が凄く微妙な表情になった。

一方で、ソーニャさんは「あらあら」とおっとりと笑う。

「こどもが構ってもらえなくて癇癪起こすなんて、よくある話ねぇ」

「あー……はい、そうですね……」

にこやかなソーニャさんの言葉に、私はそっと視線を逸らす。

だってー、身に覚えがー、ありすぎるんだもんー。

若干黒歴史を抉られて白目剥いてる私に気がついたのか、ロマノフ先生がわざとらしく咳払いをした。そして、微妙な表情のまま口を開く。

「そ、それで氷輪公主様はこれからどうなさると？」

「それなんですが、その……氷輪様はお子さんとの関わりが薄く、どう艶陽公主様と関わればよいか悩ましい……と。私は子どもでも、自分でいうのもなんですが大人しい方なので」

「あーたんは良すぎるくらい聞き分けがいいもんね」

「まんまるちゃんは、もう少し我が儘言った方がいいくらいだ」

んん？　私、結構我が儘してると思うけどな。

昨日だってソーニャさんのお泊まりおねだりしたし。

っていうか、私のことはいいんだよ。

家庭教師歴のある先生方や子育ての先輩なソーニャさんから有益な助言をもらって、それを氷輪様にお伝えしたい。

私がそう言うと、ソーニャさんが笑った。

「子どもって皆同じ様な事をするものだけど、やっぱり個々で違うものね。参考になるか解らないけれど、それで良ければ」

「はい。とりあえず自分の時はどうだったとか、どんな対応をしたとか、そういったことを教えてもらえれば……」

そういうことであればと、先生方もソーニャさんも、メイドさん達も色々情報や意見をくれた。

皆それぞれに持論のようなものがあって、だけど皆「怒るのと叱るのは別」ってとこでは一致してたな。

それをロッテンマイヤーさんが纏《まと》めてくれたので、紙に書き直して氷輪様にお渡しすることに。

それで一先ず氷輪様の件は良いとして、今度は姫君の方だ。

昨日のお怒りの度合いを見ていると、取り成しとか無理なんじゃないかと思うんだけど、やる前から諦めちゃダメだな。


朝食の後、レグルスくんと奥庭に行くと、冬に咲くべきじゃない花が生け垣にちらほらと咲いている。

これは姫君の目を楽しませたいと、花達がやって来て命を削ってでも、と咲いていると仰ってた。花は姫君を慕っている。艶陽公主様もきっとそうなんだろう。

「む、そうなのかえ?」

どうしたら姫君にそれをお伝え出来るか考えていると、唐突に姫君のお声が聞こえて、反射的にレグルスくんと膝を折る。

「立つが良い。息災……よのう」

「は、姫君様にもご機嫌麗しゅう」

「うむ、まあ、昨日よりは良い」

うーむ、これとりつく島があるのかなぁ?

若干遠い目をすると、ひらりと姫君の団扇が翻った。

「ところで、先ほど妾を艶陽が慕っているとか聞こえたが?」

「ああ、はい、その……」

訝しげに目を細めた姫君に、昨夜氷輪様よりお伺いした艶陽公主様のお話とご事情とをお伝えすると、徐々に姫君の整った眉間にシワが出来て、それを痛そうに押さえられた。

「矢張り、艶陽はそういう存在であったか……」

「やはり……とは、姫君様はお気づきだったのですか？」

「気づいていたというより、薄々そうではないかと感じていたといったところじゃな。特に海の辺りは孫子《まごこ》がおるでの。その稚《いとけな》さがそっくり同じじゃと申しておったわ」

なるほど、ロスマリウス様はご自身の家族を見ておられるから気づかれたのか。

それなら氷輪様はロスマリウス様にもご助言いただけば良いんじゃないかな？

その思い付きもだだ漏れていたようで、姫君が首をゆるゆる横に振った。

「氷輪は出不精《でぶしょう》故、艶陽のためにそこまでせぬであろうよ」

「出不精？　週に三日ほどはご来訪くださいますのに？」

「は⁉　あやつ、そんなに繁《しげ》く通っておるのかえ⁉」

「へ？」

どういうことなの？

姫君がなんだか物凄く驚いたような顔をされる。

そして物凄く納得いかなさげな雰囲気を醸しつつ、団扇を振られた。

「そうか……。ではそなたから氷輪に、妾がロスマリウスに助言を仰ぐよう言っていたと伝えよ。

こちらから出向かねば数百年単位で引きこもる輩が、そなたのところには通うのじゃ。そなたの言葉であれば聞き入れるであろう」

「いやー、それは……。伝言は賜りましてございます。それで、その、艶陽公主様の件は……？」

「む、そうよの。慕われておるのであれば悪い気はせぬ。天にいる間は艶陽を気にかけてやらぬでもない」

むすっとしたお顔でいらっしゃるけど、こうやって折れてくださる辺り、凄く姫君はお優しいよね。

腰を折って「ありがとうございます」とお礼すれば、レグルスくんも一緒にお辞儀する。

顔をあげるように言われて姿勢を元に戻すと、姫君は麗しく微笑まれた。

「まあ、よいわ。ともあれ去年からの案件は万事片付いた。そなたの働き、見事であった」

「お言葉、ありがたき幸せに存じます」

「今より妾は暫しの間地上を離れるが、その間健やかに過ごせるよう厄除けを施してやるゆえ、額を出すように」

そう仰ると、姫君はどこからともなく化粧筆を取り出して、前髪をあげた私達兄弟の額に、去年と同じく花の模様を紅で描いて下さる。

レグルスくんが、じわっと眼を潤ませた。

「ひめさま、またかえってきてくださいね？」

「勿論じゃ。ひよこや、兄を助けて棒振《ぼうふり》に励め。そなたは強いが、上には上がおるでのう」

「はい！」

姫君は柔く口角をあげて、レグルスくんの綿毛のような髪をふわりと撫でる。それから私の方に視線を向けると、胸元からいつぞやの守り刀を取り出した。

「此度も預けおく。抜くな。使うことになる前に叩き潰せ。それこそ、この間の某《なにがし》いう男爵のようにの」

「承知致しました」

姫君の手からふよふよと守り刀が空を飛んで、私の手のなかに落ちる。

それを見届けると、姫君は緩やかに手の中の団扇を閃かせた。

するとぽんっと音がして、私とレグルスくんの前に沢山黄色い丸いものが入った木箱が。

なんだろうと思う間もなく漂う柑橘の、それも日本人なら冬と言われればすぐに思い付く類いの匂いに、はっとなる。

これは！

「蜜柑《みかん》！」

「うむ。妾らは橘《たちばな》と呼んでおるがの」

木箱に山盛り一杯の蜜柑。

こっちにも蜜柑があるなんて、初めて知ったよ。

ところでなんで山盛り蜜柑なんだろう？

姫君を窺えば「ふふん」って感じで、胸を張られた。

「いつも桃ばかりでは芸がない故な。イゴールにもやったら、ヤツの囲う小僧にもくれてやったらしくての。そやつが蜜柑と言っておった、と。量があるゆえ、安心して屋敷の者と分けるがよいぞ。橘はそのまま食べても仙桃のような効用はない」

「はい、お気遣いありがとうございます」

仙桃だと毎回私が尻込みしちゃうから、効用のない蜜柑にしてくれたとことか、本当に姫君はお優しい。

その姫君がお戻りになるまでに、ミュージカルの片鱗を少しでもお見せ出来るようにしておきたい。

決意を込めて刀を握れば、私の気持ちは姫君に伝わったようで。

「うむ、楽しみにしておるぞ」

「はい、必ずや！」

姫君はそれはそれは美しく微笑まれると、ひゅっと団扇を翻す。

するとしゃらりと涼やかな音を立てて、鮮やかな牡丹が少しずつ消えていく。

「ではな」

「お戻りを首を長くしてお待ちいたしております！」

「れーも！　れーもまってます！」

薄紅の牡丹の花びらは、北風と共に消えて、姫君の纏う香だけが僅かに残っていた。

月日は癒しの御手のごとし

まあ、私の迂闊《うかつ》なとこなんか、今に始まったことじゃないんだけども、見かけで判断するんじゃなかった。

うんしょうんしょと、レグルスくんと二人で、山盛り蜜柑の箱を奥庭から屋敷に運んでるんだけど、めっちゃ重い。

レグルスくんは幼児なのに結構力持ちな方なんだけど、そのレグルスくんでさえ愕然《がくぜん》とするくらい重いの。

あんまり箱が重いから試しに一つ蜜柑を持ってみたんだけど、見た目よりかなり重量があって、それを割ったらどこにそんなに入ってたんだろうってくらいの実が現れたんだよね。

味も甘酸っぱい感じで、レグルスくんのお口に入れてあげたら、「すっぱあまい！」っておめめキラキラしながら食べたくらい美味しかったし、流石天上の食べ物。侮《あなど》れない。

そんな訳でえっちらおっちら箱を運びながら、剥いたぎっしり蜜柑を食べて、また箱を押しての繰り返し。

もういい加減疲れてきて、菜園のある辺りで一休みしようと立ち止まると、不意に生け垣が揺れた。

兎かと思った矢先に、レグルスくんがぴょこんと首を傾げる。

「かなー？」

決して大きくはないけど、誰もいない庭に響いた声に、更に生け垣が揺れて。

出来た隙間からぴょんっと奏くんが顔を出した。

「おー、若さまもひよさまもおはよ！」

「あ、奏くん。おはよう」

「かな、おはよー」

挨拶しながら生け垣から出てくる奏くんに、同じく挨拶を返す。

弟くんの風邪は奏くんには移らなかったようで、凄く元気そうだ。

ほっとしていると、奏くんが蜜柑が一杯の箱を指差した。

「これ、どうしたんだ？」

「姫君様から冬の間食べたら良いって貰ったの」

「マジか」

「かなー、これすごくおもいんだよー？」

「へえ、ちょっと貸して？」

そう言うと、木箱から蜜柑を一つ取り出す。

見た目が小さいからか、蜜柑を片手で掴んだ奏くんだけど、持ち上げようとして表情が硬くなった。

「なにこれ、めっちゃ重い。カボチャくらい重い」

「でしょ？　その代わり実もぎっしり詰まってて、皮を剥いたけど、レグルスくんと二人じゃ食べきれないくらい。奏くんも食べてよ」

「お、おう。ありがと」

「かな、あまいけど、ちょっとすっぱいよー？」

差し出した蜜柑をおっかなびっくり摘むと、奏くんがそれを口に入れる。

もしゅもしゅと蜜柑を食べる奏くんの顔が、ぱあっと輝いた。

「おー、甘ずっぱい！」

「美味しいでしょ？」

「うん、うまい！」

「沢山あるからあとで持って帰ったら良いよ」

「ありがと、若さま！」

爽やかに笑うと、奏くんは後ろから箱を押してくれるようで、前は私とレグルスくん二人で引っ張ることに。

二人じゃ重かった箱も、三人ならすいすいとはいかなくても、さっきよりずっと速く運べる。

屋敷に近づくにつれて、庭で遊んでたタラちゃんやござる丸もやって来て、一緒に木箱を押してくれて。

すいすいと進んで玄関に着くと、私達を先生方とロッテンマイヤーさんとソーニャさんが待っててくれた。

「戻りました」

「もどりました！」

「先生達もロッテンマイヤーさんも、おはようございます！」

レグルスくんと奏くんが手を挙げて、元気にご挨拶すると、それぞれ返事を返してくれる。

そんな中、奏くんの視線がソーニャさんに向かう。

「ロマノフ先生ってお姉ちゃんいたのか？　お姉ちゃんも先生と同じで美人だな！」

その言葉にソーニャさんが凄く良い笑顔になり、ロマノフ先生がしょっぱい顔になった。

やー、でも、そうだよねー。

エルフさんは年齢不詳すぎて本当に解んないもん。辛うじて雰囲気でなんとなくソーニャさんが年上だって思うだけで、お母さんだとは思わないって。

私だって「あっちゃん」って呼ばれなかったら分からなかったもん。

へらっと苦笑して、奏くんに首を横に振って見せると、ソーニャさんを紹介する。

「こちらのソーニャさんは、先生のお母様だよ」

「は⁉　うっそだー！　先生とそんな変わんないじゃん⁉」

アーモンド型の目を大きく開いて驚く奏くんに、ソーニャさんが視線を合わせるように屈む。

「いいえ、こう見えて大分歳上なのよ？　貴方はかなちゃん……奏君ね？」

「あ、はい。奏です、初めまして！」

「初めまして、ソーフィヤ・ロマノヴァよ。よろしくね？　ばぁばって呼んでね」

「え、無理。どう見てもばあちゃんに見えないもん。おれの中のばあちゃんがゆくえふめいになる」

「もー！　そんな若くて綺麗なんて煽《おだ》てても何もでないわよ？」

えーっと、コメントは差し控えよう。

私は運んできた木箱を横に、ロッテンマイヤーさんを手招いた。

「ロッテンマイヤーさん、姫君様から蜜柑をいただきました」

「まあ……」

「桃のような効用はないので、皆で分けて食べるとよい、と」

「左様で御座いますか」

「うん、奏くんやソーニャさんにも持って帰れるように準備してもらっていいですか？」

「かしこまりました」

ロッテンマイヤーさんが一礼すると、タラちゃんとござる丸がさっと木箱を厨房の方に運んで行く。

私とレグルスくんと奏くんとで押すよりかなり速い速度で行っちゃった二匹の後ろを、悠然とロッテンマイヤーさんは追って厨房へ。

私とレグルスくんが食べてた実を見て、ヴィクトルさんが頷いた。

「今回の蜜柑は本当にそうみたいだね。あーたんが食べてるの鑑定してみたけど、単なる蜜柑って出てた」

「桃ではまた鳳蝶君が悩むからでしょう」

「蜜柑の皮を十日くらい干したら、いい入浴剤になるんだよね。良かったね、まんまるちゃん」

ロマノフ先生とラーラさんも頷いていると、ソーニャさんが小鳥のように首を傾げる。

その桃色の唇が「桃って……?」と呟いたのが見えたけど、先生達の誰も何も言わない。

ということは、言わない方が良いのかしら?

様子を窺っていると、ソーニャさんは追及する気はないのか、瞬きを一つして「まあ、いいか」と納得した様子。

さて、それじゃあ朝の日課も終わったし、奏くんとソーニャさんのご対面も終わった。

これで用事らしい用事は全てすんだので、昨日出来なかった菊乃井観光をしようということに。

メンバーは私とレグルスくんと奏くん、それから先生達三人。

ロッテンマイヤーさんも誘ったんだけど、いつも通りに過ごしてほしい、様子は使い魔が見てるからと、ソーニャさんが言うのでロッテンマイヤーさんはお留守番で屋敷のことをするそうだ。

転移で街に降りると、ソーニャさんはキョロキョロと辺りを見回す。

「やっぱり記憶にあるのとは、少し変わってしまっているわね」

「そうなんですか」

「ええ、宿屋さんなんかは変わらないみたいだけど」

そう言ってソーニャさんの細い指が指したのは、フィオレさんの宿屋だ。

今日も今日とて、引っ切り無しに人が出入りしている。

その賑わいを眺めながら通りを歩くと、冒険者同士なのかお互い気安そうに挨拶を交わしているのが見え、ご近所のおばさんや娘さんが井戸端会議に精を出していた。

段々と街は豊かになっていってる。今度はこれを農村部まで波及させなきゃ。

理想にはまだ程遠いけど、去年より人々の顔が明るいような気はする。

でもここでホッとしちゃいけない。

きゅっと手を握ると、ふわりとその上から柔らかい手に包まれる。

隣にはソーニャさんがいて、なんだかうまく言えないけど、凄く優しい目が私を映していた。

「私が稀世ちゃんと知り合った頃の菊乃井ってね、こんな感じだったのよ。懐かしいわ」

「そう、なんですか？」

「ええ、もっと豊かで賑やかな、それでいて平和で穏やかに暮らせる街にしたいって張り切ってた」

でも、その想いと裏腹に菊乃井は寂れた。

お祖母様は、どんな想いで寂れていく街を見てたんだろう。

私には解らない。

解らないし、それは知りたくない。

前を見据えると、ふわりと手を離されて、頭をワシワシと撫でられた。

その手が優しくてソーニャさんを見上げると、バタバタと衛兵が街の外に走っていくのが見えて、ざわりと先生方に緊張が走る。

辺りに注意していると、冒険者ギルドの扉から勢いよく走り出す青い髪の毛の女の人。

ラーラさんが声をかけた。

「サンダーバード、どうしたんだい？」

「それが隣の男爵領……じゃないや、旧男爵領？　いや、公爵領だっけ？　そこの山で、中途半端にカトブレパスに手を出した馬鹿がいて、怒ったカトブレパスが暴れ狂って菊乃井《こっち》に向かってるらしいのよ！」

「カトブレパスだって⁉」

「そうよ！」

街中に緊張が走る。

カトブレパスは豚の頭に牛の身体、首は腸のような形状でかなり長く、石化の魔眼を持ったモンスターで結構強い。どのくらいかっていうと、エストレージャでも結構苦戦するかなってくらい。倒せばそれなりにはお金になる何かを持ってた筈だけど、怒らせるととんでもなく手強くなるから、殺る時はさっくりやらないと返り討ちに遭うようなモンスターだ。

しかし、晴さんはごくごく軽い調子で。

「あっち側……あー、旧男爵領？　そこから行ってる冒険者は、ほぼほぼ石化されてるんだって。だから倒してやんないと、ソイツら心臓が石になって死んじゃうんだ。幸いこっちはEffet《エフェ》・Papillon《パピヨン》製の状態異常無効が付与された服とかあるから、寄って集ればなんとかなるだろうって、血の気の多い奴らが先行してるんだよね」

肩をすくめておどけた調子で言う晴さんだけど、なんかソワソワした雰囲気。

ラーラさんが口の端を上げた。

「素直じゃないなぁ。エストレージャもバーバリアンも留守だから、自分が何とかしようと思ってるんだろ、サンダーバード？」

「ぐ、べ、別に、先に行った奴等の心配なんかしてないし！　石にされた奴等のことも、なんとも思ってないし！」

　気にしてるんじゃん。

　素直じゃない晴さんの肩をラーラさんが叩く。

　ロマノフ先生はソーニャさんの顔を見ると「子ども達をよろしく」とだけ告げて、ヴィクトルさんと並んで晴さんとラーラさんの方へ歩く。

「行ってらっしゃい。衣服が破損したら、メンテナンスは承ります」

「はい、先に行ってる人達に伝えますね」

　先生達と晴さんの後ろ姿に声をかけると、四人とも振り返らずに手を振る。

　それを見送ると、近くのラ・ピュセルのカフェへとお邪魔することに。

　扉を開いたところで受付をしていたエリックさんに事情を話すと、まだ営業時間前の稽古を見ながらお茶をさせてもらえることになった。

　四人がけのテーブルでレモン水を飲んでいると、舞台ではユウリさんの歌声が響き、それを真似るようにシエルさんとラ・ピュセルの声が響く。

「これが、菊乃井少女合唱団？」

「はい。でも、もうすぐ菊乃井歌劇団になります」

「そうなの」

　帝都でも彼女達はコンクールのお蔭で有名になったから、ソーニャさんもご存じらしい。

聞こえてくる歌声に心が弾む。

穏やかな気持ちで彼女達の歌声に身を委ねていると、ソーニャさんが「あのね」と小さく囁く。

「あのね、私があっちゃん達に会いたかったのは、あの子達が自分の子どものように大事にしてる子なら、私の孫も同じだからっていうのもあるのだけど、それだけじゃなくてどんな子達なのか知りたかったからなの」

「はい」

「エルフってね、子どもが親より先に亡くなることはまずないの。本当に順番通りでね。ごくごく稀に、戦いに巻き込まれたり、事故や災害に遭ったりで逆縁になることもあるけれど、そんなの本当に珍しいことなの」

だから先に子どもに死なれるなんて経験を知るエルフなど両手で足るかくらいだそうだ。

人間を我が子としたロマノフ先生は、その両手の中に入っている。

「レーニャが亡くなった時、ヴィーチェニカもラルーシュカも大泣きしたわ。でもアリョーシュカは『あの子はちゃんと生ききったから』って泣かなかったの」

ロマノフ先生は泣かなかったんじゃなく、泣けなかったのかも知れない。

レーニャさんは人間としては大往生で、まさに生ききって旅立ったのだろう。涙で送るのは違うと、泣けなかったのかも。

何も言えないでいると、レグルスくんも奏くんも、同じく何も言えないのか、静かにレモン水を見ている。

「ハイジちゃんに聞いたけど、ヴィーチェニカもラルーシュカも、ハイジちゃんがレーニャの末裔だと知ってても、レーニャの話を出来ないでいるみたいなの。まだまだ二人とも悲しいのね」

「ロッテンマイヤーさんも、会ったことのないレーニャさんのことを話せないでしょうしね」

「そうね。でもそれだとレーニャは本当に死んでしまうわ」

ぽつりと溢れた嘆きに、奏くんがハッとした顔になる。

「じいちゃん言ってた……。人間は二回死ぬって。一回は本当に死んじゃった時だけど、二回目はだれからも忘れられた時って」

「だれからも、わすれられた時……」

レグルスくんの呟きに、私はあっと思った。

レグルスくんのお母様の事だ。

レグルスくんのお母様のことは宇都宮さんが覚えていてくれてるから、それをレグルスくんに伝えることは出来る。しかし、レグルスくんも宇都宮さんも知らないお母様を語れる人間を、私はレグルスくんから遠ざけているのだ。

このままではいけない。

レグルスくんの中からお母様の記憶を消すようなことをしては駄目だ。

父親憎しで、私は大事なことを見落としていたのかも知れない。

人は二度死ぬ。

その言葉に目を逸らしていたことを突き付けられた気がして、動悸《どうき》が酷い。

レグルスくんは自分のお母さんを、どこまで覚えているんだろうか。

冷や水を浴びせられたような感覚に、内心震えあがる私を他所に、ソーニャさんはそっと目を伏せた。

「レーニャのこと、私はあまり知らないの。私はお役目を拝する前で、あっちふらふらこっちふらふらしてたから、中々アリョーシュカにもレーニャにも会いにいかなかった。だからレーニャの思い出をあの子達と少ししか共有出来なくて……」

思い出を語り合うことで悲しみを癒すどころか、このままではレーニャさんが三人の記憶以外のどこにも存在しなくなる。

今は辛うじてロッテンマイヤーさんが、三人とレーニャさんを繋ぐ糸になっているけれど、悲しいかな、ロッテンマイヤーさんも人間だ。エルフより遥かに寿命は短い。

そういうことを、小さな声で話すソーニャさんに、私はなるほどと思った。

「私達に会いに来たのは、私達だって人間だから遥かに先生達より早くいなくなってしまうから、ですか？」

「……」

ソーニャさんがきゅっと形の良い唇を噛む。

それが答えだ。

ロマノフ先生達は私達をとても可愛がってくれている。

でも私達は人間だから、どうしてもロマノフ先生達を置いて逝ってしまう。

その時に、ソーニャさんは私達のことをきちんと知っておくことで、ロマノフ先生達と思い出を共有して、それを癒しにしようとしているのだ。

「ごめんなさいね。貴方達はまだ小さいのに、ずっと先の話なんてして……」

「いいえ……その……なんて言えばいいのか……」

「これから、貴方達に沢山会いに来て良い？　レーニャの時は、子どもから一足飛びに大人になってしまった記憶しかないの。でも、本当なら子どもって急に大人になったりしないわ。一日、一ヶ月、一年、十年、少しずつ大人になる筈なのに、レーニャのそんな記憶が私にはないの。だから……」

「いいよー！」

レグルスくんが軽やかに明るい声で返事するのに、一瞬唖然として、私も奏くんも顔を見合わせて頷く。

帝都にはおいそれと行けないから、会いに来てもらう分には全然構わない。

構わないけども。

私は早かったら、あと十五年後くらいには死んでしまう。

どうしたもんだろう。

先のことを考えていると、奏くんの手がぽんっと肩に触れて「な？」と言われた。

「へ？」

「あ、若さま聞いてなかったのか？」

私の生返事に、奏くんがちょっと唇を尖らせる。するとレグルスくんも唇を尖らせた。

「もー、にぃに！　だいじなおはなししてたのにー！」

「ああ、ごめん。なんだっけ？」

「だから、若さまはちょっと身体弱いから、長生きするにはけんこうに気をつかわないとなって。みんな、若さまのこと心配してるんだから」

「え……？」

思いがけない言葉に、きょとんとすると、同じく奏くんもきょとんとする。

「心配してるって、なんで？」

「は？　そんなん、みんな若さまが好きだからじゃん」

「へ？」

「いや、そこ、びっくりするとこじゃないし」

心底から出た驚きの声に、奏くんからも同じようなトーンで返ってくる。

ああ、そうか。

奏くんのいう「みんな」っていうのはお屋敷の人だったり、先生達のことか。

そりゃ嫌われてるとは思わないけど。

納得していると、奏くんがなんだか微妙な顔をする。

その表情のまま、ぼりぼりと頭を掻いた。

「若さまっておれらが若さまのこと好きっていうのは、あんまり信じてないのな」

「え、いや、そんなことはないけど……？」

「けど？　けど、なに？」

う、追及が今日は激しい。

ちょっと睨むように強い奏くんの視線に目を伏せる。

だって。

前世の親は『俺』がどんなに反抗期でも、変わらず愛情を注いでくれた。そんな記憶が、思い出が沢山ある。

だけどそれは私が与えられた愛情じゃない。

私を作った人達が私にくれたのは明確な敵意と嫌悪だ。

実の親でさえ好きになれない、愛せない生き物を、誰がどう愛せるんだろう。

私には解らない。

解らないものは信じられない。

信じられないものを信じようとすれば不安になる。

不安になって疑うくらいなら、最初からそんなことあり得ないって思ってる方が楽でいい。

信じて期待して、やっぱり違ったら傷つくのは自分なんだから。

とんだ臆病者だ、嗤《わら》うしかない。

でもそれを説明したら、もっと嫌われるような気がして、それは嫌で口に出せなくて。

押し黙っていると、小さな手が私の眉間に触れた。

ソーニャさんの柔らかな声が降る。

「かなちゃん、少しだけ待ってあげて？」

「え？」

「あっちゃんは今、心の中のすり減ってしまった部分を、作り直している最中なの」

「心の中のすり減ってしまった部分？」

「誰かの『好き』を受け止めるのには、そのすり減ってしまった部分が必要だから……。それが元に戻るまで待ってあげて？」

ソーニャさんの穏やかな言葉におずおずと顔をあげると、奏くんと目が合う。少しの間見つめ合うような状況になったかと思うと、にかっと奏くんが笑った。

「わかった！　まってる！」

奏くんは鼻の下を指で擦って、それからゴクゴクとレモン水を飲み干す。

競うようにレグルスくんも私の眉間のシワを伸ばしてから、レモン水を飲む。

「ありがとう」

小さく呟くと、二人は笑ったまま席を立って舞台の方に行ってしまった。

残ったのは、私とソーニャさんの二人。

「私は……あっちゃんにもれーちゃんにもかなちゃんにも、出来るだけ長生きしてほしいわ。息子達のためにも、私のためにも……」

「はい」

そう返すのが、今の私には精一杯だった。

開演前の劇場には、尚も歌声が響く。

一曲終わったようで、レグルスくんと奏くんの拍手を受けた六人がゆっくりとお辞儀した。

ラ・ピュセルの五人は腰を屈め、シエルさんは俳優がするように胸に手を当てて。

それが終わると、また違う曲が流れてきたけど、それには聞き覚えがあった。

年の瀬によく聞く、去年の大晦日《おおつごもり》に私が氷輪様のお力を借りて歌ったあの——

舞台ではブンブンとユウリさんが手を振る。

それに促されてソーニャさんと近付けば、ラ・ピュセルとシエルさんが歌い出した。

「歓喜の歌……」

「そ。年の瀬って言ったらこれだからな。五人に聞いたら、去年の大晦日にオーナーが歌ったの聴いたっていうからさ」

頷く。

ユウリさんも「懐かしい」と、口の端を仄《ほの》かにあげた。

そして私達を見ると、視線だけで「誰？」と問う。

奏くんは私達兄弟と、ヴィクトルさんやラーラさんに連れられてラ・ピュセルのコンサートに何度か来ていて、ユウリさんやエリックさんと会ってるから知ってる。

この場で「初めまして」は、ソーニャさんだ。

ユウリさんにソーニャさんを「ロマノフ先生のお母さん」と紹介すると、彼の目力溢れる目が点になった。

「は？　じゃあ、ヴィクトルさんより歳上？」

「ヴィクトルさんはソーニャさんからしたら甥っ子さんですし」

「うわぁ……あの人の事も大概、若年寄《わかどしより》って自分で言うのは詐欺だと思ってたけど、これはまた……」

驚愕するのは私も解るし、奏くんも頷いている。

ソーニャさんは興味津々でユウリさんを見てたから、正直に渡り人だと伝えると、ユウリさんの方で「演劇以外なんにも出来ない」と付け加えた。

「演劇の専門家なのね？」

「それ以外のことは本当にからっきしですよ。ああ、でも、家事は出来るかな」

「そうなの」

なんでだろう？

二人とも顔は笑ってるけど、その下ではジリジリとした応酬がある気がしてならない。

でもそこは突っ込んじゃダメな予感がする。同じことを感じたのか、奏くんが二人から一歩静かに下がった。

私も静かにラ・ピュセルとシエルさんの歌に集中する。

歌はいい。

歌は心を潤し……と思った所に、劇場の扉が開きウェルカムベルがカランカラン鳴った。

振り返ると、人影が四つ。

「戻りました」

決して大きくはないけれど、よく通る声が歌に紛れて聞こえた。

四人が件《くだん》のカトブレパスに接触した時、集まった冒険者達ははっきりと二種類に分かれていた。

カトブレパスと戦闘をしているものと、戦闘不能者の二種。

このカトブレパス、どうやら突然変異種だったようで、石化の魔眼以外に猛毒のブレスも使うので、戦闘不能者は石化の上に毒までくらっていたそうだ。

それで、我らがエルフ三英雄とサンダーバードの二つ名を持つ晴さんは二手に分かれて、ロマノフ先生と晴さんはカトブレパス退治、ヴィクトルさんとラーラさんは戦闘不能者の回収と治療に当たったとか。

幸いなことに、先生達の到着が早かったので、石化が内臓に到達する前に、その場にいた全ての犠牲者は治療され、大事には至らなかった。

カトブレパスの方も防御の堅さに攻めあぐねていたけれど、ロマノフ先生と晴さんの援護を受けて、先に戦闘していた冒険者が見事にこれを討ち果たしたそうだ。

しかし、このカトブレパス討伐、裏にちょっときな臭い事情が見え隠れしているようで、冒険者ギルド預かりの案件になるそうな。

「それで私がすることはありますか？」

「今のところは、なにも。ああ、討伐に参加した冒険者達になにか……そうですね、ワインの一杯でも振る舞っては？」

「そうですね、それくらいなら」

菊乃井さんち、ちょっと景気が良くなったからそれくらいなら出来ますとも。

私が頷くと、晴さんは「ご馳走さまです！」と朗らかに、冒険者ギルドに伝達しておくと言いつつ、街に戻って行った。

私達もワインの手配をするために家に戻ることに。

練習を見させてもらったお礼を、ユウリさんやラ・ピュセルの皆、シエルさん達に伝えると、笑顔で見送ってくれた。

そしてばびゅんっと転移でロッテンマイヤーさんの待つお屋敷に飛ぶ。


玄関ポーチに降り立つと、廊下からロッテンマイヤーさんと、何故かルイさんが顔を出した。

「お帰りなさいませ」

「お帰りなさいませ、我が君」

二人して綺麗な礼をするのに「ただいま戻りました」と挨拶して、私は首を傾げた。

「今日は何かありましたか？」

「いいえ、本日はロッテンマイヤー女史に用がありまして」

「街で何か困った事があるとか、菊乃井の政で何か問題があるとかではないんですね？」

尋ねると、ルイさんは何故かロッテンマイヤーさんの顔を見て、少しだけ口の端をあげる。

「はい。菊乃井は順調に回っております」

「それなら良かった」

「お力が必要な時は、必ずご報告致します」

「はい、いつでも言ってください」

私はいつでも頑張りますからね。

意気込みを示すように胸を張って笑うと、何故かロッテンマイヤーさんが「んん！」と咳払いする。

「ロッテンマイヤーさん、お風邪ですか？」

「いいえ、少し乾燥しているのかと」

気のせいかもだけど、ロッテンマイヤーさんの頬っぺたがいつもより赤くなってるような？

じっと見ているのもなんだから「風邪気味なら早く休んでいいからね？」と声をかける。

するとソーニャさんがロッテンマイヤーさんとルイさんとを見て、それからロマノフ先生に視線を投げた。

そして何か閃いたのかソーニャさんが唇を開きかけたのを、ラーラさんとヴィクトルさんが押さえ込む。

驚く私とルイさんに、先生が凄く良い笑顔を浮かべた。

「あの……？」

「いや、ほら、鳳蝶くんの紹介もないのに、私の母と言えど、サン＝ジュスト氏に馴れ馴れしく話しかけるのはどうかなと思いまして？」

「ああ！　気が利きませんで！」

「いえいえ。私の母が好奇心旺盛すぎるのですよ」

ソーニャさんは私のゲストで、ルイさんは菊乃井の臣下。

自分より身分の高い人にはこちらからは話しかけられないし、身分の高い人だって自分より身分が低い人には紹介がなきゃ話せないいんだったかな？

ルイさんは本来はもっと上の地位でも良いくらいの人だけど、ここは帝国だし、なによりソーニャさんの身分がどうなのかもちょっと解らない。

この場合は私からソーニャさんにルイさんを紹介してから話してもらうのが双方にとって無難なはず。

そんな訳でソーニャさんにルイさんを、ルイさんにソーニャさんを紹介すると、ルイさんは凄く驚いた様子で「ロッテンマイヤー女史の大祖母様」と呟く。

っていうか、ルイさんはソーニャさんがロマノフ先生のお母さんというより、ロッテンマイヤーさんの大祖母様って方に重きをおくのね。

ロマノフ先生よりロッテンマイヤーさんのが、ルイさんとは親しいからかな。

ともかく、ルイさんは本当にロッテンマイヤーさんに用事があっただけなようで、お茶に誘ったら昼休みを抜けてきたから帰らないといって、さっくり屋敷から去って行った。

「良い人そうねぇ」

「ルイさんですか？　凄く良い人ですよ」

リビングに用意されたお茶を楽しんでいると、「ふふっ」と笑いながらソーニャさんがルイさんを評する。

そしたら後ろに控えていたロッテンマイヤーさんがまた「んん！」と咳払い。

本当に大丈夫なのかな？

レグルスくんや奏くんもロッテンマイヤーさんの様子がおかしいと思ってるようで、クッキーを齧《かじ》りながら首を捻ってる。

「本当に大丈夫？」

「はい、ご心配をおかけしまして……」

「申し訳ないとか言わないでね？　ロッテンマイヤーさんがいつも頑張ってくれてるの、皆知ってるし、調子が悪いなら本当に早く休んで早く元気になってほしいから……」

「はい、ありがとうございます。でも本当に乾燥していただけですので」

ロッテンマイヤーさんの目はメガネに覆われて見えないけど、口許は微かに笑ってる。

彼女が大丈夫というなら大丈夫なんだろうけど。

なんとなく不安に感じていると、ふわりとラーラさんがソファから立ち上がって、私の肩に触れた。

「まんまるちゃんが心配なら、ボクが後で身体が暖まる風邪予防効果のある飲み物を作ってハイジに飲ませるよ。それで良いね」

「よろしくお願いします、ラーラさん」

「いえ、そんな、お手を煩わせるのは……」

「良いんだよ。レーニャのことを久々にきちんと話せたから……。レーニャにもよく作ってあげたんだ。昔話に付き合うと思って、受け取ってよ」

ぱちんっとロッテンマイヤーさんに向かって、ラーラさんのウィンクが飛ぶ。

それを受けて懐かしそうに、ヴィクトルさんが私やレグルスくんや奏くんを見た。

「僕も、レーニャが風邪を引いた時はそれ作ってあげてた……。あーたんやれーたんや、かなたんも飲むなら作るよ？」

ああ、これは……。

「あい！」

「うん、飲みたい！」

「私も飲みたいです！」

返事をすると、ヴィクトルさんがロマノフ先生をつつく。

「アリョーシャも手伝いなよ」

「ええ、良いですよ」

ロマノフ先生がつつかれた脇腹を押さえながら苦く笑う。

これは良い方向に物事が動き始めたのかな？

窺い見たソーニャさんの瞳は、とても柔らかく優しい光を湛えていた。

新風、光る

その日の夕食は、ロッテンマイヤーさんや奏くんも交えて、レーニャさんの話に花を咲かせた。

思い出を笑って話せるようになった三人を見届けると、ソーニャさんは奏くんを迎えに来た源三さんとちょっとお話しして、それから「また来るわね」と柔らかく微笑みを浮かべながら、お土産の蜜柑を持って帰っていった。

先生達は若干げっそりしてたけど。

それで私はというと、いつもと同じく寝る前にご訪問下さった氷輪様に、ソーニャさんや先生たちから聞き取った育児のアドバイスを纏めたメモをお渡しして、姫君の「ロスマリウスを訪ねよ」という伝言をお伝えしたんだよね。

すると氷輪様は物凄く嫌そうな顔をしつつ、ため息を吐いた。

「どうなさいました?」

『いや、昔から海のにには忠告されてはいたのだ。「艶陽の気性は子どものそれ、きちんと見てやれ」とな。それを受け流しておいて今更……と思うと……』

「ああ……」

それは訪ね難《づら》いなぁ。

ベッドに腰かけて苦悩されるお姿を見るのは、もう何度目だろう。

何か他に口実があって訪ねるなら、そのついでにさらっと育児の経験談を聞けるのかしら？

首を捻ると、そう言えばと思うことがあった。

「あの、氷輪様。実はですね」

『うん？』

この秋の中頃、イゴール様と考えた「ミサンガをお守りに！」企画が、そろそろ始動する筈だ。

まずは販路をイゴール様の神殿に限定するんだけど、他の神様にもご賛同いただけたならその神様の神殿でもミサンガお守りを売ってもいいようにしていただければ……と考えていると、氷輪様にお伝えする。

『それで？』

「はい。それでロスマリウス様も大きな神殿を地上にお持ちですので、ご協力いただけないかお話しに行きたいと思っていたのですが……」

そこまでいうと、氷輪様がうっすらと口の端をあげた。

『我に使い走りせよと？』

「いえ、そんな……」

『良い。切っ掛けとして使わせてもらう。助かったぞ、鳳蝶』

「こちらこそ。厚かましい願いをお聞き届けていただいてありがとうございます」

お礼申し上げるのにぺこりと頭を下げると、わさわさと頭を撫でられる。

そう言えば去年から伸ばしっ放しだし、そろそろ切った方がいいかな。

なんて思っていると、頭を撫でていた手がぴたりと止まる。

顔を上げようとすると、頭上から『切るな』と一言。

なんのこと？

疑問から頭を上げると、そこにはもう氷輪様はいらっしゃらなかった。


それから三日後、私は執務室代わりにしている祖母の書斎で、冒険者ギルドのマスター・ローランさんの訪問を受けることに。

なんでもきな臭くてギルド預かり案件になったカトブレパス討伐が、やっぱりきな臭い案件だったとかでその報告に来てくれたんだよね。

書斎にも応接セットはあるから、そこで先生達三人とたまたま年末のイベントのことで来ていたルイさんに立ち会ってもらうことにすると、ローランさんは「ちょうど良い」と豪快に笑った。

「ちょうど良いってどうしたんです？」

「ああ、ほら、大晦日に合唱団が歌ってくれるイベントを催すと聞いてな。うちの倉庫に眠ってた魔力を通すと光る石が、なんかの役に立たないかと思って相談に行こうとしてたんだ」

「コンサートは夜に開催する予定なので、足元を照らすのに使えるかもしれませんな」

ローランさんの申し出に、ルイさんが頷く。

そう、今年はラ・ピュセルの年越しコンサートをやろうかって事にしたんだよね。

去年は私の歌を氷輪様が、魔術と一緒に領民に届けてくれたけど、今年も祝福の歌を届けたくて。そういうイベントをするには予算がいるし、警備やらもいる。

ルイさんと役所にその辺りを相談したら、翌日には実行委員会みたいなものが作られてた。ルイさん曰く、ラ・ピュセルが動くならお金になるし、お金になったら税収が上がるので、バックアップは当然の事だそうな。

理解があるお役人さん、ありがたや。

なので、その光る石の件は後日また冒険者ギルドに寄らせてもらうとして、だ。

ついでだから、ルイさんにも聞いてもらおうか。

「それで本題ですけど」

「ああ、カトブレパスな」

エリーゼが淹れた紅茶で口を湿らせると、ローランさんが厳つい表情に変わる。

「密猟の類《たぐ》いだったらしい。金持ちがああいうモンスターを剥製《はくせい》にして飾るのに欲しがるだろ？」

そうなんだよー、なんかさー、お金持ちの間では巨大で強いモンスターを討伐して、それを剥製にして飾るのが一種のステータスなんだよね。

でも私はそういうの苦手。

学問としてモンスターの弱点やらを研究するために死体を使うなら兎も角、飾るのってなんか怖いもん。

とはいえ、狩った動物を剥製にして飾るのが富の象徴ってのは前世にもあった話みたいだし、どこの世界にもあるのかも。

ローランさんの言うには、討伐が終わって関わった冒険者や旧男爵領の冒険者ギルドを調べてみたら、特にカトブレパスに関する依頼が出ていた様子がない。

それなら何処かからの直接依頼で冒険者が動いたのだろうけれど、ダンジョン内や獣にちょっと毛が生えたようなモンスターと違って、カトブレパスのような危険なモンスターを討伐する時は、狩り場に設定された場所の領主に許可を受けねばならない。

それは討伐に失敗した時に、今回みたいな大騒ぎになるからなんだけど、ロートリンゲン公爵領の領都にある冒険者ギルドを通じて公爵に確認したところ、そんな許可を与えたことはおろか許可を求めて来た者もいないそうだ。

これ、後ろに何処かの貴族が絡んでるとかないよね？

少しの嫌な予感を払うように首を振ると、私はこれからの処理について尋ねることにした。

「それで討伐したカトブレパスは今どうなってるんです？」

「それは菊乃井の保管庫の中だ。討ったのが菊乃井側から来た冒険者だったしな」

「はあ、なるほど。うーむ、ロートリンゲン公爵へお返ししましょうか？　正規の手順で討たれたものではないですし。カトブレパスに止めをさした冒険者さんには、こちらから対価をお出しするとして」

私がそう言うと、「それなんだがよ」とローランさんが前のめりに私に近付いた。

アップで見るとド迫力。

お顔の厳つさに怯んだ私に気がついたのか、ルイさんがジロッとローランさんを見ながら、咳払いをする。

「お、申し訳ない」

「ああ、いえ。で、どうしたんですか？」

「ああ、カトブレパスを討った奴なんだが、カトブレパスは要らんから『初心者冒険者セット』をもっと流通させてやってくれって」

「え？」

思いがけないローランさんの言葉に訳を尋ねる。

頭を掻きながらローランさんが教えてくれたことによると、カトブレパスを討った中堅冒険者は何度か初心者冒険者の教官役を務めてくれた人らしい。

カトブレパスが暴れた日、菊乃井の冒険者ギルドにその一報が入った際、その人は誰よりも先にギルドを飛び出し、カトブレパスが旧男爵領から来た冒険者達と交戦状態のまま突っ込んだ街外れの森に駆け付けたそうだ。

何故かっていうと、その森には彼の教え子たる初心者冒険者パーティーが、採取の依頼を遂行するために入っていたのを知っていたから。

しかし教え子を救わんと駆け付けた彼が見たのは、彼が教えた通りにヒット&アウェーを繰り返して、カトブレパス相手に負けない・死なない戦いを繰り広げていた教え子達の姿だったそうだ。

教え子達は言った。

自分達が退けば森から街は一直線、旧男爵領から来た冒険者達は石化の呪いにかかって放って置けば死んでしまう。ここは踏ん張り処だ。幸い初心者冒険者セットには状態異常無効が付いた防具がある。それなら教官が教えてくれたように、死なない戦い方をして時間を稼ごう。そうすればきっと教官や、他の経験豊富な冒険者達が助けに来てくれると信じて戦っていた、と。

実際、最初に駆け付けた教官役の彼だけでなく、他にも経験豊富な冒険者がカトブレパス討伐に乗り出して来ていたし、サンダーバード・晴やエルフの三英雄も駆け付けてきた。

そうして教官役の彼は教え子を守るために死力を尽くし、とうとうその一撃がカトブレパスの首を落としたのだ。

戦い終わってみれば、教え子は誰一人欠けることもなく、経験豊富な冒険者や英雄と肩を並べて戦い生き残った経験を積んで、一回りも二回りも成長を遂げていて、誰も彼もが「教官のお蔭で生き延びた」と敬意と信頼の籠った目を向けてくる。

そんな状況に教官役の彼は、労うローランさんの前で咽《むせ》び泣いたそうな。

中堅と呼ばれるほど長く続けた冒険者生活で、こんなに誰かから感謝され敬意や信頼を寄せられたことはない、と。

「そんで奴《やっこ》さん、腹括って『大成もしなかったしがない中年の経験が、若い奴のためになるなら』って、うちのギルド専属の初心者講習の教官になってくれるってよ」

「そうなんですか」

「ああ。『もう自分のためだけに生きるのは止めて、誰かを守るために生きる』ってな。手始めにここだけのじゃなく、色んな場所のひよっこどもを守るために、もっと初心者冒険者セットを色んな場所に流通させてほしいんだとさ。その金になるなら、カトブレパスの権利なんぞ要らんと言ってる」

ここはローランさんと教官さんの申し出を有り難く受けよう。

代わりと言ってはなんだけど、ワインセラーからロッテンマイヤーさんに選び出して貰ったボトルを、私はローランさんへと渡す。

「初心者冒険者セットを他の所にも普及させるよう、私も努力します。それはそれとして、菊乃井に来る全ての初心者冒険者の師になる方の、新たな門出に祝福と敬意を込めて。その方にお渡しくださいな」

「はっ！」

禍福は糾《あざな》える縄のごとし。

こうして菊乃井に新たな風が吹き込んだ。

件のカトブレパスは結局、Effet・Papillonで素材になりそうな物を一部買い取り、他は菊乃井の冒険者ギルドが他所に売りに出すことに。

ロートリンゲン公爵の下にカトブレパスの取り扱いについての使者に立ってくれたロマノフ先生に、閣下から「カトブレパスと、『初心者冒険者セット』と育成ノウハウを物々交換してほしい」と申し出があったのだ。

私としては、うちの冒険者ギルドの専属教官になってくれた人との約束を果たすために、まず近隣に「初心者冒険者セット」を売り込もうと思ってたし、その近隣にはお隣の公爵領も含まれる。

渡りに船だから一も二もなく承知して、カトブレパスを売りに出したら付くだろう平均価格と同額分の「初心者冒険者セット」をお譲りしたんだよね。

でも、正直いって「初心者冒険者セット」が沢山売れても、Effet・Papillonは儲からない。あれはほぼほぼ慈善事業な金額設定だし、目的は利益を出すことでなく人材育成なので、将来への投資、或いは人という資産を増やすだけ。

更に取り扱いするのなら、初心者冒険者への講習を取り扱いする側で用意してもらわなきゃならない。その分だけ扱う側の金銭的負担が増えて赤字になる。

だから慎重に周りを説得していこうと思ってたところで、閣下からの申し出は本当にグッドタイミングというやつだったのだ。

閣下は領都の冒険者ギルドに命じて、菊乃井と同じレベルの講習を購入者に課し、また購入者に訓練も兼ねて領都の治安維持に協力してもらうという。この辺りも菊乃井と同じやり方だ。

ノウハウはうちの冒険者ギルドにあるので、それを提供する。

元々ロートリンゲン公爵は、私と誼《よしみ》を通じた事で、自領に初心者冒険者を保護する取り組みを行おうとしていたらしい。

しかし、領都の冒険者ギルドも旧男爵領の冒険者ギルドも、公爵の提言を断ったのだ。

領都の冒険者ギルドは、菊乃井と違って公爵領には腕のいい冒険者が集まっているとして、旧男爵領の冒険者ギルドはギルドマスターやら職員やら、不正の温床で男爵とズブズブだったことから、全職員の首をすげ替えたばかりでとてもそんな余裕はない、と。

冒険者ギルドに対して強制を課すことも、勿論領主には出来る。

だけどそれをすると、位階の高い冒険者はその街には寄り付かなくなることも。位階の高い冒険者は大概が自由を愛し強制を厭《いと》い、権力にものを言わせる領主を嫌うからだ。

名のある冒険者が来ない冒険者ギルドが廃れるなんてのは、以前の菊乃井の状況でお察し。

なので閣下としては、初心者冒険者への取り組みは「考えてほしい」くらいの話で終わらさざるを得なかったそうだ。

でも、今回のカトブレパス騒ぎで事情が変わったようで。

旧男爵領の冒険者ギルドは、領都の冒険者ギルドの傘下。

旧男爵領の冒険者ギルドは武功を求める冒険者達に、暴れ狂うカトブレパスの討伐を緊急依頼として発注した。

しかしながら、蓋を開けてみればカトブレパスを退治したのは見下していた菊乃井領の冒険者ギルドから派遣された冒険者達で、更には初心者冒険者が討伐に大きく貢献していたのだ。

翻って旧男爵領から派遣された冒険者達は、我先にと武功を焦るあまり、お互いを盾にしあい、結局のところ全員揃って石化の呪いや毒のブレスの餌食《えじき》になるというお粗末さ。

そもそも旧男爵領のギルドにいた冒険者は、領都の冒険者ギルドから、綱紀粛正《こうきしゅくせい》のすったもんだで冒険者を集めることも叶わない旧男爵領のギルドへと紹介されてやって来た人達ばかり。

閣下は領都と旧男爵領の冒険者ギルドのマスターを呼び出して、菊乃井の初心者冒険者達の武功についてどう思うか問うてみたそうな。

するど二人とも神妙な面持ちで、菊乃井の初心者冒険者に対する取り組みを自分達のギルドでも行いたいと言ったそうで。

領主やギルドが負う負担も承知の上での申し出だというなら、私の方に否やはない。

そんな訳で私は急いで次男坊さんに手紙を書いて、早急に用意できるだけの「初心者冒険者セット」を準備して公爵にお渡ししたら、カトブレパスが丸々手に入ったという。

なんという藁《わら》しべ長者。

カトブレパスの両目は加工すれば石化の呪具になるし、反対に石化の呪いを反射するアクセサリーや防具にもなる。

皮は硬くて良い鎧や盾の材料になるし、骨も石化効果を付加した武器の材料になるとか。

最初は全部売ろうかと思ったんだけど、ローランさんが「両目は鳳蝶様が持っといてくんな」と言うので、ありがたくEffet・Papillonで安く買わせてもらった。

献上するって言われたけど、売れば安くても両目で金貨十枚にはなるんだから、そんな訳にいかない。

だって流石の変異種。

ヴィクトルさんにカトブレパスの目を鑑定して貰ったら、猛毒の邪視《じゃし》って効果も付いてたんだもん。

これって上手く加工すれば石化反射に猛毒反射のアクセサリーが作れるってことだし。

あれこれ話し合って、本当に安値で買わせてもらったんだよね。

なにか大事があった時に使わせて貰おう。


そうした問題が片付いた頃、菊乃井に初雪が降った。

新年まであともう少し。

「今年の大晦日はラ・ピュセルのコンサートをやるんでしたよね？」

「はい。今、舞台設営のために大工さんに頑張ってもらってます」

リビングの暖炉の前は、本日も盛況。

ソファに腰掛けたロマノフ先生の質問に答える私の前には、姫君からいただいた蜜柑の入ったパウンドケーキと、蜜柑を皮ごと使って作ったジャムを溶かした紅茶が。

同じく蜜柑ジャムを溶かした紅茶を飲みながら、ヴィクトルさんが進捗を教えてくれた。

「歌の方は大体仕上がってるよ。あーたんが去年歌った『歓喜の歌』も、ユウリのお蔭であの子たちにも歌えるくらい簡単な歌詞に出来たし」

「去年のまんまるちゃんの歌は、古典的な言葉が多かったからね」

「はぁ」

ラーラさんの言葉に少し首を傾げる。

私は「歓喜の歌」の原文をそのまま歌っただけで、皆の耳にどう訳されて聞こえたかまでは解んないんだよね。

でも、祝福するような歌詞だったのはなんとなく解ると、奏くんは言ってたっけ。

蜜柑のパウンドケーキを一切れ、フォークで切って、お膝のレグルスくんのお口に入れると、返礼なのかレグルスくんもフォークにパウンドケーキを突き刺して「にぃに、あーんして」と食べさせてくれる。

ケーキの大きさが若干大きいから、一口では食べきれない。

噛み千切ると、まだ「食べて」と言わんばかりに、ケーキの残りが刺さってるフォークをぐいぐい押し付けられる。

その様子に、宇都宮さんがアワアワとレグルスくんを止めに入ってきた。

「レグルス様、お兄様はまだお口の中にケーキが入ってらっしゃいますから」

「んー、にぃに、ケーキなくなった？　まだ？　もうたべた？」

何故こんなにレグルスくんはぐいぐい来るんだろう。

とりあえず、口にあるのを飲み込んでしまうと、レグルスくんにまたパウンドケーキを食べさせられる。

美味しいんだけど、なんかこう、沢山口に入れられると、ケーキに水分持ってかれちゃう。

またパウンドケーキをフォークに刺して口元まで持ってくるレグルスくんを止めて、私は紅茶をぐびぐびと飲み干した。

皮の苦味と実の甘味が程好く紅茶の中で混ざってるのが、とても美味しい。

ふはっと息を吐いたところで、ラーラさんが小鳥のように僅かに首を傾げた。

「もしかして、ひよこちゃんはまだ諦めてなかったのかい？」

「へ？」

なんのことだ？

レグルスくんを見ると、唇を尖らせてラーラさんの方に顔を向けて。

「だって！　ラーラせんせー、うそついたもん！『にぃにはのびるよ』っていったのに、にぃに、ぜんぜんのびないもん！」

「嘘なんかじゃないさ。まんまるちゃんの背は順調に伸びてるからね」

「は？　伸びる？　背？　なんのことです？」

そう言えば去年の今頃、伸びる伸びないっていう話をしたような記憶があるけど？

問うようにレグルスくんを見ると、ぷすりと丸い頬を膨らませた。

「ラーラせんせー、にぃにのおなかへらすかわりにのびるっていったのに、にぃにのおなかぜんぜんのびない！」

「んん？」

「もしかしなくても『伸びる』ってまんまるちゃんのお腹がお餅みたいに伸びるかってことだったのかい⁉」

ふはっとラーラさんが笑ったのと同時に、ごふっとヴィクトルさんとロマノフ先生が噎《む》せる。

ぷうっとぶすくれたままのレグルスくんを見るに、そういうことだったみたいだけど、それなんてホラー。

びよーんっと伸びる自分の腹肉を想像して、私は白目を剥いてしまった。

行く年来る年変わる都市

暮れもちょっと迫ってきたかなっていう、ある日。

私とレグルス君と奏くんは、暖炉の前でいそいそと、ミサンガのデザイン画の描き起こしをしていた。

なんと、氷輪様に橋渡しをお願いしたお守りミサンガの件、ロスマリウス様がご許可くださったんだよね。

氷輪様の仰るには「随分妙なこと考えやがって」って笑いつつ、それでも本人の努力次第でミサンガにかけた願いが叶うよう、背中を押すくらいの加護も付けてくださるという大盤振る舞いでだ。

早速イゴール様にもお知らせしたら……っていうのも、実は氷輪様が出向いてくださったんだけど、イゴール様も「それくらいの加護なら僕も付けるよ」と、トントン拍子で話が進んでる。

だけど、ロスマリウス様から条件が一つ。

「イゴールのとことデザインの被らないシャレオツなやつでヨロ」って。

この砕けた話し方を氷輪様のお口から聞いた時は、ちょっと、なんか、顎が外れそうだった。

そんな訳で私とレグルスくんと奏くんは、画用紙にぐりぐりと絵を描いてる訳。

「ひよさま、みどり貸して？」

「いいよー」

奏くんの画用紙には水色と青の線が引かれて、所々お星さまが付いてる。

そこにレグルスくんが、ひよこちゃん巾着から取り出したクレヨンを渡せば、緑の線が加わった。

海を思わせる寒色系スパイラルって感じ。

レグルスくんの画用紙には、花とおぼしき物が沢山付けられたミサンガが。

ひよこちゃん巾着から黄色のクレヨンを出してきて、ぐりぐりと花を塗りつぶすとふすっと鼻息荒く、イラストを私に見せてくれる。

「かけた！　ひよこちゃん！」

「ひよこちゃん……！」

おうふ、花じゃなかった。

というか、私や周りがひよこちゃん扱いするからか、レグルスくんの身の回りの品にはひよこちゃんが溢れ返っている。

服には私のしたひよこの刺繍に、お出かけの時には首からロマノフ先生から貰ったひよこちゃんマジックバッグを下げてるし、お家の中では私の作ったひよこちゃん巾着に折り紙やクレヨンを入れて持ち歩いてる。更には彼の枕元にはひよこの編みぐるみが並んでいたり。

そして本人がデザインしたミサンガはひよこ模様。可愛い。

ふすふすと鼻息荒くイラストを見せる姿も可愛くて、奏くんと顔を見合わせて和んでいると、ドアをノックする音がした。

『わかしゃまー！　おきゃくしゃまれしゅよぉー!!』

元気な声に扉を開けると、ぴょんっとアンジェちゃんが顔を見せる。

その後ろから宇都宮さんが、ぺこんとお辞儀した。

「失礼致します。若様、お客様がお見えです」

「どなたです？」

「サン＝ジュスト様、ニナガワ様、ローラン様のお三方です。光る石とラ・ピュセルのコンサートのことで……と」

「解りました。三人でも大丈夫？」

「はい。今、レグルス様とかな君とでデザイン画の描き起こしをしているとお伝えしたら、三人でご一緒に、と」

「そうですか」

宇都宮さんの言葉にレグルスくんと奏くんと、顔を見合わせると、お片付けしてから三人並んで、アンジェちゃんの頭を皆で撫でて部屋を出る。

ポテポテと歩くアンジェちゃんと宇都宮さんの後ろに付いてリビングに行けば、ソファにはローランさんとルイさん、それからユウリさんがいた。

そう、ユウリさんってフルネームを漢字で書くと「蜷川悠理」と書くんだって。

歌劇団計画を始動するに当たり、台本をどうするのかって話になったんだけど、ユウリさんはこちらの文字を読むのはスムーズに出来てたんだよ。

　不思議に思って尋ねてみたら、なんとユウリさんにはこちらの文字に日本語でルビが振ってあるように見えているそうだ。

　それでもしかしたらユウリさんの祖国の文字をこちらの人も読めるのかと思って、試しに紙に漢字で名前を書いてもらってユウリさんのフルネームと漢字が判明したんだけど、残念なことに私以外誰もその漢字を理解出来なかったんだよね。

「何故読めるんですか？」ってにこやかにロマノフ先生に聞かれた時には冷や汗が止まらなかったけど、ユウリさんの「そりゃ神様に教わってんだろ？」っていう偶然のフォローに助けられた。危ない危ない。

　それは横に置いといて。

　挨拶しつつ三人に向かい合うようにソファに座れば、左右に奏くんとレグルスくんが座る。

「今日はお三方揃ってどうなさったんです？」

「はい、実は……」

　にこりともしない真面目な顔でルイさんが説明してくれたのは、以前ローランさんから申し出があった魔力を通せば光る石のことだ。

　ローランさんと話した翌日、ルイさんはエリックさんとユウリさんを伴って、冒険者ギルドの倉庫に例の石を見に行ったとか。

　なんでユウリさんとエリックさんとを連れてったかっていうと、カウントダウンコンサートの舞台演出をするのがユウリさんだからだし、その費用がどれほど掛かるのかをざっと計算するのがエリックさんだからだ。

それで早速石に魔力を通してみたら、夜やら暗いところならよく目立つだろうけど昼間は全く目立たないくらいの光を放ったそうな。

「まあ、夜のコンサートだし街灯的なものがあった方が良いとは思ったんだけど、ここって街灯って概念があるやらないやらだったし、わざわざ柱やらを建てるよりは安上がりかなって」

「それで石をタイル状にして道の舗装に使った、と？」

「ああ。この機会に広場とカフェを繋ぐ大道路は補修するって聞いたから、石をタイルみたいにして配置してみたら良いんじゃないかと思ってさ。模様を書くようにしてもいいかもしれないし」

「なるほど。それで魔力を通して夜は光るようにすれば、足下の安全は確保出来そうですね」

どうせ道を補修するんだから、その材料に使い道の無かった石を混ぜても、特に予算が増えたりする訳でもない。

石が加工されて光らなくなったって、実験なんだから特に痛みがある訳でなし。

そう考えてのことなら、私にギルドマスターやルイさん、ユウリさんが許可を得なければいけないことは何もない。

遠慮なくやってほしいと伝えれば、用件はそれだけじゃなかったそうで。

「いや、道が出来上がって今夜初めて魔力を道に通す実験をやるんだ。なんだったら鳳蝶様にもお出まし願って、協力してくれた職人達を労ってやってほしいんだよ」

「それは是非」

キラキラ光る道とか出来たら素敵だもんね。

そういうことならと頷くと、奏くんとレグルスくんが手を挙げた。

「おれも行きたい！」

「れーも、みたいなー！」

「おう、奏も弟様も来てやってくれや」

豪快に笑うローランさんの横で、微かにルイさんも笑う。

二人の用事はそれだったようで、同時にユウリさんに目配せすると「俺はちょっと聞きたいことがあって」と、ユウリさんが口を開いた。

「光る石を見てて思い出したんだけど、オーナーなら解るかと思ってさ」

「はい？　何をですか？」

「俺のいた国には、コンサートとなると、こう、手に持って振る光る棒みたいなのがあってサイ……えっと、サイなんとか……」

ユウリさんは記憶から何かを引っ張り出しているのか、何かを握る仕草で腕を振る。

その仕草に前世の思い出を探れば、光る棒のようなものを振り回して、「田中」と何やら儀式めいたダンスの記憶が浮かび上がった。

手旗信号のように棒を振ったり、手が沢山ある仏様の真似のような振り付けを二人でやったり。

あれはたしか……たしかに、サイなんとか！

サイ、なんだったっけ？

「若さま？　なにしてんの？」

「んん？　名前が出てこなくって！」

ブンブンと手を上下に振っていると、ユウリさんも「それそれ！」と手を叩く。

凄く微妙な私の動きに合わせて、レグルスくんもみょんみょんと腕を上下に振りつつ踊り出して。

「そうそう、その棒もって弟様みたいに踊る奴等もいてさ！」

「異世界って変わってんな！」

奏くんの朗らかな声に、若干引き気味にローランさんとルイさんが頷いていたとか、いないとか。


「それで、そのサイなんとかって結局なんなんだ？」

「コンサートの時、歌い手さん達を応援する道具かな……？」

あれから結局サイなんとかの名前は思い出せなかったんだけど、取りあえず形状だけはなんとか思い出せた。

だってさー、菫の園の舞台ではほぼほぼ使わないんだもん。「俺」にしたって、「田中」がそれを持って儀式めいたダンスを踊るのを見て真似して踊ってただけ。

だけど思い出せたんだから、折角だしそれを作ってみようかと。

ぽてぽてと庭を四人——私とレグルスくんと奏くんにアンジェちゃんで歩きつつ、手に持つに丁度良い木の枝を探す。

長すぎず、短すぎず。太すぎず、細すぎず。

そういう枝ってありそうで中々なくて、探し出すと見つからないんだよねぇ。

レグルスくんとアンジェちゃんは飽きてしまったのか、細長い枝を持ち出して謎の擬音「デュクシッ！」を多用したチャンバラを始めちゃった。

っていうか、なんで「デュクシッ！」なんだろう？

いや、楽しいならいいんだけど。

「若さま、見つかった？」

「うーん、中々……。ござる丸に頼んだ方が早いかな？」

「もうその方が早いかもよ？」

「だねぇ」

庭がほぼ森だから枝なんかすぐ見つかると思ったのは甘かったかも。

大体庭は源三さんが掃除してくれてるし、時々先生達と焼き芋してて枝や枯葉は燃やしてるもんね。しゃあない。

「ござる丸ー！　ちょっと来てー！」

森に向かって叫んでから待つこと数秒、奥の方から梢を縫って「ゴザルゥウウウウ！」と大きな雄叫びとともに、ござる丸がターザンのように蔦を使って跳んで来る。

そして空中ブランコのように中空で蔦を離すと、三回転半ひねりを見せて見事に地面に着地した。見事。

美技に四人で拍手すると、誇らし気に胸を反らす。顔があったら多分どや顔。

「お呼びですか？」とでも言うように、青々と葉っぱの茂る頭部を傾けるござる丸に、私は枝が欲しいことを告げた。

「お箸くらいの長さで、握りやすい太さのなんだけど」

「ゴザルゥ」

「振って使うから、出来れば軽いのがいいな。でも丈夫なのがいいんだけど」

「ゴザッ！」

短く鳴いたござる丸はビシッと敬礼するような仕草をすると、トントンとその場で足踏みをする。

すると細い竹のような物がにょきっと生えて、手頃な長さになるとひとりでに地面から抜けた。

それを拾い上げてみると確かに軽いし、竹のようにしなやかで結構丈夫そう。

これならイケるかな？

ござる丸に頷いてみせると、私は大きく息を吸った。

「タラちゃーん！　ちょっと来てー！」

思いっきり叫んできっかり五カウント、みょんっと近くの木の枝からタラちゃんがデカい蛾を抱えてやって来た。

どうもおやつ中だったらしく、抱えていた蛾を糸で簀《す》巻きにしてその辺の生け垣にしまうと、犬のように尻尾を振る。

なので、タラちゃんに魔力を渡して糸を作ってもらうと、それをござる丸の出してくれた棒に巻き付けて。

「なにしてんの、若さま？」

「魔力を通したら光る糸を作ってもらったんだ」

「にぃに、それ、どうするの？」

「ちょっと見ててね？」

ニヤッと唇を上げると、棒全体に魔力を通して糸にも魔力が伝わるようにする。

そしてそれを陰になって暗くなっている生け垣の根元にかざせば、ほのかに七色の光が灯った。

「きれーねー！」

「にぃに、いろがかわるよ!?」

「うん、色が次々に変わる感じにしてもらったんだよね」

赤から青、青から緑といった具合に次々と光の色が変わるのに、レグルスくんとアンジェちゃんの目が輝く。

しげしげと棒を見て、奏くんが顎を撫でた。

「で、これはどう使うんだ？」

「これ、暗いところで目立つでしょ？　コンサート会場って暗いから、舞台からこっちが見えるように振るんだよ。ここにファンがいて、応援してますよっていう印に」

「なるほどなぁ」

ふむふむと頷くと、奏くんは私の手から簡易サイなんとかを受けとると、自分でも振ってみる。

それをレグルスくんとアンジェちゃんが見ていたことに気づいて、奏くんが棒を二人に渡した。

まずレグルスくんが棒を振ってみる。

だけど、棒はちょっと光ってすぐに消えてしまった。

どうやら魔力制御が甘かったみたい。

「んん？　きえたよ？」

「棒を振りながら魔力を全体に行き渡らせるようにしないと、タラちゃんの糸まで魔力が通らないんだよ」

「んー？　えい！」

何度か棒を振っていると、段々と光が点っている時間が長くなる。

それを見ていたアンジェちゃんに棒が渡されると、また光は消えてしまった。

「きえちゃったよぉ？」

「ああ、アンジェはまだまりょく使えないからかな？　若さま、これまりょくを使えない人には使えないのか？」

「いや、糸に魔力を込めて振ったら光るような魔術をかけておけば大丈夫なんじゃないかな」

それ以前に棒に糸を巻き付けただけじゃ不格好だもんね。

色々改良の余地がありそうなそれをしまうと、とりあえず散策は終わりに。

夜にはカフェの前に集合することにして、私達は一旦解散することにした。

そして夜。

月と星の光だけを頼りに歩くのは、大通りっていったって結構心許ない。

屋敷から街へ向かう道なんて、ほぼほぼ森の中だからもっとだ。

こういう時、街の人達で魔術を使える人はそれを使うけど、そうじゃない人は蝋燭《ろうそく》やらを使って歩く。でもそれだって安い訳じゃないから、本来は極力夜出歩かない。

私とレグルスくんが、ヴィクトルさんの転移魔術でカフェの前に着くと、もう源三さんに連れてきてもらった奏くんと、ユウリさんと一緒に来たアンジェちゃんがいた。

シエルさんやラ・ピュセルはまだこの時間だと、ショーの真っ只中で、そっちにはエリックさんがいるから大丈夫らしい。

冬の夜は空気が冴えて、闇が色濃く帳《とばり》を下ろす。

まだローランさんが来ていなかったから、先に昼間に試験的に作ったサイなんとかをウェストポーチから取り出して、ユウリさんにそれを見せた。

「これは？」

「昼間に言ってた光る棒の簡易版です」

「これ、光るのかい？」

キョトンとしながらユウリさんは棒を見る。

単なる竹に紐をぐるぐる巻いて結び付けただけの代物にしか見えないんだから仕方ない。

でも百聞は一見にしかず。

魔力を棒に通すと、見る間に巻いた紐が七色に光りだした。

夜目にも明るいそれに、ユウリさんが感嘆の声をあげる。

「ああ、そうそう。こんな感じに光ってたわ」

「ですよね。不格好だし改良の余地はだいぶありますけど」

「たしかに。でもこんな感じの光る棒なのは間違ってないよ」

なら、後は改良するだけだな。

そんな風に思ってると、奏くんが私に手を差し出し棒を受けとる。

「モっちゃんじいちゃんに何かいい方法ないか聞いとくよ」

「ありがとう！」

うむ、物作りする人の意見は大事だもんね。

奏くん、本当にこういう時頼りになる。

そう言うと奏くんが爽やかに笑った。

けども、それもふっと見えなくなる。どうやら棒に込めた魔力が切れたみたい。

途端に暗くなったのが怖かったのか、アンジェちゃんがユウリさんに身を寄せる。その小さな身体を抱き上げると、ユウリさんはキョロキョロと辺りを見回した。

「ヴィクトルさん、サン＝ジュストさんとローランさんはまだ来てないみたいだけど？」

「うん、ちょっと遅いね。呼びに行こうか？」

「そんなら儂が……行きましょうかの」と源三さんがギルドの方に身体を向けた時だった。

「遅くなりました」

「ああ、ルイさん」

辺りを柔らかく照らす魔術を使って、大通りをルイさんが歩いてきた。

合流して明かりを消すと、ルイさんは私に頭を下げる。

「夜分にご足労いただきまして、ありがとうございます」

「いえいえ。もしも道がきちんと光れば、それをこの街だけじゃなく領内の街道に使えますしね。それによって新たな仕事も生み出せるし、商売にも繋げられますから」

「はい。まずは一歩というところですな」

「うん。その一歩に付き合ってくれた人を労うのは当たり前です」

そうなんだよ。

なんとこの大通りの整備、たしかに整備のお金は出てるんだけど、魔力を通すと光る石をタイルに加工することは職人さんがボランティアしてくれたんだって。

きちんとモノになって、他の道に使う時は給料をちゃんともらうけど、実験だし何よりラ・ピュセルのための花道ならばって協力してくれたそうだ。ありがたや。

それで後はその職人さんと合流して道に魔力を通すだけなんだけど、ローランさんがまだ来ない。

だけどあまり時間が押すと、ショーが終わってお客さんがカフェから出てきて、道をどうこう出来なくなってしまう。

「時間もありません。始めましょう」

「まあ、成功したら一目瞭然になる訳だし、いいんじゃないの？」

ルイさんとヴィクトルさんの言葉に頷くと、広場まで魔術で照らしながら歩く。

街の中央の開けた場所には、大晦日のコンサートの舞台が設置されていて、雨に濡れても大丈夫なように布がかけられていた。

そこを起点として、カフェまでの辺りに、石を加工したタイルを埋め込んでいるので、上手く魔力が通えば光の市松模様が道に浮かぶことになる。

タイルの職人さんは舞台の前にいて、私やルイさんを見ると跪く。

前髪で目を隠した朴訥《ぼくとつ》そうな青年で、声をかけるととてもアワアワしながら「ラ・ピュセルちゃん達のためになるなら！」と見えている口許に笑みを浮かべてくれた。

そして。

「あーたん、れーたん、かなたん、魔力流してみてよ」

「はい！」

「うっしゃ！」

「がんばるねー！」

ヴィクトルさんの言葉を合図に、手を地面に突くと三人で様子を見ながら、少しずつ魔力を流していく。

すると私の前のタイルには青色、レグルスくんの前のタイルは黄色、奏くんの前のタイルには赤色の光が灯った。

魔力が段々道なりに流れていく度に、徐々に色付いて光るタイルが増えて、青黄赤の光の波が大通りを駆けていく。

「成功だ！」

「きれー！　しゅごぉーい！」

アンジェちゃんとユウリさんの歓声に、パチパチと拍手が混ざってるのはルイさんとヴィクトルさん、源三さんかな。

この光の小波の中を、ラ・ピュセルやシエルさんが美しい装いで駆けていくとか、きっと幻想的で美しいに違いない。

ぼんやりと光る道を見ていると、不意にカフェの方から複数の歓声があがる。

そしてそれは複数の人の姿をとって、少しずつ近付いて来て。

どうも複数の人のうち、一人はローランさんなようでガハガハ笑う声が大きい。

その横を男の人が歩いていて、後ろにも人がいるのが解る。

目を凝らしてみていると、ローランさんの横の男性の頭には虎の耳。

「あー！　ジャヤンタだー！」

レグルスくんがだっと光の道を、金の髪を揺らして走り出した。

帝国の南、どっちか言えばコーサラ寄りの地方には、火鼠というモンスターが棲息《せいそく》している。

この火鼠、鼠という名前に反してかなり大きく、だいたいが猫サイズで、大きいものになると中型犬なみになるらしい。

だけど、でんっとテーブルの上におかれた、燃えるような赤い毛皮は、どう見てももっと大きい。

その他にも、水がそのまま布になったような、冷たくも手触りがサラサラの絹織物に、プラチナの輝きも鮮やかな糸がテーブルの上に載せられていた。

昨日の夜、ローランさんが実験に遅れたのは、待ち合わせ時間ギリギリにバーバリアンのお三方が冒険者ギルドに到着したからだった。

宿の手配をしていなくて、泊まるところがない三人がギルドに宿泊願いに来たそうな。

菊乃井の街、ちょっと今宿が取り難くなっている。それは大晦日にラ・ピュセルがコンサートを開くことになったからなんだけど、旅をしていた三人が知るよしもなく。

この街を出た時、宿はまだ夜でもチェックイン出来る余裕があったんだけど、今はもうほとんど夕方になると部屋が埋まっていて中々空かないのだそうな。

それでギルドに泊まる手続きついでに、面白いことやってるから見ていけってことで、あの場にローランさんと一緒にやって来たとか。

私はバーバリアンを屋敷に招いたんだけど、こんな夜に連絡なく行くのは良くないからって言われちゃったんだよね。

そんな訳で翌日、バーバリアンの三人は屋敷を訪ねてくれて。

護衛任務を終えたあとの話をレグルスくんと奏くんと先生方三人と一緒に聞かせてもらってるんだけど、ラーラさんが怪訝そうに首を横に振った。

「火鼠、大きすぎやしないかい？」

「突然変異種らしくてな。私達パーティーがコイツを倒す前には、中の上や上の下辺りの位階のパーティーが三組、討伐に失敗して大怪我したらしい」

「なんと、まあ……」

カマラさんの言葉に驚いたロマノフ先生が顎を手で擦るのに、私も奏くんもレグルスくんも顔を見合わせる。

火鼠の強さっていうのがどのくらいなのか解んないけど、ロマノフ先生が驚くってことは普通の火鼠はそんなに強くないのかな？

そんな私達の疑問に気が付いたように、ウパトラさんが肩をすくめた。

「火鼠討伐なんて、本来は冒険者になりたてのコが受ける依頼よ」

「弱いモンスターなんだな」

「そうみたいだね」

それが中の上や上の下の冒険者達に大怪我をさせるほどとは、それはまさに突然変異種だな。

因みに、三人が突然変異種の火鼠を倒したのは偶然だったらしい。

火鼠の皮は火を防ぐし、これを着ていれば灼熱の空の下にあっても、氷結地獄の吹雪の最中でも、常春の爽やかさだという。

良い服の材料になるからと獲りに行ったら、突然変異種に出会って交戦。これを倒してギルドに持って行ったら、斯々然々とってても助かりましたありがとうってことになったそうだ。

その他の、水が布になったような絹織物は湖水の貴婦人《ダーム・デュ・ラック》の布といって水の精霊の力を借りて織った物で、水・氷系の魔術を無効化し、対峙する相手に魅了をかける効果を持つ服が作れるのだとか。

プラチナに輝く糸は、その名もズバリ、白金娥《プラチナモス》の繭から作られた最高級の糸で、付与魔術との相性が良くて、付与魔術の効果をかなり上げてくれるそうだ。

凄い、どうしよう。

触ったことのない素材に「オラ、ワクワクすっぞ!」って感じ。

これって触っていいのかな?

「おう、これは俺らの服の素材だからな。存分に触ってくれよ」

「そうね、エストレージャみたいなスタイリッシュなのも良いわね」

「私は動きやすさが重視かな」

うっかり口から漏れていた願望に、面白そうにジャヤンタさん達が言う。

つまりそれってご注文ですね?

ということは、この素材に触り放題なんですね?

ひゃっふー!

お礼を言おうとすると、バーバリアンの三人がケラケラと笑った。

「いやー、そんなに素材だけで喜んでくれるとか、獲ってきた甲斐があったな!」

「本当にね。そんなキラキラした目で見られたら、面映《おもはゆ》いじゃない」

「また獲ってこようという気にさせてくれるな。冒険者冥利につきるよ」

「だって見たことないのばっかりだし！　しかもこれで色々作らせてもらえるんですよ!?　趣味と実益を兼ねるとか最の高じゃないですか！」

ぐっと握り拳を固めて力説すると、ジャヤンタさんが少し腰を浮かせてポンポンと私の頭を撫でる。カマラさんやウパトラさんにも頭を撫でられたから首を傾げると、にやっと三人とも口の端をあげた。

「じゃあ商談だ」

「はい！」

「ワタシ達のオーダーはさっき言った通りよ。デザインはおまかせするわ」

「それで残った材料はそちらで買い上げてもらって、服の代金と相殺してほしい。それでも足が出る分に関しては、適正価格をきちんと支払うよ」

三人の言葉に私が頷くのを見ると、ジャヤンタさんも頷く。

するとウパトラさんが再び口を開いた。

「今回は値引きとかせずに、本当に適正価格でお願いね」

「へ？」

「今回のオーダーの出来で今後のお付き合いを考えさせてもらうということさ」

ウパトラさんに続いたカマラさんの言葉にハッとする。

そうだ。防具の善し悪しは命に関わる。

今までは、言ってみればお友達対応だったけど、命の懸かる所にそんな生温い関わりは出来ない。

たとえ彼らの望み通りの品を作れなかったとしても、友人としての彼らは変わらないだろうけど、冒険者として彼らは Effet・Papillon の商品を身に付けてはくれなくなる。

バーバリアンは一流の冒険者。

その彼らにそっぽを向かれたら、いくら初心者冒険者達に需要があろうとも、Effet・Papillon は大成しない。

ピリッと私の背筋と室内に緊張が走る。

私は表情を引き締めると、スッと立ち上がった。

「必ずやご期待に添えるものを仕上げます」

「ああ、よろしくな」

同じく立ち上がったバーバリアンの三人が、それぞれ私に手を差し出す。

ジャヤンタさん、ウパトラさん、カマラさん、それぞれと握手すると、室内の張り詰めた雰囲気がほのかに和らいで。

じゃあ、採寸とかしないといけないねってなったところで、静かに奏くんとお話を聞いていたレグルスくんがひよひよとジャヤンタさんのとこにやってきた。

「ねー、ジャヤンター、しってるー？」

「お？　なにをだ？」

「がっしょうだんのおねーさん、ふえたよ？」

「マジ？　ラ・ピュセルちゃん達メンバー増えたのか!?」

「うん、おーじさまみたいなおねーさん」

「は、王子様？」

ああ、シエルさんのことか。

ジャヤンタさんが目を白黒させているから説明しようとすると、がっと横から肩を掴まれた。

何事⁉

慌てて肩を掴まれた方向を見ると、そこにはなんだか目を爛々と輝かせたカマラさんがいて。

「王子様って⁉　詳しく！　詳しく教えてくれないかな⁉」

ふすふすと結構鼻息荒いし、頬もちょっと赤い。

あ、これ、沼の住人いたかも。

ふへっと笑った私の顔は、それはそれは悪い顔だったろう。

大晦日だよ、全員集合！

さて、大晦日だ。

去年に続いて魔術で大掃除をすることになったんだけど、今年はタラちゃんやござる丸も加わって、凄く賑やか。

ポニ子さんの厩舎もついでに補修したんだけど、タラちゃんの糸とござる丸の出した植物で冬は

暖かくて、夏は涼しくなるように出来て、ポニ子さんだけじゃなく颯やグラニも喜んでた。

今年の初めと同じく、先生方は朔日《ついたち》の朝は皇宮主催の新年パーティーに参加だし、奏くんも源三さんも朝は家族で過ごす。

だからうちの新年パーティーは夕方から、やっぱり立食パーティーだ。

だけど今年は大晦日にもイベントがあるのだよ！

菊乃井の街や周辺にある村の人が優先的に参加できるけど、それ以外の人だって楽しめる、菊乃井少女合唱団のコンサートが！

わー、拍手！

今日は子どもが夜更かししてても怒られない日だし、なにより重大イベントがある。

そんな訳で私とレグルスくんはたっぷりお昼寝をして、お夕飯を食べてからお出かけだ。

行き先は街の中にあるユウリさんとエリックさんが暮らすお家。

彼らのお家は街の広場に面した二階建てで、その一室からコンサートの舞台が凄く良く見えるんだよね。

つまり特等席。

最初は普通にコンサートを見るつもりでいたんだけど、人出が想像を超えるくらい集まりそうで、その中に私達が下手に混ざると押し潰されたりするかもっていうのと、やっぱり警備が疎かになってはいけないってことで、急遽ユウリさんがお家に招待してくれたんだよね。

当日は自分もエリックさんも忙しいし、なによりシエルさんは舞台の上。

「アンジェちゃんにもお姉さんの晴れ姿を見せてやりたいから子守りヨロシク」って笑うユウリさんに、エリックさんは恐縮してたけど、そういう名目があった方が人のお家に入りやすい。

ユウリさん達のお家に待ち合わせ時間に行くと、ユウリさんは「冷蔵庫にあるもの、良かったらなんでも飲んで」と言いつつ家の鍵を渡してくれて。

忙しいなかを縫って来てくれたんだろう、足早に野外舞台の控え室へと去っていった。

なので二人へのお土産の蜜柑のパウンドケーキをそっと置かせてもらって、先に中で待ってたアンジェちゃんを連れて私達は二階へ。

私達っていっても、屋敷の人を皆連れては来れなかったので、エルフ先生お三方と私とレグルスくんと奏くんの計六名でお邪魔してる。

ユウリさんとエリックさんの家は、帝国では東国風っていわれる造りで、三和土《たたき》があって基本は板張りだけど、一階の一部とユウリさんの寝室には畳が敷かれているそうだ。

玄関で靴を脱がなきゃいけないのも、そう。

最初は私もびっくりしたんだけど、帝国は東西の文化の交差点。靴を脱ぐ文化も脱がない文化も、うまく融和していて、しっかり根付いている。

TPOと趣味趣向によって好きな方を選べばいいよって感じ。

広場に面した部屋は客間だそうで、二階に上がると早速窓を開けて外を覗けば、広場はコンサートを見に来た人達で一杯だ。

コンサートが始まるのを今か今かと待ちわびる熱が、離れていても伝わってくる。

「さ、若さま、あれ出そうぜ！」

「うん、ちょっと待っててね」

ニカッと笑う奏くんに促されて、いつも持ってるウェストポーチから金属の拍子木《ひょうしぎ》くらいの棒を六本取り出す。

それにヴィクトルさんが首を捻った。

「なにこれ？」

「えぇっと、サイリウムってやつでコンサートの時に使う異世界の道具です」

「コンサートの時に使う異世界の道具……？」

「らしいよ。これを使って踊ることもあるとか」

目を丸くしたヴィクトルさんに、ラーラさんが頷く。

バーバリアンの三人と再会した後、ちゃんと名前も思い出せた事だし、奏くんと一緒にモトさんにも再会したんだよね。

奏くんは二週間に一回、鍛冶《かじ》をモトさんに教わっていて、サイリウムの相談をモトさんにしてくれて。

形状とかどんな感じなのか解んないから、解ってる私を連れてこいと言われたそうで、源三さんのお家にレグルスくんとお邪魔して、奏くんと一緒に二人で鍛冶を教えてもらった。

それで魔力を通せば光る石を、安い鉄に混ぜて拍子木状に成形すれば、試作品より随分サイリウムっぽくなったんだよね。

ただ、まだ魔術が使えない人に使えるようには出来てないのがな……。

まあ、これに関しては改良あるのみってやつだ。

因みに、私にもレグルスくんにも鍛冶のスキルは生えなかったんだけど、私は彫金って言うのが出来るようになったし、レグルスくんは刀の手入れの仕方を教わった。良き良き。

「ふぅん。で、ラーラはなんでそんなこと知ってるの？」

「ああ、まんまるちゃんとひよこちゃんがアンジェとあの棒を持って面白いダンスを踊ってたのを見たからさ。あの棒を持って踊りつつ、棒に魔力を通せたら魔力制御の訓練になるからね。アンジェは先に魔素神経を発達させなきゃだけど、棒に魔力を通すのを意識してればそのうちちょっとずつでも発達するかと思って」

「おちびさん達には、瞑想させるより身体を動かす方がいいかも知れませんね」

ラーラさんの言葉にロマノフ先生が頷く。

なんと、雨の日に暇潰しがてら踊ってたのが、そんな風に役立つとは。

二階の窓近くに椅子を四つ並べて、私と奏くんでレグルスくんとアンジェちゃんを抱っこしたラーラさんを挟む形で座ると、ロマノフ先生とヴィクトルさんは立ったまま。

申し訳ないなと思ったんだけど、窓もそんなに大きい訳じゃないから私達の後ろに座っちゃうとかえって舞台が見えなくなっちゃうんだよね。

コンサート自体は小一時間程だから、お二人は立ってても平気とは言ってたけども。

少し寒いけど窓を開けて、サイリウムを全員に手渡せば、観覧準備は完了だ。

ドキドキしながら待っていると、舞台上にルイさんが現れる。

それから今日のコンサートの趣旨――領主からの細《ささ》やかな今年一年の労いや、来年への祝福であることを説明し、この舞台に携わってくれた人達や道の補修に関わってくれた人達への謝辞を述べると、一礼して舞台を降りた。

それを合図に、入れ替わりにシエルさんを含めた菊乃井少女合唱団のメンバーが舞台に立つ。

観客に向かって綺麗なお辞儀をして見せた六人に、黄色い悲鳴や野太い声援が降り注ぐ。

それが収まらぬ中、そっと六人が一歩前に出た。

「本日はお忙しい中、私達菊乃井少女合唱団ラ・ピュセルのコンサートにお越しくださり、ありがとうございます！」

どっと拍手が沸き起こるのに、メンバー全員が美しい礼を披露する。

それからシエルさん以外の五人が、彼女の方を向いた。

「私達の新しい仲間を紹介します！」

五人の声が重なるのに応えて、シエルさんが衣装のマントを華麗に翻す。

その姿はまるで絵本の王子様のようで、何処からともなく女性の黄色い声援が起こった。

「シエルです。皆様どうかよろしくお願いいたします！」

シエルさんが再び観客に向かって礼をすると、拍手喝采。

シエルさんはもうラ・ピュセルの一員としてショーに出てて、ファンも沢山いるみたいだから、滑り出しは順調かな？

そう思っていると、眼下で銀に桃色の混じった頭が見えて、何となく見ているとその人の周辺から『シエル様ー！　頑張ってー！』とか『応援してますー！』とか、女性の大声が。

聞き覚えのある声に、奏くんが「あれ、カマラ姉ちゃんじゃね？」とぽつりと溢す。

カマラさんねー。

私がポロッとシエルさんの事を話した日、早速カマラさんはシエルさんの出ているショーを見に行ったそうな。

そして翌日、採寸のために会った時には「シエル様尊い」っていうのが中心の萌え語りを披露してくれたんだよね。

カマラさんがいるってことは、多分その近くにジャヤンタさんやウパトラさんもいるはず。

探してみるとやっぱりカマラさんの隣に、銀に青が混じった髪の人と虎耳の人が見えた。

「ジャヤンタたちもきてるよー！」

「そうだね。ジャヤンタさん達も楽しみにしてるって言ってくれてたもんね」

ぴこぴこと身体を乗り出して下を見るレグルスくんを座らせると、丁度良いタイミングで曲が流れてくる。

最初の曲はラ・ピュセルがカフェでのショーでも初めに歌う曲だ。

知ってる人は手拍子を取ったり、合いの手をいれたりで中々の盛り上がり。

それからは一人一人のソロ曲や合唱の合間に、ダンスやトークを織り交ぜた構成だ。

トリを飾る曲は歓喜の歌なんだけど、その前の曲は帝都のコンクールで歌ったのをシエルさんも加わった六人で歌う。

曲の出だしに合わせてサイリウムに魔力を通して光らせて、歌に合わせてそれを左右に振ると、舞台の六人が一斉に私達の方を見た。

すると隣の家から大きな歓声が上がって。

涙声混じりのそれに驚いて隣の建物——ラ・ピュセルの寮の大きな屋敷を見ると、バルコニーに人がいた。
四、五十代の男女数名に、私や奏くんくらいの女の子や男の子もいれば、アンジェちゃんくらいの子も。
時折ラ・ピュセルのメンバーそれぞれの名前を呼んだり、「頑張れ」とか「可愛い」とか叫んだりしているなかに「お姉ちゃん」だとかも聞こえてくる。

「もしかして、ラ・ピュセルの？」

「うん、そう。帝国のコンクールのご褒美に家族を舞台に呼びたいって、彼女達言ってたでしょ？」

私の疑問に答えてくれたヴィクトルさんの言葉に、思い当たる節があって頷く。

帝都の音楽コンクールで優秀賞を取った時、彼女達は故郷に帰って錦《にしき》を飾るより、頑張ってる自分を見てほしいから家族を舞台に呼びたいと言っていたと、ロッテンマイヤーさんから聞いていた。

だけどこのタイミングになったのは、中々故郷のご家族とラ・ピュセル達のスケジュールが噛み合わなかったからだとか。

新年の朔日はラ・ピュセルもご実家の家業もお休みだ。

それなら年越しコンサートを見てもらって、翌日家族でゆっくり過ごしてくれればっていう。

そんな話を聞いているうちに歌が終わったようで、「次がラストです！」と六人が元気に告げた。

それから私達のいる方に手を振ると、こちらに手を差し向ける。

「これから歌う曲は、去年の大晦日に若様が歌われた曲です！」

「若様もコンサートに参加してくださっています！」

凛花さんとシュネーさんがそう言うと、広場にいた人達が全員一斉に私のいる建物を振り返る。

驚いていると、どこからともなく拍手が起こって。

「鳳蝶君、手を皆さんに振ってあげてください」

「は、はひ……」

ひょぇぇぇ、皆がこっち見てる。

その視線の多さにちょっと怯んでいると、隣にいたレグルスくんが私の手を取ってお手振りするようにブンブン揺らした。

「たのしいねぇ、にぃに！」

きゃらきゃら私の手を振りながら笑うレグルスくんに、緩く緊張がほどけた。

「皆さん、本日はお集まりくださりありがとうございました。どうぞ最後までお楽しみください」

ラーラさんに常日頃教わっているように、椅子から立ち上がって胸に手を当ててお辞儀すれば、一瞬静まり返って、今度はさっきよりより大きな拍手が起こる。

指笛や歓声が一頻《ひとしき》り収まった頃、ステラさんとリュンヌさんが手を挙げた。

「みなさーん！　ショーを見て覚えていたらいっしょに歌ってくださいねー！」

「一緒に行く年に感謝と、来る年に希望を持って歌いましょう！」

「来年も、私達を応援してくださると嬉しいです！」

「今年一年ありがとうございました！」

続けてシエルさんと美空さんが観客に手を振ると、それを切っ掛けに歓喜の歌の前奏が始まる。

すると六人がそれぞれ手を繋いで、大きな声で歌い始めた。

それは小さな子どもにも解りやすく訳された歌詞で、時折太い声や高い声が客席からも聞こえる。

隣の人と肩を組んだり、手を繋いだりしながら、思い思いの姿で皆笑顔でコンサートを楽しんでいて。

夜空をキャンバスに花が降るイメージを描くと、祈るように手を組む。

魔力がじりじり集まって天に昇っていくのを感じていると、ざわざわと外がざわめきだした。

「にぃに、おはながふってるよー！」

「きれー！」

来年はもっと綺麗なものを皆で見られますように——。

巡る新年

一夜明けて、新年最初の朝は快晴だった。

うちのパーティーは夕方からだから、朝のうちはポニ子さん家族のお世話をしたり、家庭菜園の白菜や大根の様子を見に行ったりと、いつもと変わらず。

その合間にエストレージャの三人組が、砦のシャトレ隊長から正月休みをもらったからと、故郷に帰る前に顔を見せてくれた。

三人は冒険者ギルドの転移陣を使って、故郷の村の最寄りの街に飛んで、そこから徒歩で半日かけて帰るそうだ。

「三日のお休みだと、一日くらいしかゆっくり出来ないのでは？」

「でも、他の人達はここの出身だから一日くらいしか里帰りも出来ません。それを考えたら三日も休みをもらえて有難いことです」

「そうですよ。隊長も『三日ですまんな』って仰ったけど、隊長なんて一日もお里に帰ってないって先輩達から聞きました」

「えぇ？」

ダメじゃん。

人手不足の皺寄せを誰かが被るのはあるあるだけど、ずっと休めないってのはダメすぎる。働き方改革がまだ足りないのか。

そう思ったのが見事に眉間のシワに出たようで、隣でホットミルクを飲んでいたレグルスくんの手が、サワサワとその辺りに触れた。

それにロミオさんが手を否定系に動かす。

「ああ、いや、休めないとかでなく、正確には帰るお里はあっても、帰るお家がもう無いのだそうです」

「うん？　どういうこと？」

「それがご両親は既に亡くなっていて、エリーゼさんくらいしか知人もいないそうで、帰らなくてもエリーゼさんは休みになったらちょこちょこ来てくれるから問題ないって」

「はぁ……。え？　エリーゼとシャトレ隊長ってお付き合いしてたり？」

「あー……そう、なのかな？」

ティボルトさんとマキューシオさんが顔を見合わせる。

その辺はロミオさんも解ってないらしく、だけど砦で一ヶ月に一回くらい、エリーゼとシャトレ隊長が兵士達の食事準備をしているというか、シャトレ隊長がエリーゼに料理を習っているのを見かけるそうな。

え？　春なの？　春が来るの？

そうなら姫君がお戻りになった時に、お聞かせできるお話が出来るじゃん。姫君、恋ばな大好きだし。

ほわっと和んでいると、当のエリーゼがバスケットを三つ持ってきた。

「若様ぁ、エストレージャの皆様のぉ、お土産の準備が整いましたぁ」

「あ、ありがとう」

そう言って三つ、藤の籠をエストレージャの前に置くとエリーゼは綺麗な礼をして、シャトレ隊長の事を聞く間もなく退出してしまった。素早い。

バスケットを目の前に置かれたエストレージャも、驚いているようだし、説明しましょうかね。

ロミオさんを促して籠の蓋を開けて、中の物を見てもらうと、三人とも「え?」という顔をした。

「若様、これは……」

「うちで採れたお野菜と、やんごとないお方からいただいた蜜柑のセットです」

「え、やんごとないお方からって……」

「見た目からは想像できないくらい実がぎっしりしてますから、ご家族でどうぞ」

それ以上は言わないよって構えていると、三人とも視線で会話して「ありがとうございます」と頭を下げてから、真面目な顔で背筋を正した。

「味噌《みそ》っ滓《かす》だった俺達が故郷に錦を飾れるのも、若様を始め師匠方や、俺達の過ちも受け入れてくれた街の人達のお蔭です。これからもよろしくお願いします」

「「よろしくお願いします!」」

もう一度三人は頭を下げる。

それからティボルトさんとマキューシオさんに促され、ロミオさんがそっと懐から三つ、包みを私達兄弟に差し出した。

「これは？」

「なぁに？」

「若様とひよ様と奏君の誕生日プレゼントです」

「俺達三人で作りました」と、はにかむロミオさんが目配せすると、三つの包みが解かれる。

中から出てきたのは木彫りの独楽《こま》だった。

「俺達、もともと村にいた頃はこうやって独楽やらなんやら作って街に売りに行ってたんです」

「久しぶりにやったから、勘を取り戻すまでに大分かかりましたけど」

ティボルトさんやマキューシオさんも、なんだか恥ずかしそうにしているけれど、独楽は丸いのやら平たいのやら、可愛い形で綺麗に着色されていた。

「まるいの、かわいいねぇ！」

「本当だ。平たいのもよく回りそうだし。ありがとうございます」

「ありがとう！」

「奏くんにも、必ず渡しますね」

「はい、喜んでいただけて何よりです」

「こんなもので恐縮ですが……」

はにかむ三人にホッコリしたけど、そんな場合じゃない。帰ってきたら渡そうかと思ったら、先に渡されちゃったよ。

ちょっと待っててほしいと三人に告げて、私は早歩きで部屋に戻ると、三人へのプレゼントを持って、また三人の待つリビングへ。

そして、三人へとあわじ結びを連ねて作った、色違いのブレスレットを差し出した。

「私達からもお誕生日のプレゼントです」

「え⁉」

「お、俺達にですか⁉」

「そんな⁉　畏れ多い！」

それぞれのジャケットと同じ色のブレスレットに、三人があわあわしている。

けれどレグルスくんが「おたんじょうび、おめでとうございます」と拍手すると、三人顔を見合わせて照れながらも受け取ってくれて。

そうしてエストレージャは田舎に帰っていった。

お昼は本当にいつも通りレグルスくんと遊んで、夕方。

奏くんと源三さんもやって来て、あとは去年と同じく先生方を待つばかり。

今年こそ昼には帰ってくるって仰ってたけど、やっぱりまだ戻られていない。

「先生達、なにかお城であったのかな？」

「うーん、去年は Effet・Papillon のつまみ細工の話で捕まって遅くなったって言ってたけど……？」

「今年はエストレージャの兄ちゃん達やラ・ピュセルの姉ちゃん達のこととか？」

「ああ、そうなのかな……」

奏くんがモショモショと小さな声で尋ねるのに、私は軽く頷く。

だけど多分それに加えて名工の銘付《めいつき》武具を壊した防具の話、それから菊乃井のゴシップの真相なんかも話題に出てそうだ。

そう思っていると、去年と同じくパーティー会場の中心に光の渦が現れて。

集まっていた光が一瞬強くなると、すぐに収まって中心には白い肋骨服の先生達が立っていた。

「お帰りなさいませ、先生方」

「はい、ただいま戻りました」

「ただいま」

「お待たせ」

声をかけると、三人ともにこっと笑ってくれたけど、どことなく表情に疲れが見えた。

私が今年、皆に用意したプレゼントはアジアンノットの飾りというか、お守りというかだ。

レグルスくんには黄色い紐で作った唐蝶結びとしゃか玉の、奏くんにはしゃか玉と吉祥結びの、それぞれ鞄に付けられるストラップ。

ロッテンマイヤーさんには梅結びやら色々組み合わせて作ったグラスコード、エリーゼと宇都宮さんのメイドさんコンビにはみょうが結びの髪留めを、料理長や源三さん、ヨーゼフには房結びのカフスボタンを。

ロマノフ先生とラーラさんとヴィクトルさんには、二重叶結びや包み結びを組み合わせたマント留めを作りました！

皆それぞれ色違いにしたから、どれが誰のか一目で解るんだよね。

去年と同じくパーティーの最中に突撃してプレゼントを渡すと、皆私に誕生日のプレゼントを贈ってくれた。

レグルスくんからは折り紙で作った花輪、奏くんからは鍛冶で作ったスプーン、エリーゼと宇都宮さんからは蝶々の刺繍が可愛い農作業用の帽子とタオルのセット。源三さんは新種のバラを奥庭に植えてくれたそうで、春になったら料理長のくれた新しいお弁当箱にお弁当を入れて、ヨーゼフから貰った敷物を持ってピクニックがてら見に行く約束をして。

ロッテンマイヤーさんからは、帝都で今流行りの「蝶を讃える詩」っていう詩集を貰っちゃった。

今年もとても幸せな気分でいると、白い礼服の先生方がすすっと私の方にいらっしゃる。

そう言えば先生方からは、古代エルフ語の辞書と先生方が使ってた魔術の教科書を貰ったんだよね。なんでも先生方が使う魔術は、今のエルフさん達が使うのとちょっと系統が違ってて、古代魔術寄りなんだって。

今の魔術は、大昔にルマーニュ王国辺りにあったとされる魔術都市国家が作った簡易魔術式を発展させたもので、先生方が使う古代魔術はどっちか言えば大雑把な術式だけど魔素神経がかなり発達していないと使えない大技が多いそうだ。

だけどヴィクトルさんはそんな中でもちょっと違ってて、魔素神経が発達しているのは勿論の事、緻密で複雑な術式を扱えるコントロール精度が必要な古代魔術も使えるそうな。

それで今回私が先生方から貰ったのはロマノフ先生やラーラさんが使う古代魔術の初歩から、ヴィクトルさんが扱う奥義クラスの魔術まで載ってる本なんだって！

マスタークラスまで行けばマジックバッグの魔術や転移はおろか、ソーニャさんが作った遠距離通話魔術も楽勝で使えるようになるそうだ。しゅごい。

……じゃない。

凄く複雑そうな顔のロマノフ先生が、私の肩に手をおいた。

「おめでたい席でする話ではないかも知れませんが、今日の皇宮でのパーティーの話をしておこうかと」

なるほど、先生方が帰って来た時になんだか複雑な顔をしていらしたのは、ここに繋がるようだ。

両親と何かあったのか尋ねると、ヴィクトルさんが肩をすくめた。

「何かあったのは僕達じゃないんだけどね」

「と、おっしゃいますと？」

「うん、それが……」

ヴィクトルさんの視線がラーラさんに向く。

視線が向けられたラーラさんがロマノフ先生を見ると、先生が大きく息を吐いた。

皇宮主催の新年祝賀パーティーには、国のありとあらゆる貴族が集う。

と言っても帝都に住むか帝都近くに領地がある家以外は自由参加なので、辺境からはあまり参加しないのが通例だそうな。

予想通りならここでうちの両親がクスクスされている筈だったんだけど、昨年ダンジョンの管理不行き届きを咎められた貴族……某伯爵が参加していたお蔭でそうはならなかったという。

それが我慢ならなかったのか、うちの両親に嘲りを代わって受けさせたかったのか、その某伯爵が当て擦って来たそうで。

「ロートリンゲン公爵の領地でカトブレパスが暴れた件で、一番得をしたのは菊乃井家。菊乃井家が初心者冒険者セットやEffet・Papillonの品を公爵家に売り付けるための自作自演だと?」

「ええ。陰謀論だとしてもあまりに馬鹿馬鹿しくて、ロートリンゲン公爵も否定しておられましたけどね」

愚かなことを。

うちの両親と一緒にその某伯爵に絡まれていたロートリンゲン公爵の顔には、ありありとそう書かれていたそうだ。

まあ、そりゃそうだよ。

閣下は初心者冒険者セットがどんだけ売れても、菊乃井の利益はトントンくらいにしかならないのをご存じだもの。

寧ろ取引の過程で「取れる時は取っておきなさいって言ったじゃないか」ってお手紙を頂戴したくらいだし。

それで閣下が辟易されているのを見て、ラーラさんが助けに入ろうとしたところ。

「まんまるちゃんのお母上が、こう、扇を手に打ち付けてね」

パシッと人差し指と中指で、ラーラさんは自分の手のひらを打って見せると、大きく胸を反らした。

「『初心者冒険者セットは、そもそも一本のナイフだけでダンジョンに挑まねばならぬ貧しい者に、ダンジョンのある土地の守護者たる我が家が慈悲として施しているもの。冒険者の矜持を傷つけぬために幾ばくかの金銭を受け取っているだけで、あれが売れたとしても我が家は金銭的な儲けなどありませんの。でもそれで良いのですわ。あれは未来への投資ですもの。善き冒険者を育て、あらゆる地の守護者として送り出すのが我が領地の務めと心得ておりますから。かような事すら理解できないようでは、陛下のお叱りの意味もお分かりになっておられないのではなくて？』って鼻で嗤ったんだよ」

「はぁ⁉　あの母上がですか⁉」

マジか⁉

なんの冗談だ⁉

あまりの衝撃に大きな声が出て、みんなが一斉に私の方に顔を向ける。

それに気付いて「なんでもないですよ～」と手を振ると、皆多分何かあったと解っていても、何事もなくパーティーに戻ってくれて。

私は声を潜めると、再び先生方に「本当にそれうちの母上ですか？」と尋ねる。

すると三人そろって「是」と頷かれてしまった。

何かが、おかしい。

今まで領地に興味を持ってこなかった人が、物笑いの種になったからと領地の事を本気で知ろうとするだろうか。

ダンジョンと初心者冒険者に対する施策は、逐次二人には知らせていた。

去年はそれを答えられずに叱責されていながら、何故今頃……？

これはもしかして。

「不慮の事故や急な病、いずれにせよ毒の杯《さかずき》が迫ってるとでも思ったかな？」

「可能性はあるでしょうね。君のお母上は、純然たる貴族の令嬢として教育を受けていらしたようだし」

「陛下に二度も叱責されてるんだ。三度目があったら、不慮の事故や急な病であーたんのご両親に不幸があっても、そりゃ貴族連中は何も言わないよ」

そうだろう。

貴族は個より家に重きをおく。

家を危険に晒すものは、身内と言えど内々に処されて然るべきものだ。

その考えは古い家ほど不文律として存在している。

だけど、そんなこと私は望まない。

「三度目があれば問答無用で隠居してもらいますが、死体は役に立ちません。尻拭い役は、生かしておかなければ意味がない」

「まぁね。ボクらは君のそういうところをちゃんと解ってるけど、お母上は怖いだろうね。何せバラス男爵の件がある」

「ああ……」

他人にああなんだから、身内に容赦する必要なんか感じないのは確かだけどね。

まあ、でも、これはこれで良いのかも知れない。

私にはあの人に飲ませたい要求がある。

あの人が怯えれば怯えた分だけ、私の要求は通りやすくなるんだから。

「……これは仕掛け時かな？」

ニッと口の端を引き上げれば、ツンツンと服のすそを後ろから引かれる。

その引っ掛かりに振り向けば、レグルスくんが私の服のすそを引いて目を煌めかせていて。

「にぃに！　いまのおかお、つおそう！」

「え？　そう？」

「もういっかい！　もういっかい！」

そんなに言われたら悪い気はしない訳で。

私はおねだりに応えるべく、唇を三日月に歪めた。

いつ言われても良いように、寝る前にちょっとだけ悪い顔の練習をしてる甲斐があるってもんだよね！

『新年早々色々とありそうだな』

宴の後、寝る前の小一時間。

いつもと変わらず氷輪様が、音もなく月の光をお伴にいらしてくださった。

開口一番そう仰るってことは、パーティーから私の様子をご覧になってたのね。

「はい。そろそろ遊興費を締め上げて半年程にはなりますし、あちらにも焦りが見えてきましたから。付け入るなら今かと」

『そうか。ならば今少し身辺に気を配れ。攻撃は物理的な物だけでなく、呪詛のようなものもある』

「はい」

って頷いたものの、呪詛とは。

いや、呪術は古い魔術体系にあって、それを今でも生業にする人がいるのは知っているけれど。

あまりに自分と呪詛が結び付かなくて首を傾げると、ふわりと氷輪様の手が私の髪に触れた。

『お前の教師達は大層優秀らしい。お前が気付く前に、呪詛が届かぬように弾き返しているようだ』

「それって、私が何度か呪われたということですか⁉」

ひょえ⁉

衝撃の事実に身体が固まる。

あまりのことに声も出せないでいると、氷輪様が背中を摩ってくれて。

ガクブルしながら氷輪様のお顔を見ると、少しだけ厳しい顔で首を横に振られた。

『いや、明確に意図して術式を用いて呪詛された訳ではない。お前に対する恨みつらみが、何かの拍子に呪いの形を結んだものだ』

「私に対する恨みつらみ……」

それに心当たりがないではない。

両親やバラス男爵、サイクロプスの連中は、さぞや私が疎ましかろう。

『妬みや嫉みも関係している。悪事を働く働かないによらず、意思あるもの同士がかかわり合いになれば、どうしたところでその様な感情が生まれるものよ』

俯いた私に、氷輪様が柔く頭を撫でてくれた。

なにもしてなくても、恨みを買う時はある。そういう事なんだろうけど。

いつか何処かで知らないうちに、誰かを何かしら傷つけている。

それはとっても胃の痛い話で。

しおしおと気持ちが萎れていくのが解る。

自分が解るんだから、外からはもっと解ってしまうんだろう。氷輪様がぽつりと『辛いことを言ったな』と溢されて、私は慌てて首を振った。

「いえ、そんな……！　私が甘かったんです。誰かと事を構えるなら、恨まれたり憎まれたりは当然あることなのに。口で解っていると言いながら、覚悟が全く足りなかったんです……」

姫君が以前に「覚悟を持て」と仰ったけど、それってこういうことも含まれる筈だ。

それなのに改めて突きつけられると、辛いとか考えが甘すぎる。

ずどんとおちこんでいると、旋毛をツンツンとつつかれて。

顔を上げると氷輪様の目が、穏やかに私を見ていた。

『強くなれ。人の心の機微に疎くなるのではなく、悪意に怯まぬように』

「はい」

『そのための助けはいくらでもくれてやろう』

畏れ多い言葉にお礼を言おうとすると、その前に氷輪様のお口から『よっこらしょ』とか出て来て目が点になる。

その間に私の目の前に、どすっと床が抜けそうな音と共に皮袋が置かれた。

「へ？」と間抜けた声が喉から出て来たのと同時に、氷輪様が袋を開くと其処から一つ組み木細工の箱を取り出されて。

『これはイゴールの所の小僧から、誕生日祝いのオルゴールとやらだ。中にカードが入っている故、後で確かめるといい』

「は、はい。ありがとうございます……」

『次に我と百華と艶陽からだが……』

とりあえず手渡された組み木細工のオルゴールをベッド横の棚に置く。

その間にも氷輪様は皮袋の中から、キラキラと光る何かを取り出して私のベッドに並べていた。

あまりにもベッドが光るから、恐る恐るそちらを見ると、なにやら鱗っぽい大きなモノが。

あれ、ちょっと前に見たことある。

一つ買おうとするだけで、菊乃井が傾くやつと違うかしら。

いや、まさか、そんな。

若干白目を剥きつつ、氷輪様に近づくと、その白い頬に少し赤みがさしているような。

「あ、あの、それは……」

『うむ。我と百華との協議の結果、お前の守りとして我らが飼う古龍の鱗を、此度の誕生日の祝福として贈ることになった。ついては艶陽も加わりたいと申し出てきてな。イゴールのはおまけだ』

「ひぇぇぇぇぇ！」

ロスマリウス様の古龍の鱗だけでもヤバいのに！

アワアワする私をどう思われたのか、ふふんっと胸を反らした氷輪様の言うことには、そもそもこれはロスマリウス様の話が発端らしい。

「古龍の逆鱗やら鱗だの、滅茶苦茶喜んでた。掃いて捨てるほどあるだけに良いのを選別するのが面倒だったけど、やった甲斐があった」って、氷輪様がお会いした時に仰ったとかなんとか。

あわわわわ、人間と価値観が違いすぎる。

『選別するのに手間取ったが、どれも素晴らしく良いものだぞ。我らが飼う古龍は、それこそ有史以来何度も脱皮を繰り返していて、鱗も逆鱗も何もかも、庭石として捨て置くほどにあるのだ。欲しいならいくらでもくれてやったものを……』

「そ、そんなの言えませんし！　選別するのもお手間が掛かるんなら尚更！」

『構わん。お前の守りになるのだ、手は抜けん』

ひぃ！

もしかしなくても、私って物凄く大事にされてるんじゃ……。

思い上がった事をと思う反面、こんなに大変な物を守りになるからって沢山くださるって、そう思っていいってことなのか、なんて……。

ぎゅっと胸の辺りを掴むと、不意に氷輪様が私の頭をグシャグシャに撫でた。

『やっと解ったか。誇れ、お前は我らの愛し子よ』

ぐっと目の奥が熱くなって、胸が詰まる。

ロッテンマイヤーさんや先生方も、今の氷輪様のような優しく慈しむ目でいつも私を見てくれる。

それにまだ私は自信が持てない。

だけど、だけど……！

ぐっと溢れ出そうな涙を拭うと、手芸道具を入れている棚から紙袋を取り出す。

それをお渡しすると、氷輪様が片眉を上げた。

「プレゼント、大事にします。それで私からなんですが……」

姫君には花を象《かたど》った結びを沢山使った帯留めを、イゴール様にはサンダルの足元を飾るアンクレットをあわじ結びで、次男坊さんには叶結びの太刀飾り。

ロスマリウス様にはトライデントの柄の飾りをタッセルとひら結びを組み合わせて作ったもの、それから氷輪様には菊結びを使った髪紐をお渡しして。

最後に大きな紙袋をお渡しすると小首を傾げられたから、中のものを取り出してお見せする。

紙袋からころんとベッドに転がったのは、颯やグラニやポニ子さんの毛を織り交ぜたフェルトで作った妖精馬の縫いぐるみだ。

「これは艶陽様に差し上げてください」

『ああ、たしかに』

見上げた氷輪様の何処までも優しい目には、涙と鼻水でぐしゃぐしゃの私の顔が映っていた。

突っ込みどころを見過ごす方が難しい

前の世界と違って、少なくとも帝国では新年のおめでたい雰囲気は朔日だけで、二日となれば最早平日だ。

とはいえ、仕事始めも二日から。

なのでルイさんが役所を代表して、朝から仕事始めの挨拶に来てくれた。

実はルイさんのことも新年パーティーに誘ったんだけど、先にエリックさんとユウリさんの方に誘われてて、エリックさんとユウリさんはラ・ピュセルとアンジェちゃんの誕生パーティーを開いていたそうな。

大晦日は家族で過ごせたけど、次の日の昼間には家族が帰っちゃって寂しいだろうし、シエルさんとアンジェちゃんには帰る場所がない。

エリックさんとユウリさんにも帰る場所はないから、パッと誕生日パーティーをやって皆で過ごそうと思って、そこにエリックさんがルイさんを呼んだんだって。

どちらに参加しようか凄くルイさんは迷ったようだけど、ラ・ピュセルや歌劇団の裏方の二人から、街の雰囲気や今の困り事などなどを聞き取る方を選んで、朔日はそちらに行ったとか。

この辺りはロッテンマイヤーさんから聞いたんだけど、「仕事熱心なのは良いことですが、心休まる時があるのでしょうか……」って凄く心配してた。同感。

働きすぎ、ダメ絶対。

「いえ、それほど働き詰めという訳では……」

「本当に？」

「以前は確かにその様なこともいたしましたが、ここ暫くは無理は避けております」

「その言葉、信じてますからね。倒れたりしたら、ラーラさんにお願いして、凄く苦い薬湯を処方してもらいますから」

「は、肝に銘じて」

うーむ、働きすぎの主な原因は私と両親にあるだけに、本当に申し訳ないけど気を付けながら頑張ってほしい。

だからというんじゃないけど、私はルイさんに小さな紙袋を渡す。

開けるように促したルイさんが、袋から取り出したのは小さなボタンが二つ。

アジアンノットで作ったカフスボタンだ。

「これは？」

「お誕生日おめでとうございます。今年も色々よろしくお願いします」

「た、誕生日……ですか。これは畏れ多いことです」

「常時回復効果を付与してますが、だからといって働きすぎはダメ絶対ですから」

「ね？」と念押ししたら、ルイさんは頷いてくれたけど、ルイさんといいエリックさんといい仕事に際限なく打ち込む人の気を付けるは、一般人の気を付けるより遥かに当てにならないんだよね。

ロッテンマイヤーさんはルイさんと親しいようだし、何かあったら声をかけてもらおうか。

そんな訳で働きすぎないお約束をして、ルイさんは屋敷を後にした。

私とレグルスくんの手元に、ルマーニュ王国の歴史を子ども向けに優しく解説した本を誕生日プレゼントに置いて。

これが中々興味深いんだ。

ルマーニュ王国は、帝国が成立する以前は大きな国家で、大陸の覇権を争う国の一つだったそうな。

紆余曲折あって帝国に滅ぼされる寸前で、今の王家の始祖がなんとか講和にこぎ着けて、現在の状況になっている。

帝国からしたら旧支配者だったし敗者なんだからと、凄く当たりが強い。

ルイさんの件も、ここぞとばかりに帝国の外務省は強く強く出て、あちら側になに一つ譲らなかったそうだ。

帝国の建国から物凄く時間が経ってるのに、それでいいんだろうかってのは、悩むだけ今の私には無駄かな。

何にも出来やしないし、恩恵も被ってるもんね。

まあ、そんな帝国に王国が強く出られない理由を、あちら側の視点で書けばそりゃあ曖昧にせざるを得ないよねー。

まあでも、視点の違いを学ぶには凄く良い教材。

ルイさんは物事の多面性の一つの例を、私達兄弟に本を通じて知ってほしいのかも。

折角だからお昼御飯までの間、私がレグルスくんに貰った本の読み聞かせをするのに、ロマノフ先生が王国以外から見た当時の様子なんかを補足してくれるという歴史の授業をしてもらっちゃった。

それからお昼御飯を終わらせると、私とレグルスくんは奏くんと一緒にお庭で菜園の世話をすることになってて。

だけど約束の時間になっても、中々奏くんがやってこない。

何か道中であったのかかな？

先に仕事で来ている源三さんも、ちょっとソワソワしてるみたい。

様子を見に行こうかと思った矢先、屋敷の方から慌ただしくも軽やかに誰かが走ってくるのが見えて。

徐々に大きくなっていく輪郭に目を凝らせば、それは手を振りながら走ってくる奏くんだった。

物凄く急いでいたみたいで、肩で息をしてる。

「待たせてごめんな！」

「うぅん、大丈夫」

息を整えながら謝る奏くんに、私とレグルスくんは首を振る。

奏くんが遅れた事にはビックリしたけど、頭の先から爪先まで見て怪我とか無さそうなので、それで何よりと伝えると、奏くんはちょっと微妙な顔になった。

「うーん……」

「どうしたの？」

「うー、若さま……ロッテンマイヤーさんが来てくれって言ってた。おれはうまく説明できないから、ロッテンマイヤーさんにきいて」

「うん？　ロッテンマイヤーさんに奏くんの遅くなった理由を聞くの？」

「うん。ちょっとおれにはむずかしいから」

どういうことなの？

頭に疑問符を浮かべて奏くんを見ても、奏くんは困ったような表情をして再度口を開いた。

「えぇっと、おれが遅れたのは別にけがとかした訳じゃないから。知ってる人から伝言をたのまれたんだけど、その……大人の話だからどう言えばいいかわかんなくて……」

ポリポリと頭を掻いて、ちらりとほんの一瞬だけ、奏くんはちらりとレグルスくんに視線を向ける。けれどレグルスくんが気づく前に、私に視線を戻して「そういうこと」と目で訴えてきた。

つまり、レグルスくんには聞かせられないお話って訳だ。

となると両親が何か仕掛けてきて、それを両親と私の事情を知ってて、かつ、奏くんと知り合いでもある人が、私の家に行く途中の奏くんに伝言を頼んだってとこだろう。

何があっても受けて立ってやる。

唇を引き結んだ私を見て、奏くんも凄く真面目な顔だ。

小さく頷きあうと、奏くんはレグルスくんの方へ、私は逆に屋敷の方へと身体を向けた。

「にぃに？」

「ロッテンマイヤーさんが呼んでるらしいから行くね」

「……うん」

私の雰囲気に何か感じたのかレグルスくんの青い目が不安に揺れると。すると奏くんがレグルスくんの手を取って菜園へ促して。

レグルスくんは菜園に、私は屋敷に向かって、お互い背を向けて歩き出した。

暫く行くとロッテンマイヤーさんが迎えに来てくれていたようで。

「何がありました？」

「それが……バーバリアンのウパトラ様からのご連絡で……」

「んん？　奏くんが伝言を預かった相手ってウパトラさんなの？」

「左様に御座いますが……正確な事は先生方からお話下さいますので」

「そうですか……」

どういうことだ。

両親が何か仕掛けてきたんだと思ったのは、私の早合点だったんだろうか？

ウパトラさんというか、バーバリアンは私と両親の不仲を知っているけど、積極的に介入するような立場じゃない。

だけど奏くんのレグルスくんへの目配せの意味を考えると、両親の話なのは間違いないと思うけど。

ロッテンマイヤーさんに伴われ、手洗いを済ませてリビングに向かえば、そこには先生方が勢揃い。

それぞれ皆、少し難しい顔をしていて。

「先生方、なにがあったんですか?」

「ああ、鳳蝶君。実はですね……」

ロマノフ先生の向かいのソファに座る。

それを合図にロマノフ先生が話してくれたことには、今バーバリアンが街から屋敷に続く道で遭難しているらしい。

「へ?」と間抜けな声を漏らした私に、ヴィクトルさんが首を振った。

「あーたんには詳しく話してなかったけど、街からこの屋敷に至る道と森には僕の魔術がかかってるんだ」

「魔術……?」

「そう。悪意を持つ者や、呪いのかかった品物は、この屋敷に辿り着けなくて道に迷ってしまう。そういう古くて強い魔術なんだけど」

初耳だ!

けど、それよりも、悪意を持つものは屋敷に辿り着けない魔術がかけられている道で、バーバリアンが遭難しているって言わなかったっけ。

「え? で、でも、バーバリアンは……」

なんで?

どうして？

ぐるぐるとそんな言葉が頭の中を駆け巡って、他に言葉が出てこない。

すると、ラーラさんが私の混乱に気がついたのか、そっと肩に触れてくれた。

「カナが言うにはバーバリアンには同行者がいて、どうもその同行者の様子がおかしいからボク達に知らせてくれってウパトラから頼まれたそうだよ。なんでも『なんか厄介な気配がするから、暫く探ってみる』って」

「ウパトラさんが？」

「ああ。彼は透かし見の魔眼の持ち主で、この屋敷に続く道や森に何かは解らないけど魔術がかかっているのが見えたからだと思うよ」

ウパトラさんの魔眼には、道やらに魔術がかけられているのが見えていて、屋敷には私やレグルスくんがいる。

普段なら街からそう遠くない屋敷への道なのに、何故かいつまでも屋敷に辿り着かない。

迷っている間に奏くんと出会って、もしかしたら連れている人物が原因ではないかと思ったらしい。

普段ならすぐに屋敷に辿り着く道、普段と違うのは同行者の存在だけ。

それなら原因は恐らくこの同行者だろう。だから泳がして探ってみる……というのが奏くんが預かったウパトラさんの伝言だそうな。

そしてその同行者というのが。

「……レグルスくんに誕生日のプレゼントを届けに来た父の使者、ですか」

「ええ、そうらしいです」

こういう時、どういう顔をすればいいのか解んなくて、ついつい視線を明後日に飛ばしてしまった。

（社会的に）殺る気は満々

「えーっと……父は何を考えてるんでしょう？」

「あー……いや、それは私にも解りませんが、暗殺者とかの類いではないと思いますよ。だとすると呪具かと……。ただ何故我が子の誕生日にそんなものを贈ってくるのか意味が解らない……」

いくらなんでも年端もいかない我が子に暗殺者だの送るほど悪辣《あくらつ》ではないし、そんな度胸はない。それが新年パーティーだのなんだので会った事のあるヴィクトルさんとラーラさんの、父に対する評価らしい。

直接会話して色々あったロマノフ先生は、またちょっと思うところもあるらしいけど、概ね二人と同じ意見だそうだ。

「つまり、今、何故こんなに自分が苦境に立たされているか解っていない、お目出度《めでた》い人ってことですか」

「恨まれている理由は流石に察しておられますが、自分の方が酷い目に遭わされているとは思っているでしょうね」

「度しがたいな……」

私に恨まれる覚えがあるのに、やり返されると思ってないとか、どれだけ鈍感なんだろう。

あれか？

自分が酷いことを他人にするのは良くて、他人からされるのは良くないってやつか？

呆れて声もでない。

バーバリアンは用事があって屋敷に来ようとしたのか、その使者とやらに案内を頼まれたのかは解らないけど、私と父の確執に巻き込まれたのは明白だ。

「とりあえず、バーバリアンの皆さんをなんとかしなきゃですね」

「はい。ですから、私とヴィーチャで行って来ようかと」

ロマノフ先生なら相手側が何であれ遅れを取ることはまずないし、呪具の類いならヴィクトルさんが解呪出来ればそれでよし。ダメでも呪具そのものを破壊すれば何とでもなる。

そういうことなのだろうけれど、私は首を横に振った。

「私も行きます。父が何を仕掛けてきたのか、それとも他に理由があるのか、見極めないと」

「や、でも……」

「足手まといですか？　それなら大人しく家にいますが、そうでないなら連れていってください」

ヴィクトルさんは来ない方がいいと思っているのだろう。眉を八の字にして凄く困った顔だ。

でもロマノフ先生をみれば、顎を一撫でしてから「そうですね」と、口を開く。

「これがそうだとは思いませんが、君に含む所があって、ぶっちゃけ恨みつらみ憎しみ嫉みを持っていて、更に権力と伝《つて》がある相手が仕掛けてくる一例を学ぶ機会ではありますね」

「アリョーシャ！」

ロマノフ先生の言葉に、ヴィクトルさんが困り顔から一変、憤りを露にする。

何と言うか、危ないことに嘴《くちばし》を突っ込む時、ロマノフ先生はしれっと私の背中を押すけど、ヴィクトルさんは私を背中に庇って近寄らせないようにすることが多い。

ロマノフ先生は事に当たらせることで、直接的な乗り越え方を教えてくれるし、ヴィクトルさんは文字通り私を守ろうとしてくれている。

どちらも私のためだ。

だけど、今の私に必要なのは。

「ヴィクトルさん、ありがとうございます。でも私は、もしも父が何かしら仕掛けてきたのなら、それを逆手に取ってやりたい。レグルスくんの誕生日プレゼントにかこつけて何かしようと言うなら、その見下げ果てた性根を叩きのめしてやりたいんです！」

そうだよ。

レグルスくんはこの一年とちょっと、ワガママも言わずに良い子にしてたんだ。

お母様を亡くされたばかりで、父上に会いたいだろうに、そんなことおくびにも出さずに。

それにも拘らずあのクソ野郎、宇都宮さんからも聞き取りしたけど、「宇都宮と二人で帝都に来なさい」ってバカみたいな手紙以降、ハガキの一枚も寄越してないらしい。

なのに、やっと贈ってきたプレゼントに呪具を仕込むとか。

こんなことが許されていいのか⁉　否！　絶許！

肥溜《こえだ》めに落として三日くらいそのまま漬物《つけもの》にしてやろうか⁉

「あ、うん。そうだね、解った。あーたんは僕が守るから、一緒に行こう」

「まんまるちゃん、やる気満々なのはいいけど、色々だだ漏れなのは優雅じゃないよ」

はう⁉

ヴィクトルさんのドン引きしたような声と、ラーラさんの苦笑いに顔がひきつる。

いけないいけない、ついつい本音が口からポロリしてしまった。

貴族として殺意だだ漏れとか、美しくないもんね。

げふんっとワザとらしく咳払いをすると、ロマノフ先生がニコッと笑う。

それに応えるように、ラーラさんがソファから立ち上がった。

「じゃ、ボクはひよこちゃんとカナと庭いじりしてくるよ」

フリフリと手を振ってリビングを出ていくラーラさんは、もしもに備えてレグルスくんと奏くんを守りに行ってくれるのだろう。

そんな訳で、私とロマノフ先生とヴィクトルさんで、バーバリアンを迎えに行くことに。

ロッテンマイヤーさんに見送られて、一歩屋敷の敷地から出ると、冴えて冷たいけど爽やかだった冬の空気が一変して、なにやらネバついて鳥肌が立つほど異様な気配に覆われる。

マフラーを巻いていても首筋が冷たい。

「うわぁ、これはダメなのが来た感じだね」

「かなり強い呪いのようですね」

「そうなんです？」

「ええ、これはかなり強力な部類ですよ」

とか言いつつ、先生の顔はいつもの柔らかい微笑み。ヴィクトルさんの方も、肌に感じる気配が気持ち悪いのか鳥肌が立ってるらしいけど、全然怖がった感じじゃない。

私は呪詛なんて初めて感じるけど、猫の舌で繰り返し手を嘗められてる感じがする。

あれ、猫が好きな人にはご褒美なんだけど、猫の舌ってざりざりしてて、嫌な人は嫌な感触なんだよね。

猫の舌は嫌いじゃないけど、猫もいないのにその感触だけあっても嫌だな。

ぽてぽてと街への道をロマノフ先生を先頭に、私とヴィクトルさんが手を繋いでその後ろを歩くこと暫く。

木々が奇妙に捻くれて見える場所に、人が四人。

カマラさんとウパトラさん、それからジャヤンタさんの姿はいつも通りなんだけど、一人見覚えのない人がいる。

いるんだけど。

「ああ……あれか。真っ黒だね」

「やはり呪具ですか」

「うん。まだ何系の呪いが掛かってるのか見えないけど……」

「えぇっと、あれ、人なんですか？」

四人目の人が、私にはどうしても人間に見えない。

そう言えば、ロマノフ先生とヴィクトルさんの目が少し見開かれて。

ヴィクトルさんが私の頭から爪先を視線で撫でると、「ああ」と溜め息のような声を漏らした。

「アリョーシャ、あーたん神聖魔術生えてる」

「おや、まあ。早いですね」

「うん。生えるのは想定内だけど、時期が早すぎ。先生の準備が出来てないよ」

「そうですね。どうするかな……」

むむっと唸る二人を横目に、私は人に見えない誰かに目を凝らす。

するとうっすらと、女の人の輪郭がその中に見えて来た。

「鳳蝶君、どう見えます？」

「が、骸骨《がいこつ》を被った女の人？」

「骸骨か……厄介だね」

肩をすくめるヴィクトルさんとロマノフ先生はあんまり気にしてないのかもだけど、女の人に被さる骸骨がにたりとこっちを見て嗤ったような……。

「門松は冥土の旅の一里塚　めでたくもありめでたくもなし」という警句《けいく》を詠んだのは、謎かけ問答が得意だった一休さんというお坊さんだそうな。

お坊さんは、こっちでの神官さんとかそんな存在……って理解。

あっちとこっち、宗教全然違うもんね。

それにしたって身体に骸骨を被るって流行ってるのかな。

そう言えば前世でも骸骨がブームになったというか、死を連想させるものを身近に置くのが流行った時期があって。

そういうのって「Memento・mori《死を思え》」っていうんだったような、違うような。

にたりと笑う骨の不気味さに思わず遠い目をしていると、咳払いが近くで聞こえる。

横を向くとロマノフ先生が、こちらを見ていた。

「気持ちは解りますが、現実逃避してる場合じゃありませんよ」

「ああ、はい……」

私、あの手のグロテスクなの苦手なんだよね。

うっかり思考が明後日に向いたのが、ロマノフ先生にはお見通しだったようだ。

骸骨を被った女性はなんだか、遠目に見ても具合が悪そう。

最初は立っていたのが、私達が声の届く範囲に近づいた時には踞《うずくま》ってしまっていた。

その光景にヴィクトルさんが肩をすくめる。

「うーん、憑依か……。これはあーたんの父上が何か仕込んできた線が薄くなってきたかなぁ……」

「そうなんです？」

「うん。呪詛って色々種類があるんだけど……」

ヴィクトルさんの説明によると、呪詛は術を人に直接かけるものと、物にかけて間接的に干渉するものがあるそうで。

憑依というのは、直接的にも間接的にも使える複雑な呪法で、ターゲットや依り代となるものにリッチやレイスみたいなアンデッド系モンスターを文字通り憑依させることで相手を呪うやり方だ。

これは余程呪術者が高位でないと出来ない危険な術だとか。

だから憑依の術を使うのは非常に難しく、それこそ貧乏伯爵家の婿養子当主風情が手を出せる金額ではないらしい。

だけど物には抜け道というか、憑依の呪具は世の中に結構出回ってる。

何故かっていうと、言い方は変だけど「天然物」というのがあるのだそうで。

「天然物っていうのは、文字通り自然に出来た物のことなんだけど」

「自然にリッチやレイスが宿るんですか⁉」

「うん。リッチやレイスになった人物が生前強い執着を抱いていた物に宿る、つまり憑依するっていうのはよくあることだからね」

「作為的にやった憑依と違い、自然と宿ったレイスやリッチが放つ呪いは無差別で、狙った人物が呪詛されるかは一種の賭け。出たとこ勝負の呪詛ですね」

「つまり私を狙うつもりでレグルスくんも巻き込まれるってことです？」

「そういうこと」

それがなんで父が何も仕込んでない証拠になるんだろう？

唇を尖らせると、頬っぺたをロマノフ先生にもちられて。

不服を込めて先生を見ると、先生は首を横に振った。

「憑依の呪具はね、巷《ちまた》に大っぴらに出回ってるんです。何故かというと、憑依の呪詛に感受性が低いというか、それを受け付けない体質の人が一定数いまして……」

「呪いの感受性が低い……受け付けない体質の人……？」

「はい。何故か受け付けないタイプというか。そういう人にとっては、リッチやレイスが憑依していようと、単なるその物でしかないんです。死んでまで執心するような物は、大概良い物だから、あとは推して知るべしですよ」

良い物は高値で売れるから、呪われた物、つまり呪具と知らずに売っちゃうのか。

ん？　ということは。

「え？　じゃあ、父が憑依の呪いを受け付けないタイプの人で、知らずにそういうのを買っちゃって、良いものだからレグルスくんにあげよう的な？」

「かもしれないって推測が出来るよね」

「反対に、そういう推測をこちらがするのを計算して、わざとレグルスくん宛にした可能性もなきにしもあらず……」

うげ、話がより複雑化したぞ。

いや、だけど、呪いを受け付けないタイプはいたとして、その物の売り買いに関わる人間全てがそういうタイプばかりじゃない筈。

現にその物を持ってきた使者のお姉さんは、凄く気分が悪そうにしてる訳だし。

だとすると、関わった人間の多くが体調を崩したりした物＝呪具の図式が成り立つのか？

そんな曰く付きのモノを売ったら、店として信用がなくなる。

悪意がない限りはきちんと「そういう物」であることを、貴族相手に商売をするなら話していておかしくない。

そうなると、父が何も知らず呪具を買い求めたって推論は成り立たなくなるのでは？

私がそう言うと、ロマノフ先生が手を叩いた。

「良いところに気がつきましたね。でもね、そうとも言えないんですよ」

悪戯っぽく笑うと、ロマノフ先生が視線をヴィクトルさんに投げる。それに遠い目をしながら、ヴィクトルさんが口を開いた。

「レイスとかリッチになるような人ってね、大概高位の魔術師だったり呪術師だったりするんだよ。だから簡単に祓われたりしないよう、自分でそれに憑《つ》いてるって解んないような隠蔽の魔術を施せるんだ」

「えぇ……」

高位の魔術師やら呪術師が本気で隠蔽の術を仕込んだなら、それは同じくらい高位の魔術師や呪術師でないと見抜けないと聞いたことがある。

その抜け道を塞ぐのが鑑定のスキルだったり、その効果を付与された道具だったりする訳だけど、それなら売る側が意図的に鑑定結果を誤魔化した場合、買う側も同じ物がないと、それが憑依されたものかどうか解らないということに。

それなら話はやっぱり振り出しだ。

「父が知らずに買ったか、解ってて買ったかの二択なのは、変わらないってことですね」

「そうですね。でも知らずに買った物なら、また分岐が発生します」

分岐。

その言葉の意味を少し考える。

父が解っていてやらかしたなら、父が悪いで話は済んだ。

けれど父が知らずに買ったなら、父にそれを売り付けた者がいる。

そして父に呪具を売り付けた者にしても、それと解らなかった場合と、解っていて売った場合の二択に。

父に呪具を売った者も何も知らなかったなら、父の行いはもらい事故のようなもので、あの人が迂闊だっただけだ。

しかし、父に呪具を売った者が、呪具と解っていて売ったのであれば、更に選択肢が増える。

それは――。

「狙いはやっぱり私……?」

「或いはEffet・Papillonの職人か……。いずれにせよ邪魔だとは思われてるでしょうから」

「Effet・Papillonは今、社交界で流行の最先端を作ってるし、冒険者達の間でも凄く持て囃《はや》されてる。なのに商業ギルドからは独立してるし、利権を持つ君が統治する菊乃井領にも商業ギルドはないし、菊乃井領の商店街に入り込む余地もない」

ヴィクトルさんが肩をすくめて言葉を紡ぐ。

菊乃井の商店街はみな結束が固いから、他所からいきなり利益を独占しようとするような振る舞いを決して許しはしない、と。

加えてロマノフ先生は、商業ギルドがEffet・Papillonの品物を取り扱うなと加盟する商会に通達したところで、冒険者ギルドが冒険者の用具に関しては窓口になるからこちらにはなんの打撃にもならないという。

「社交界、貴族に関して言うならロートリンゲン公爵やマリア嬢……皇室に顔が利く方々に窓口になっていただいているから、手出しが出来ませんしね」

「ましてEffet・Papillonも、その利権を持つあーたんも、皇帝陛下と妃殿下に覚えがめでたいと来たらねぇ？」

「商業ギルドだけではないですよ。去年発布された職人の利権を守る法律で、大半の貴族は搾取が許されなくなったことを根に持っています。その利権保護の契機になったつまみ細工を献上したEffet・Papillonと、その利権を持つ君に含むところがある貴族は多いでしょう」

「おぉう……」

なんという生臭いわ、きな臭いわだろう。

もしも、父が騙されてて、その背後は解っててやったなら、レグルスくんは完全なトバっちりじゃないか。

それにまた絶句する。

「え？　もしかして、それも計算？」

「君が憑依を受け付けないタイプでも、レグルス君がそうとは限らないし、反対もあり得る。どちらも奇跡的に受け付けないタイプでも、兄弟のうち弟だけに父親がプレゼントを贈ったとなれば、普通は兄弟の間に蟠《わだかま》りができてもおかしくない」

「ましてあーたんとれーたんの関係は、社交界でも有名だ。だってお父上が涙ながらに『レグルスを人質にされてる』なんて話して、ロートリンゲン公爵に論破されて恥をかいてたもの。お蔭でありーたんの株は上がったけど、れーたんのことを何も知らないのに悪く言う人も出てきてる」

「あンのクソ親父ぃぃぃっ！　余計なことばっかりしやがってぇぇぇぇぇっ！」

私の絶叫が森の中に木霊する。

するとそれが聞こえたのか、女の人に覆い被さっている骸骨がケタケタと笑いだし、辺りに不気味な靄《もや》が立ち込めて。

踞っていた女の人は「ひぃっ」と悲鳴を上げると、とうとうパタリと倒れてしまった。

慌てて駆け寄ろうとすると、ロマノフ先生に腕を取られる。

仰ぎ見ると、先生は真剣な顔をしていた。

「出ますよ」

「何が？」と問う前に、倒れた女の人の身体から骸骨がひゅっと空へと飛び出すと、黒い靄がそこへと集まり始めた。

その靄を確認すると、ジャヤンタさんが倒れた女の人を担ぎ上げ、カマラさんとウパトラさんもそれを手伝いながらこちらに走って来る。

「よう、鳳蝶坊！」

「えっと、こんにちは？」

「ごめんなさいね。ワタシじゃ何が憑いてるかまで見えなくて」

「まあ、なんであれお嬢さんが解放されて良かった」

ジャヤンタさんの腕の中のお嬢さんを見ると、顔色が悪くて、気を失ってるみたいだし、表情は凄く苦しそう。

息は規則的だけど、どうなんだろう。

同じくお嬢さんを見ていたヴィクトルさんが頷いた。

「憑き物が落ちて、少しは楽になったみたいだけど、相当辛かったみたいだね。早くお屋敷で休ませたいとこだよ」

「そうですね……と言いたいところですが……」

ロマノフ先生が見つめる先には、黒い靄が何かの形を作ろうとしている。

ずずっと地を這うような気味の悪い音がしたかと思うと、集まった黒い靄がぐるぐると渦を巻いて。

ピタリと渦の動きが止まった刹那、ケタケタと骨を鳴らしながら嗤うローブを纏った王冠を戴く骸骨がその中から姿を現した。

背中に悪寒が走り、冷や汗が滲む。

森を包む雰囲気も、胸がつまるほど不穏で気持ちが悪い。

あの骸骨は、なんかヤバい気がする。

「デミリッチ……！」

ヴィクトルさんの呟きに、俄にバーバリアンの顔が強ばった。

デミリッチとは、リッチやレイスが進化した上位種らしい。

そもそも高位の魔術師や呪術師が、暗い負の未練を遺して死んだ時になるのがリッチやレイスなんだから、その上位種となれば当然強い訳で。

「負ける相手じゃないので、そんなに怖がらなくても大丈夫ですよ」

「は、はひ……！」

凄まじい轟音で落ちてくる雷を、剣の一振りで軽やかに薙ぎ払うロマノフ先生はカッコ良いけど、そんな場合じゃない。

いや、先生が負けないっていうんだから大丈夫なんだろうけど、骨を鳴らして蠢《うごめ》く骸骨が不気味すぎて失神しそうです。

だけど、ここで踏ん張らないとバーバリアンの三人が危ない訳で。

黒い靄が渦を巻いた後で現れたローブに王冠の骸骨は、レグルスくんの誕生日プレゼントに憑依していたデミリッチが実体化したもので、何がおかしいのかケタケタ嗤いながらこちらに攻撃を仕掛けてきた。

なんかねー、リッチやレイスの死霊系アンデッドって物理攻撃効かないんだよねー。

氷柱や火の玉が降るなか、「やべぇな、俺足手まといだわ」と豪快に笑うジャヤンタさんの頭を、カマラさんとウパトラさんの二人が同時に張り倒して。

「ジャヤンタはお嬢さんと下がらせるけど、ワタシ達は？」

「私達も足手まといだろうか？」

そう尋ねた二人にロマノフ先生が少し考えて出した答えは「邪魔ではないですが、お嬢さんを連れて逃げてくれた方が助かる」で、ヴィクトルさんは「念のためにラーラに『呼んでる』って伝えてくれる？」だった。

まあね、バーバリアンの三人が後退するなら、私なんて邪魔の極みじゃん？

だから一緒に避難をするもんだと思うじゃん？

でもそうはならなかった。

だって、デミリッチったら私を狙ってくるんだもん！

そんな状況でバーバリアンと一緒に逃げる訳にもいかないし、そんならロマノフ先生やらヴィクトルさんにくっついてる方が安全だ。

なので私はバーバリアンを早く逃がすために、使える付与魔術全部使って彼等の能力を上げまくり、ついでに自分と先生方の能力も上げまくり。

更にバーバリアンの後ろを守るため、結界張ってデミリッチを通せんぼうジャストナウだ。

「素晴らしく堅固な結界だ。日頃の成果が出てますね」

「だねー。付与魔術もいい感じに効いてるし、どこに出しても恥ずかしくない上級魔術師だよ」

「ありがとうございますー！　でもそんな場合じゃないー！　空飛ぶ髑髏《どくろ》ぉぉぉっ⁉」

ビシビシと落ちてくる雷も氷の礫も、結界が通さないから怖くはない。ないんだけど、さっきから攻撃が少しも通らないことにイラついているのか、骸骨の眼窩が物凄く紅く光ってて、気持ち悪いことこの上ないんだよ！

そんな私の心の悲鳴は、先生方には届かなかったようで。

「さて、どうするかな？」

「アリョーシャ、一思いにザクッとヤれば？」

「うーん、いや、それは簡単ですけど、ちょっと勿体無いかと」

歯軋《はぎし》りするような音に紛れて、カタカタとローブに王冠の骸骨が空を舞う。

舌があったら「キィッ！」とヒステリックに叫びそうな雰囲気だ。

なのにヴィクトルさんは指を弾くだけで、デミリッチが起こした上級魔術の炎の嵐を打ち消して「勿体無い？」と小さく首を傾げる。

「なんで？」

「鳳蝶君、神聖魔術が生えたんでしょう？　だったら基礎の浄化を覚える練習台にデミリッチを確保しようかと」

「ああ、そういうことか……。たしかに、いい練習台にはなるね。デミリッチだし、基礎の浄化なら二、三度掛けたところで消えたりしないだろうから」

……なんか、怖いこと言い始めたよ？

神聖魔術の練習台って、そんな実験台みたいな。

話し合う二人の声が聞こえたのか、カタカタと骨を鳴らしてデミリッチが肉のない腕を振り上げる。

今度は氷と雷の合わせ技だけど、結界が全て明後日に弾き飛ばしてしまった。

うん、我ながらいい仕事してる。

「じゃあ、ある程度弱らせてから魔封じで封印して、何処かにしまっとこうか？」

「そうですね。戻ったら早速神聖魔術の先生を探さねば」

「善は急げだね」

うんうんと二人で頷いて決まっちゃったようで。

だけど、私としては承服しかねる。

「ちょ!?　嫌ですよ！　あんな怖いので練習とか嫌です！」

ジタバタと腕を振って抗議すると、エルフの二人はその綺麗な顔を見合わせて、同時に肩をすくめた。

「神聖魔術の練習って、本場の桜蘭《ろうらん》ではゾンビとかグールでやるんですけど、そっちの方が良いですか？」

「まだゾンビやグールよりは、デミリッチのが気持ち悪くないと思うんだけど」

「ひぇぇぇっ!?」

幽霊やら骸骨も嫌だけどゾンビはもっと駄目ー！

というか、いくらモンスターになったからって、あれは生前人間だった訳で。じゃあ生まれつきモンスターなら殺して良いのかとか、それは別の問題だから割愛するけど、倫理的に練習台とかどうなんだろう。

おずおずと尋ねると、先生達は首を横に振った。

「寧ろ桜蘭ではゾンビやリッチを練習台にするのは、彼等への慈悲とされてますよ」

「アンデッドになる事自体が大罪だもんね。その罪から救い上げて昇天させてあげるんだから、神の慈悲って言ってるよ」

「おぉう……」

なんてこった！

天を仰ぎ見ると、今にも何か降ってきそうなほど、魔力が満ちていて空間が重い。

これは大きいのが来るかもしれない。だから結界を重ね張りして層を厚くすると、そこに凄まじい激しさの火柱が降ってきた。

火炎系上級魔術の中でも最上位クラスの魔術だ。

それでも結界の中にはなんの影響もない。

もう、お家に帰りたい。

デミリッチだってさっきの火柱で大分魔力を消費したのか、肩で息するように纏ってるボロボロのローブが激しく上下している。

なんか、お疲れ様です。

「先生、デミリッチお疲れみたいだから……」

「いやいや。もう少し魔力を使ったら飛べなくなりますから、それまで待機です」

「やー、あーたんの結界凄いね。何もしなくてもなんとかなったんじゃない？　僕、こんなに楽なデミリッチ退治初めてだよ」

朗らかに笑うヴィクトルさんとは対照的に、デミリッチの雰囲気が萎れていく。

ケタケタ嗤ってた白骨の顎も、今ではなんだかガチガチ歯の根が合わない感じだ。寧ろ震えてる。

ごめんよ、私が神聖魔術なんか生やしたばっかりに。

そりゃいきなり襲ってきた相手だけど、別に私はデミリッチを恨んでる訳でも憎んでる訳でもない。

サクッと倒すことに異論はないんだけど、あれ私だけで倒せるもんだろうか。

いや、でも、先生方は私のためにデミリッチを捕まえるって仰ってるんだから、出来たとしても勝手に倒しちゃったらまずいだろう。

嗚呼、殺るべきか殺らざるべきか、それが問題だ！

……じゃないし。

独りで勝手に盛り上がってる辺り、私も大分テンパってるんだな。落ち着け。

兎に角、デミリッチをここで逃がすことはあり得ない。

それなら倒すか、先生方が仰るようにある程度弱らせて封じ込めるか、二つに一つだ。

そして目の前のデミリッチは、肩で息するほど弱ってる。

はぁっとため息を吐くと、私は結界をもう一つ、森全体を覆うように張った。

逃亡阻止用の結界で、これに包まれると敵も味方も戦闘が終了するか、私が気絶して結界が消えない限り中から出られない。

ロマノフ先生とヴィクトルさんが目を軽く見開いた。

「おや珍しい、やる気ですね」

「逃げられて、またレグルスくんのプレゼントに憑依されても困りますし」

「もう今頃屋敷の中に入ってるだろうから、心配ないんじゃないかな」

ああ、そうか。屋敷と森は本来目と鼻の先。稼いだ時間的には、余裕で屋敷にたどり着いている筈。

じゃあ、目的は果たした訳だ。

ほっと一息吐いていると、ロマノフ先生とヴィクトルさんが弾かれたように後ろを向く。

私もつられて後ろを向けば、屋敷の方から砂煙が凄い速さでこちらに近づいて来ていて。

「……ぃにーっ！」

こども特有の高い、けれど鋭く焦ったような声が聞こえて、段々と砂塵の中から小さな影が見え始めた。

同時に、それまで項垂れていたデミリッチが大きく身体を反らし、骨しかない両腕を天に乞い願うように差し出す。

バリバリと大きくて異様な黒い稲妻がその頭上に現れたかと思うと、デミリッチは腕を大きく砂塵に向けて放った。

咄嗟《とっさ》。

それ以外でもなんでもなく、首に巻いていたマノラーを外して魔力を込めると、長く伸ばしたそれを鞭のようにしならせ、こちらに走ってくる小さな影目掛けて投げられた、どす黒い稲妻に叩きつける。

バチバチと私の魔力とデミリッチの魔力がぶつかって、眩しいほどの衝突の末、押し勝ったのは私のマフラーだった。

流石タラちゃんが作ってくれた毛糸で編んだマフラー。

でもそれだけでは終わらせない。

返す刀……じゃなくて、マフラーを骸骨の顔面に全力で叩きつけて、デミリッチが吹っ飛んで大きな木の幹にぶつかるのも気に留めず、白骨の顔面に布を巻き付けてギシギシと頬骨を軋ませながら吊り上げた。

見事なネック・ハンギング・ツリーだと、「俺」が心の中で唸る。

もっとも、吊ってるのは首じゃなくて顔だけどね！

デミリッチは苦しそうに足掻いて、身悶えてるけど、姫君仕込みの技がそんな程度で解ける訳がない。

「にぃにー！」

砂埃の正体はレグルスくんで、私が骸骨を縛り上げている間にこちらに来たらしく、ぴったり腰に引っ付いてきた。

その後ろから、ラーラさんと奏くんが走ってきて、ぜえぜえと乱れた息を整えていて。

「ラーラ……！」

「ご、ごめっ！　ひよこちゃんにっ……抜かれ、ちゃったっ……！」

「ひよさまっ……はしんのっ……っやすぎっ！」

どっと座り込む二人。レグルスくんも私の腰で、息を整えてるし、全力疾走してきたんだろう。

引っ付いてくるレグルスくんの頭を撫でると、ぎゅっと裾を掴む小さな手に力がこもった。

「危ないことしちゃ駄目だよ？」

「だって……にぃに……ジャヤンタがおばけでたって……」

「うん。心配してくれたんだね、ありがとう」

レグルスくんがぐしゅっと鼻水を啜る。

あとでお話するとして、今は安心させるのが先決だ。ぎゅっと手を握ると、「大丈夫だよ」と声をかける。

ぱぁっと涙と洟で汚れた顔を輝かせて頷くのが可愛い。

ついついつられて笑うと、ヴィクトルさんがおずおずとデミリッチを指差した。

「あのさ、あーたん。滅茶苦茶デミリッチの骨が軋んでるんだけど……」

「あのまま締め上げてたら、顔面複雑骨折で昇天しちゃいますよ？」

「えー？　なんのことでしょー？　私、解んないなー」

苦笑するロマノフ先生の言葉に、思い切り棒読みで返す。

ミシミシとかギシギシとか、今にも折れそうな音がするけど、きっと枯れ木か何かだ。

知らん顔を決め込んでいると、苦く笑っていたヴィクトルさんの表情が少し変わる。

「あーたん、悪いんだけど顔面拘束から全身拘束に変えてくれるかな？　なんかおかしなものが見える」「解りました。でも、おかしなものって？」

「なんだろう、ステータスが二重に見えるんだよね」

言われた通りに顔面拘束から、身体全体の拘束に切り替えると、ヴィクトルさんはデミリッチをじっと目を凝らして見つめる。

暫くして、瞬きを一つ。ヴィクトルさんの眉間に深いシワが出来た。

「デミリッチの中に取り込まれてる人がいる」

衝撃的な言葉に、私もロマノフ先生もラーラさんも奏くんも、声がでない。

レグルスくんは分かっているのかいないのか、小鳥のように首を傾げる。

「なかにだれかいるのー？」

「そうみたい」

「一体何の目的で……？」

「さぁ？　中の人を解放したら解るんじゃない？」

尋ねた私に「僕には解んないよ」とヴィクトルさんが肩をすくめるけど、もっともだ。

それなら中の人を解放すればいいだけなんだけど。

「僕、神聖魔術使えないんだよね」

「へ？」

「あれはね、生えるのに条件がある魔術なんだ。僕は残念だけど、その条件を満たさない」

「だからヴィーチャが世界一の魔術師だって、言い切れないんですよね」

「まあ、こればっかりはね」

飄々《ひょうひょう》としたヴィクトルさんと対照的に、ロマノフ先生は凄く残念そうだ。

つか、ヴィクトルさんは使えない神聖魔術が、なんで私に生えてるの？

訳の解らなさに首を捻っていると、デミリッチが肉のない口をガチガチと鳴らす。歯の根が合わないとでもいうような感じだ。

ロマノフ先生が顎を撫でて、片眉を上げた。

「困りましたね。このままデミリッチを倒すと、中の人を殺すことになるかもしれない」

「アリョーシャ、桜蘭かどっかから神聖魔術が使える人連れてこれないの？」

「デミリッチを浄化出来るような人は、桜蘭でも一握りです。そういう人物は大抵偉い人なんで、無闇に『ちょっとおいでください』なんて出来ませんよ」

それは困った。

だけど、中に人がいるのが解っていて見殺しにすることなんて出来ない。

何か、何か出来ることはないかな？

大体、浄化ってどういうことだろう？

前世で死者を悼む時は、お坊さんという神官さんがお経とかいうものを読んだり、神主さんや神父さんという、これまた神官さんが鎮魂の儀式をしてた。

鎮魂、つまり魂を鎮める。

浄化もそういう事なのかな。

うーん。

唸っていても良い考えは浮かばない。

だいたい、私が出来ることなんて歌うことくらいだし。

そう言えば神父さんっていう神官さんがいる宗教には、神様を讃えて死者を悼む歌があったような……。

そこまで考えてはっとする。

そしてマフラーを握りなおすと、お腹に力を入れて喉を開く。

すうっと息を吸い込んで、私は最初の一音を紡ぎ出した。

たしか、前世ではゴスペルと言われていた音楽で、有名なのはその宗教の贋シスターが音楽の力で廃れた教会の息を吹き返させるというミュージカル映画で使われたやつ。

私が歌い出したのは、その映画の二作目で、劣等生の烙印を押された高校生達が再起をかけて、同級生達の前で歌った曲だ。

タイトルは「幸せな一日」という意味だったように思う。

神が人間の罪を洗い流し浄められた良き日、神は祈ることと闘うことを人間に教えたもうた……。

歌詞はそんな感じの。

だけど、これ効くのかしら？

そんな風に思うから、映画の記憶をなぞるように、最初は小さな声で。だって自信ないし。

すると「お！」っと驚きの声が上がった。

「若さま、効いてるっぽい！」

「本当だ。あーたん、そのまま頑張って！」

チラリとマフラーでグルグル巻きにした骸骨を窺うと、何故か全身から黒い煙が上がっている。

だ、大丈夫なの、あれ？

兎も角、そのまま頑張れっていうから続けよう。

今度は少しだけ声を大きく。

あの映画の高校生達も、徐々に自信を持って声を出していったんだもん。

そうして歌いながらデミリッチの様子を見ていると、その輪郭が二重にぼやけてきて。

ラーラさんとロマノフ先生が叫ぶ。

「中の人が見えてきたよ！　分離が始まったみたいだ！」

「鳳蝶君、もう少し魔力の出力を上げてください！」

ガクガクと骨が揺れる。苦しみ悶えるような仕草に、私は周囲を見回して頷くと、ぐっと腹と脚に力を入れた。

サビだ。

最初の一音を喉から出すのと同時に、マフラーに流す魔力を増やす。

それはもう、さっきまでのが小雨だったら、今度は集中豪雨かってくらい。

ドコドコと曲の盛り上がりに合わせて魔力を注ぐと、デミリッチが激しく暴れだした。それを奏くんとラーラさんがマフラーを弓で射貫いて、近くの太い木幹に縫い止める。

クライマックス……なんだけど、なんだか物足りない。

だって映画の中では合唱してたんだもん。

その記憶を知ってるだけに、歌に迫力がない気がして。

ちょっとモニョっていると、レグルスくんが首から掛けているひよこちゃんポーチと奏くんの鞄がピカッと光った。

「やー！　れーのひよこちゃん、どこいくのぉ⁉」

「うぉ⁉　鞄が勝手に開いたー⁉」

二人のマジックバッグから、陣取りゲームに使っている駒がわりのひよことシマエナガの編みぐるみが、次々と飛び出して来た。

そして木に縫い止められたデミリッチの前に規則正しく整列すると、私の歌に合わせてチィチィぴよぴよ歌い出す。

なんでや……⁉

いや、もう、気にしてる場合じゃないか。

デミリッチの身体が光に包まれて、その禍々しい身体が透明になっていく。その反対に、中に取り込まれていた人の輪郭がはっきりしてきて、質量もしっかり感じられるようになってきて。

「にぃに、がんばって‼」

レグルスくんの声に押されて、最後の一音に力を込める。

腹の底から出した声は、森のなかに大きく響く。

それに合わせて合唱していたひよことシマエナガの編みぐるみも、万歳するように羽を天に突き上げた。

刹那、声にならない断末魔の叫びを上げて、デミリッチが空に溶ける。

後にはマフラーに巻かれた桃色の髪の女の人が、木の幹に縫い止められて項垂れているだけ。

気を失ってるようで、規則正しく肩が上下しているのが見える。

終わった。

膝から力が抜けて、思わずそこに座り込むと、ぴぃぴぃチヨチヨと編みぐるみ達が私を囲む。

もう、色々すっからかんだ。

「つ、疲れた……」

呟くと、急激に眠気が襲ってきて。

ダメだ、起きてなきゃ……起き……ぐぅ……。

何がどうしてなんだったのか

「にぃに！」

「あ、起きた！」

パチパチと瞬きしたら、目の前に弟と友達のどアップがありました、驚きすぎて息が止まるかと思いました。

「ッ⁉」

住処や種族が違っても、正月を家族と過ごす風習は変わらないそうで、バーバリアンの三人は年末コンサートの後、冒険者ギルドの転移陣を使ってコーサラのご実家に行って、朔日の夕方にこちらに帰って来たとか。

明けて翌日、有難いことに私やレグルスくん、奏くんに誕生日のプレゼントを渡すために、屋敷へ向かっていたところ、森で件の父の使者というお嬢さんとかち合って。

「その時から暗い顔して具合悪そうだし、森の雰囲気変だし、なんだかなぁとは思ったんだけどよ」

「とりあえず声をかけてみたら、君達の親御さんからの使者だと言うし、そうでなくても街からは一直線の道を朝早くからずっと迷ってると泣きそうな顔をしていてね」

「聞けばお屋敷を解雇されて、このお使いが最後のご奉公で、プレゼントを無事渡した証拠のお礼状がレグルス坊やから来なかったら、最後のお給料貰えないって言うじゃない。それは流石に、ねぇ？　まあ、ちょっと持ってたプレゼントから異様な雰囲気もしたし」

様子見も兼ねて道案内を買ってでたものの、行けども行けども屋敷に着かない。

そう言えばあの屋敷にはエルフの高名な英雄が三人とも揃ってる訳で、お嬢さんが持ってたプレゼントから発せられる薄暗い何かとあわせて考えたら、これは何かあるなとなったそうだ。

「それでウパトラさんの透かし見の魔眼を使ったんですか？」

「森を見るのにね。案の定、ほぼほぼ隠蔽されて見えなかったけど、道に何か魔術が掛かってるのだけは解ったから。ああ、これは多分お嬢さんが持ってるモノが原因だろうなって」

なるほど。

だけどお嬢さん自身は凄く体調が悪そうにしてたし、運んできたのはレグルスくんへのプレゼントだ。

そりゃあバーバリアンの皆さんも対応に困ったろう。

そこに屋敷に向かう途中の奏くんが通りかかったのだけど。

「遠くから『なんか近付いちゃダメな気がする』って叫んだきり、本当に近付いて来ないんだ」

「奏坊は直感持ちだって言ってたし、こりゃやべぇなって。とりあえず奏坊にはウパトラから状況を説明させて、他に道があるならそこから屋敷に行って、状況を先生達や鳳蝶坊に知らせてくれって頼んだのさ」

「ははぁ、そういうことでしたか……」

それであの伝言に繋がる訳ね。

ただいま状況の整理のため、リビングでお茶しながらバーバリアンの三人に聞き取り中。

三人とも何処かホッとした様子で、姫君からいただいた蜜柑を皮ごと使ったジャムを落とした紅茶を飲みつつ、寛いでいる。

デミリッチから保護した桃色の髪の女の人も、使者のお嬢さんも、二人とも客間で寝ているそうだ。

「おれの直感は正しかったんだな!」

「そうだね、カナ。良くできました」

「おう！」

ラーラさんに誉められて奏くんが胸を張る。

しかし、ふっとその表情を引き締めた。

「でもその後がなぁ……。ひよさまに走りでおいつけなかった」

「それはボクもだよ。不意を衝かれたとはいえ、あんなにあっさり抜かれるなんて……」

ガクッと二人して肩を落とす。

その光景にジャヤンタさんの視線が泳いだ。

「えぇっと、その、悪かったな……」

「私達もすまない。このアホがまさか、ひよこ君に抜かれるなんて思いもしなかった」

「本当にね。ご免なさいね、ジャヤンタがアホで」

龍族の双子からアホアホ言われて、ジャヤンタさんが小さくなる。

なんでもレグルスくんから、私が何処に行ったのか聞かれてジャヤンタさんがうっかり「お化け退治」とか言っちゃったらしい。

ラーラさんはその時、双子にヴィクトルさんが念のために来てほしいと言っていたと告げられ、愛用の弓を手に、森と屋敷を隔てる鉄門扉から外に一歩踏み出そうとしていたそうで。

「背後から砂埃が舞い上がって、ひよこちゃんの気配がしたなと思ったら、本人が真横を走って行ったんだよ」

ジャヤンタさんはジャヤンタさんで、走り出したレグルスくんを止めようとはしたんだけど、うちのひよこちゃんはなんせ素早くて賢い。

大柄なジャヤンタさんが通れないような、植え込みの小さな隙間をくぐり抜け、同じくらい小回りの利く奏くんを振り切ってのけたのだ。

そしてかち合ったラーラさんが追い付く前に、全力疾走で私の下にたどり着いたという。

天才か。

前から思ってたけど。

じゃ、なくて。

「レグルスくん、心配してくれてありがとう。でも今回のお化けは、レグルスくんがいつも使ってる剣が通じないタイプだったんだよ。レグルスくんがそれでお怪我したら、私は凄く悲しいな」

「だって……」

「うん。助けに来てくれたのは嬉しいよ。だけどレグルスくんが私を心配してくれるのと同じくらい、私もレグルスくんが大事なんだ。解る？」

「……うん」

「周りの人も同じくらいレグルスくんを大事に思ってるから、行かせないように追いかけたんだよ。それも解る？」

「うん。ごめんなさい」

お膝の上で大人しくお話を聞いていたレグルスくんが、私の言葉にジャヤンタさんや奏くん、ラーラさんにぺこんと頭を下げた。

良い子。

三人とも苦笑して許してくれた。

和やかな空気が流れる。

紅茶を一口飲むと、蜜柑の香りが鼻へと抜けた。

その柑橘系の爽やかさを感じたと同時に、ふっと疑問が湧いてでた。

「あれ？　ラーラさん、弓を持ってって仰ってましたけど、死霊系アンデッドって物理攻撃通らないのでは？」

それでジャヤンタさんが戦力外として屋敷に撤退したはず。

首を傾げた私に、ラーラさんが口を開いた。

「ボクの弓は死霊系アンデッドもぶち抜けるよ」

「へ？」

「神聖魔術が付与されててね。そういう武器は霊体もぶち抜けるんだ。アリョーシャの剣も霊体を切れるはずだけど？」

なんだと⁉

ぎょっとしてロマノフ先生の方に視線を投げると、先生が涼しい顔で頷く。

「え？　物理攻撃が通らないから、あの時魔術だけで応戦してたんじゃなく？」

「いいえ。剣を使ったらデミリッチを消滅させてしまいそうだったから、魔術で徐々に弱らせていただけです」

「デミリッチをあーたんの練習台として捕まえる気満々だったもんね」

負ける相手じゃないってのは、手加減しても楽勝な相手ってことだったのね。

ロマノフ先生の剣にはアド・アストラという銘が付いていて、ラーラさんの弓にもプルス・ウルトラという銘があり、それぞれに霊体に対して攻撃が出来るよう神聖魔術が付与されているそうな。

因みに私が魔力を通したとはいえ、単なるマフラーでデミリッチを拘束出来たのは、神聖魔術が生えたからなんだそうで、神聖魔術が使える人は霊体にも触れられるようになり、桜蘭の偉い人の中にはグーパンでデミリッチを昇天させられる人もいるらしい。何それ、怖い。

ともあれ、現在解っているのはこのくらい。

後は使者のお嬢さんと、デミリッチの中から出てきた女の人の話を聞いてからということで。

「さて、じゃあ俺達の本題に入るとしようか」

バーバリアンの三人が、いたずらっ子のように笑った。

よく磨かれて飴色《あめ》がかったテーブルに並べられた品は三つ。

一つは弓を使う手を守るための茶色い革のグローブ、もう一つは脇差《わきざし》というか小太刀というか短い刀、最後に青い花を模した宝石の付いた指輪が、手の甲全体を覆う黒いレースの手飾りと一体化したパームカフというアクセサリーだ。

レグルスくんと奏くんが左右に座って、正面にはバーバリアンの三人。

先生方は私達の後ろにいて、置かれた物を覗き込む姿が、鏡のように磨かれたテーブル板に映る。

「まず、グローブは奏坊やに。これは器用さに補正がかかるから、弓矢を使う時だけじゃなく、何かを作ったり宝箱を開ける時に使うと成功率があがる」

「マジで？　ありがと！」

カマラさんから受け取ったグローブを、喜び勇んで奏くんは早速着けてみる。

奏くんが手を動かす度に、革の擦れる音がして、それも嬉しいみたい。

それを見つつ、「次なんだけど」とウパトラさんが私にパームカフを渡してくれて。

「これはね、装着者の魔術効果を倍増させてくれて、更に消費魔力も通常の半分に抑え、ついでに使わなかった分を溜めておいてくれるアクセサリーなの」

「お得感満載ですね……！」

「魔術師ならこの手のアイテムを持っておいて損はないわ」

そう言いながら、ウパトラさんは丁寧に私の手にパームカフを着けてくれる。

ちょっと指輪と手の甲の飾り部分が大きいような気がしたけれど、手首の金具を留めてしまうとしゅるんっと私の手に合わせたように張り付いた。

ヴィクトルさんが笑う。

「僕も似たようなの持ってるよ。魔力の溜まり具合で、宝石の花の部分の色が変わるやつでしょ？」

「ええ。ショスタコーヴィッチ卿のは、ムリマの銘付って有名よね。確か『マグヌム・オプス』って」

思いがけない名前が出てきた。

ムリマさんってドワーフの名工で、武器職人じゃなかったかな？

驚いたので素直に声が出た。

「ほぇ！　ムリマさんって武器だけじゃなくアクセサリーも作るんですか？」

「ああ。あの爺さんは興味が出たら、武器から日用品からなんでも作るぜ。ムリマの銘付フライパンなんてのもあるくらいだ」

「そうなんですか⁉」

作るものを選ばないし、選ぶ必要がないって凄いな。

刀とフライパンは同じ金属を使ったって打ち方が違う。刀が打てるからって、フライパンを打つのが上手いとは限らない。なのに両方作れてしまうとか、それは物凄い才能だと思う。

「痺れますね！」

「お、おう？」

「凄いなぁ！　憧れちゃうなぁ！」

「あぁ、そう。えぇっと……」

「熱烈なのね……」

もごっとバーバリアンの三人が口をつぐむ。

そりゃあ憧れるよー！

職人として一つを極めるのも凄いけど、多才とか羨ましいじゃん。

いつか会いたいと口にすると、ツンツンと横から脇腹をつつかれた。

「モッちゃんじいちゃん、ムリマって人と知り合いみたいだぜ？」

「本当に⁉」

「おじいちゃん、すごいねぇ！」

「うん。なんかそんなようなこと言ってた。今度聞いといてやるよ」

持つべきものは友達だ！

奏くんによろしくお願いすると、軽く請け負ってくれる。

名工・ムリマの情報にワクワクしていると、咳払いが聞こえた。

はっとすると、ジャヤンタさんが苦笑いしていて。

「まあ、ムリマのことは後でな」

「あ、はい。話の腰を折ってしまいましたね、すみません」

私が姿勢をただすと、レグルスくんや奏くんも同じく姿勢をただす。

そうすると、ジャヤンタさんがレグルスくんの前に脇差というか小太刀というかを置いた。

「これな、鞘も柄も鍔もきちんとした脇差のていだけど、実は中は刀の刃じゃなくて木なんだ」

「木⁉」

「ああ。だけどただの木じゃない。霊山中の霊山である玉皇山に千年聳《そび》えた霊木を、厳しい修行を積んで神聖魔術を使えるようになった神官が削り出した霊体系アンデッドも斬捨て御免な木刀だそうだ」なんか凄い代物だし、五歳の子に持たせるものじゃないような？

とんでもない物が出てきて、私や奏くんだけじゃなく先生達も呆気にとられたような顔をしているのが、テーブルに映ってた。

それに気がついたカマラさんが肩をすくめる。

「実はこれ、依頼で行った先で宝箱から出てきたものなんだ。ジャヤンタが使えるならそれで良かったんだが……」

「それ、持ち主を選ぶらしくて」

ため息混じりにウパトラさんの言うには、斧なら世間に並ぶものがいないくらいのジャヤンタさんも、刀の扱いはそうでもないらしい。

使うだけならできるけど、達人の域には遠いそうだ。

それでも使えることに違いないのだから振ってみようとしたら、木刀が鞘から抜けなかったのだとか。

ウパトラさんの魔眼で透かし見てみたら、なんと使う人間を選ぶと出ていた、と。

いや、それはそれで凄い代物なのでは？

口に出さずとも皆そう思っているようで、視線が自然と木刀へと向けられる。

「今回みたいな物理だけじゃなんともならない敵もいるし、今はダメでもレグルス坊が大きくなったら、この木刀振れるんじゃないかと思ってさ」

ポリポリと頬を掻いてジャヤンタさんが笑う。

デミリッチが出る前から誕生日プレゼントとして渡そうと思っていたけれど、今回のことがあって更にそれを強めたらしい。

と言うのも、この木刀、削り出した人が神聖魔術を極めた神官さんだからか、飾っているだけでもアンデッドをはね除けるそうだ。

あのデミリッチの憑いた使者のお嬢さんと一緒にいて、彼らが何も影響を受けなかったのは、この木刀の効果だとウパトラさんは言う。

「鳳蝶坊やは神聖魔術使えるみたいだし、奏坊やは強い直感で難を避けられる。レグルス坊やにも守りがあった方が磐石でしょ？」

「たしかに」

頷いたのはロマノフ先生だった。

そうだ。

私は自分に何かされる分には肉を斬らせて骨を断つくらいの気持ちを持てるけど、レグルスくんやロッテンマイヤーさん達に何かされそうなら尻込みするだろう。

両親と事を構えられるのは、あの二人には何も出来ないと踏んでいるからだ。

なにせ二人の資金源は押さえているし、強い味方がいる。

ただ、菊乃井の家の外となると話が違う。

世の中、上には上がいて、策謀にしても魔術にしても私の何枚も上手をいく人もいるのだ。

先生達も動きが取れない相手の場合もあるかもしれない。

ジャヤンタさん達にお礼を言うため、頭を下げようとした時だった。

レグルスくんが木刀を手に持ったのが視界に入る。

小さな手が柄と鞘にかかると、するんと滑らかに引き抜いた。

「ぬけたよ？」

パチパチと瞬きして、レグルスくんと鞘から抜けた木の刀身を二度見する。

私だけじゃなくバーバリアンの三人も、奏くんも、先生方も。

唖然としてもう一度レグルスくんの手と木の刀身を見比べて。

「え？　抜けた？」

「うん。れー、ぬけるよ？」

「天才⁉　努力する天才とか凄くない⁉」

レグルスくんは毎日タラちゃんとござる丸相手に剣術の修行をしてるし、最近では十回に一回くらい源三さんから一本取れるくらいになった。

世界一可愛いひよこちゃんの上に、剣術の才能が洪水だし、努力も惜しまないとか、もう超将来有望じゃない？

刀身を鞘に戻しながら、レグルスくんがモジモジと私を見上げる。

「れー、すごい？」

「うん、凄いよ！」

「おれのじいちゃんも凄いぞ。ひよさまはじいちゃんの弟子なんだから」

きゃっきゃしてる私とレグルスくんに、奏くんも胸を張る。

弟子が凄いなら、それに適切に教えを授けられる師匠も凄いんだ。

そんなような事を言えば、奏くんは益々誇らしげに胸を張るし、レグルスくんは「げんぞーさん、つおいよ！」とはしゃぐ。

奏くんとレグルスくんの様子に和みつつ、プレゼントのお礼を改めて言おうと、バーバリアンの三人の方をむくと、何故だか三人の目線が私達の後ろに向かっていて。

しかもなんだか視線に生温さを感じる。

なんだろうと振り返ろうとした瞬間、パタパタと廊下を駆けてくる音がした。

これは宇都宮さんかな。

ぱっと廊下の方を向いたレグルスくんが、ソファから降りて廊下に出る。

「うちゅのみやー！　ろうかははしったらだめだぞー！」

「そ、そうなんですが！　お目覚めになったので！」

そう言いつつ、宇都宮さんが部屋に飛び込んで来た。

そしてその後ろから、何やら揉めているような声が追いかけて来て。

ロッテンマイヤーさんが、静かに部屋に入ってきて、ソファに座る私に合わせて膝を折る。

「桃色の髪のお方がお目覚めになりまして」

「それなら会いに……」

「行って大丈夫ですかね？」とロッテンマイヤーさんに尋ねようとして、エリーゼの「お待ちくださいませぇ」と言う言葉が聞こえてきた。

間延びした口調はいつもと変わらないのに、どこか焦りの混ざる声に首を傾げる。

すると宇都宮さんがパタパタとまた廊下に出た。

「お目覚めになったばかりで、あまり動かれては……！」

「左様で御座いますぅ」

「いいえ、助けていただいたのにお礼もせず寝てなどいられません……！」

メイド二人の声に聞き覚えのない声が混じっていた。

目だけで「その人？」と問えば、ロッテンマイヤーさんが困ったように眉を八の字に曲げる。

「若様にお目覚めになったことをお伝えすると申し上げたら、自分で伝えたいと仰られまして。お止め申し上げたのですが……」

「なるほど。じゃあ、お通ししてから、紅茶かなにか、身体が温まるものを差し上げてください」

「承知致しました」

スッと頭を下げてロッテンマイヤーさんは出ていくと、二、三メイドさん達に指示をして厨房へ。

奏くんがソファから降りると、バーバリアンの三人と一緒に、ヴィクトルさんとラーラさんの二人と並んだ。

奏くんの座っていた場所にはロマノフ先生が座る。

こちらの準備が整ったところで、宇都宮さんとエリーゼに支えられた桃色の髪の女性が、ゆっくりと近づいてきた。

太ももに届きそうなほど長い髪に、同じ色の瞳は潤み、唇は柔らかな桜色の、まさしく絶世と言って良いだろう美貌に目が眩む。

ひぃ！　怖いくらいの美人が来た！

着ていた白いワンピースのような服の裾を摘んで、その人が淑女の礼を執る。

「この度はお助けいただき、ありがとうございました。わたくしは諸国を旅する桜蘭の巫女・ブラダマンテと申します」

ほほぅ。

帝国には「短剣の聖女」という伝説がある。

それは桜蘭からやって来た、白く輝く刃を落とした短剣を携えたブラダマンテという巫女さんのお話で、帝国の各地で奇跡を起こしルマーニュ王国の北の果てで、邪悪な呪術師と死闘を繰り広げ相討ちになるまでの冒険譚だ。

日照りで干上がった土地に祷《いの》りで雨を降らせたり、身体がボロボロと崩れる病にかかった人を、自分が罹患《りかん》することも恐れず看病して、これを治癒したり。或いは暴れる竜に説法して、改心させたとかいう話もあるんだっけ。

だからかブラダマンテと言う名前は、わりと帝国ではメジャーだったりする。

「素敵なお名前ですね」

「ありがとうございます」

にっこりと穏やかに微笑む美人。凄く目の保養。

一通り部屋にいる人達全員が自己紹介すると、美人がゆっくりと頭を下げた。

「この度は難渋していたところをお助けいただき、お礼の言葉も御座いません」

「そんな……兎に角お助け出来て良かった。お怪我などは……？」

「幸い、なにも」

それは良かった。

ほっと息を吐く。

それにしても、なんでブラダマンテさんはデミリッチの中にいたんだろう？

皆疑問に思っているだろうことを口にすると、巫女さんは恥ずかしそうに頬を染めた。

「お恥ずかしいことに、旅の途中で悪事をなす呪術師に遭遇したのです。それを何とか調伏したまでは良かったのですが、自ら命を絶ってリッチに転生したその呪術師に生きたまま取り込まれてしまいまして……」

「おぉう、それはそれは……」

なんか、おっとりとした見た目に反して武闘派なのか、手甲を着けた手をニギニギしている。

もしかしてブラダマンテさんは、殴ってアンデッドを昇天させる系巫女さんなのかな？

そんな風に思っていると、ロマノフ先生が少し眉をひそめた。

「今、リッチと仰いましたが、鳳蝶君が浄化したのはデミリッチでしたよ？」

「それは……わたくしも巫女の端くれ。神聖魔術を少々嗜んでおります。そのわたくしを取り込んだことでリッチからデミリッチに進化したのでは、と」

「なるほど」

リッチやレイスのようなアンデッドにとって、神聖魔術の使い手は天敵。

デミリッチが執拗に私を狙ったのは、私が神聖魔術の使い手だって察したかららしい。

天敵を倒すとレベルが上がりやすくなり、力が増す。デミリッチはそれを狙って私を倒したかったみたいだ。

余談だけどレベルというのは、危機や苦難を乗り越えて魂を磨くことで上がる。

今回デミリッチを力押しで浄化したことで、先生方は私のレベルは上がったと見ているそうな。

閑話休題。

リッチに生きたまま取り込まれた後、ブラダマンテさんは奴のなかで休眠状態というのか、夢か現か、寝てか覚めてかって状態になっていたそうだ。

奴の中で意識がはっきりしている時もあれば、眠っているような感じの時もあり、時間経過も何もかもがあやふやなんだとか。

「あのままでしたら、わたくしはあの者の魔力炉として利用し尽くされて死んでいたでしょう。本当にありがとうございました」

もう一度深くブラダマンテさんが頭を下げる。

そして再び顔を上げた時、その表情は少し硬いものになっていて。

どうしたのか尋ねる前に、ブラダマンテさんが少し前のめりになって私の手を掴んだ。

「不躾なことを申しますが、どうしても気になったことがありまして、ご都合も考えずに押し掛けさせていただいたので御座います」

「なんでしょう?」

「どなた様から神聖魔術を教わっておられるのかと……」

そう言われて私はロマノフ先生とヴィクトルさんを見る。

するとヴィクトルさんが「それなんだけど……」と、ため息混じりに口を開いた。

「彼に神聖魔術を学ぶ下地が出来たのを確認したのは、貴方が取り込まれていたデミリッチを倒す寸前のことでね」

斯々然々どうしたこうしたと、ブラダマンテさんを助け出すまでの話を、ヴィクトルさんはロマノフ先生と二人で彼女に説明してくれて。

デミリッチを昇天させられたのは、ほとんど力押しのようなもので、正しく神聖魔術を学んだ訳ではないと話を締め括るロマノフ先生の言葉に、今度はブラダマンテさんが溜め息を吐いた。

「そういう訳でしたか……。いえ、助けられた身分でこの様な事を言うのはどうかと思ったのですが、デミリッチが昇天する寸前はわたくしも意識がはっきりしていまして、あなた様が神聖魔術で浄化をかけたのだとは解ったのです。しかし、あまりにもその浄化範囲が広範囲に及んでいると感じましたので、もしや力の制御が上手く行っておられないのでは、と。あのような膨大な浄化をなさると、魔力切れなどで御身を損ねないか心配で……」

大正解だ。

もうどうすりゃいいか分からなかったから、全力で歌っただけだもん。

そこに魔力の制御も、効果範囲の調整もありゃしない。魔力切れ起こすくらい大量に魔力も消費したよ！

「これからそういった事を学ばなくてはいけないということですよね」

だからってグールやゾンビ相手に修行したいとも思えない。

もう別に神聖魔術使えなくても良くない？

遠い目をして明後日を見た私を、ロマノフ先生は見逃してくれなかったようで、その大きな手で強制的にアヒル口にされた。

「面倒くさくなって来てるでしょ？　こういうところは年相応なんだから」

「うぅ……だって、ゾンビとかグールとか怖いです！」

アヒル口のまま首を横に振ると、上からヴィクトルさんがぷにりと私の頬をつつく。

「だけどね、神聖魔術の使い手なんて桜蘭教皇国以外には滅多にいないんだよ。力押しで勝てなくないけど、そうすると彼女みたいに生きたまま取り込まれてしまった人まで死なせてしまうことになる」

「それは……」

確かにそうだ。

正しいやり方を知らないから、今回は歌に頼ったけど、方法を知らないよりは知っている方が対処法は増える。

だいたいダンジョンとアンデッドって関連がない訳じゃない。

ダンジョンで死んでしまった冒険者は、アンデッド化する確率が異様に高い。

更に言えばモンスターの大氾濫が起これば、その戦いで命を落とした冒険者がアンデッドとしてモンスター側に加わることもあるという。

ダンジョンを抱えている以上、そこの領主が神聖魔術の使い手っていうのは、得こそあれ損はない。

でも怖いもんは怖いんだよぅ！

理屈には納得できても、心情的には頷きたくない。

そんな私の葛藤を知ってか、ブラダマンテさんがきゅっと手を握る力を強めた。

「あの、良ければわたくしにご指導させていただけませんか？」

「へ？」

「先程も言いましたように、わたくしは神聖魔術の使い手です。神の御技の一端であれば、お教えできます。これも何かのご縁、助けていただいたご恩返しをさせていただければ！」

ずずいっと乗り出していた身体を更に前のめりにして、ブラダマンテさんが熱意のこもった目を向けてくる。

これは、先生ゲットじゃね？

そう思って隣のロマノフ先生を見ると、ちょっと困ったような表情で。

そのお顔に気がついたブラダマンテさんが「あ！」っと声を上げて、いそいそと指輪を左手から取って、先生方に示した。

「こちらは伯爵家でいらっしゃいますものね。身分のはっきりしないものを逗留させる訳には行かないのですよね？　この指輪はわたくしの桜蘭教皇国での巫女の身分を証明するものです、どうぞご覧ください」

「あ、はい。ご丁寧にどうも」

受け取った指輪をまじまじ見ても、私にはなんだか解んないから、そっとヴィクトルさんに渡す。

なにか見えたなら教えてくれるだろう。

するとブラダマンテさんが、ぱんっと手を叩いた。

「そうだわ！　ソーフィヤ・ロマノヴァ様！　帝都にいらっしゃるエルフのソーフィヤ・ロマノヴァ様ならわたくしの身分を保証くださいますわ！」

「へ？　ソーニャさん？」

んん？　ブラダマンテさんはソーニャさんと知り合いなのかな？

思いがけない名前が出てきて、もう一度ロマノフ先生の方を見る。

先生も首を捻っていた。

すると、それまで静観していたラーラさんがブラダマンテさんに近づいて、それからロマノフ先生を指差した。

「あの人に見覚えないかな？」

「えぇ……っと、初対面かと……んん？　ソーニャ様に似ていらっしゃる？」

似てるもなにも、その人の息子さんです。多分。

ロマノフ先生に私だけでなく奏くんやレグルスくんの視線が集中すると、本人は軽く咳払いをして。

「エルフで帝都にいるソーフィヤ・ロマノヴァはたった一人です。あれ、私の母なんですが……」

「まぁまぁ！　なんというご縁でしょう⁉」

「そうですね。折角なので後で母に確認を取るとして、私の懸念はそういうことではなくて、ですね」

先生が私を見て、それからブラダマンテさんを見て、大きく息を吐いた。

その眉間には大きなシワが寄っている。

思いもよらず深刻な様子のロマノフ先生に、誰かが息を呑んだ。

先生の唇が解ける。

「鳳蝶君、信じられないくらい運動音痴で武道もちょっと人にお見せできないくらいなんですが、ワンパン昇天以外の方法で神聖魔術を教えていただくことは可能ですか？」

「……あらあら、まあまあ」

すっとブラダマンテさんの視線が逸れたのは、なんでなんですかね⁉


「多分、旦那様のせいじゃないと思います」

ベッドで横になった赤毛の、エリーゼと同年代くらいのお嬢さんは、まだ白っぽい顔をして、囁くように静かに告げた。

彼女の名前はアンナ。

宇都宮さんが以前働いていたお屋敷、レグルスくんのご実家で料理人見習いとして働いていたお嬢さんだそうな。

身元確認というか、宇都宮さんが、彼女が屋敷にバーバリアンの皆に運ばれて来た時に悲鳴をあげながら「アンナ先輩！」と叫んでいたらしい。

それをロッテンマイヤーさんが落ち着かせて事情を聞いて、父の使者たる彼女の素性が解ったのだ。

父の屋敷は今、財政難だ。

とりもなおさず、私が費用を締め付けてるせいなんだけど。

父の屋敷の財政は現行火の車で、使用人を次々と解雇して凌《しの》いでいるらしい。

それで見習い料理人だった彼女も解雇の憂き目にあった訳だけど、それにしても最後の給料をレグルスくんからお礼状が来ないと出さないって、どういう了見なんだろう。

それなのに、アンナさんは今度の事を父のせいじゃないと言ってる。

使用人に庇われるほど、あの人はあちらでは人格者なんだろうか？

微妙な顔になってしまったのに気付いたのか、アンナさんが首を横に振った。

「私にこちらの御屋敷に伺うように言ったのは、メイド長のイルマさんですから」

ん？

メイド長に使用人が用事を指示されるのは別に普通だし、それがなんで父の潔白に通じるのかな？

首を捻った私に、おずおずと一緒に話を聞いていた宇都宮さんが手を挙げた。

宇都宮さんはレグルスくんの世話がない時は、アンナさんの看病をしていて、彼女が気付いたのを教えてくれたのも宇都宮さんだ。

「えぇっと、その、メイド長のイルマさんと旦那様はあまり仲がよろしくないのです……」

「え？」

「そのぉ……イルマさんは元々あちらの奥様の乳母だったそうで。あちらの奥様を日陰者にしたと旦那様を嫌っていまして……」

「まあ……」と私の後ろから声が上がる。

振り返ればロッテンマイヤーさんが、口を手で塞いでいた。

うーん、ロッテンマイヤーさんも父には思うところがあるようだけど、それを口に出したりはしないなぁ。

それはいいや。

アンナさんの話によれば、あちらのメイド長は元々レグルスくんのお母様が存命の頃から、本人には兎も角、周りには父への嫌悪を隠さなかったそうだ。

それは育てた大事なお嬢様にもそうだったようで、何度も苦言を呈していたらしい。

それだけならまだしも、お嬢様の子どもだけど憎い男の息子でもあるレグルスくんに、陰ながら当たっていた節もあるそうで。

「そうなの⁉」

「う……はい。宇都宮がレグルス様のオムツを換える時間なのを解っていて、すぐに終わらない量の洗濯物を押し付けたり、泣いているレグルス様を無視したりと……」

「レグルスくんのお母様はそのことは？」

「薄々は気づいておられたのでは……と。亡くなる少し前に宇都宮をレグルス様の専属メイドにされたのは、そういうことかと思っていました」

「なるほど」

男女の好いた惚れたは、決して片方だけの罪ではないはずだ。

それが子どもに累を及ぼすのも違うだろう。

大人同士のイザコザは大人同士で勝手にやってろよ。

目が据わったのが解って、すぐに苦笑いに切り替える。

私が抱いてる怒りなんて、周りには筒抜けであったとしても、それで初対面のお嬢さん、それも立場の弱い人を怖がらせるなんて下衆なことは出来ない。

「えぇっと、そのイルマさんに父が嫌われていたのは解りました。それでこちらに行くように言ったのもイルマさん。でも貴方に持たせたプレゼントを選んだのは父でしょう？　それなら……」

「いいえ、イルマさんです」

「はぁ……？」

今度こそはっきりと眉間にシワが出来た。

声も解るくらい低くなったのを取り繕う気も失せる。

何やってんだ、あのクソ野郎。

ぎりっと強く拳を握れば、隣に座って一緒にアンナさんの話を静かに聞いてくれていたロマノフ先生の指が、眉間のシワを伸ばすように摩る。

「ご令息の誕生日プレゼントを使用人が選ぶことは、無い訳ではありませんが……一般的ではないような」

「私には、そういうことはよく解りません。解りませんが、帝都で流行りの男の子の玩具を調べて贈ってやってくれと、旦那様がイルマさんに指示したらしいんです。それが気に食わないって、商人に愚痴ってたのを聞いてしまって……。イルマさんは、私が聞いてたことなんか気付いてないだろうけど」

なんだそれ、ちょっと待ってほしい。

父の所業は今は置くとして、ここにきて呪いの籠った物を贈ってきた人物に、父以外に怪しい人物が出てきてしまった。

尚、呪いの籠った物はアンナさんが意識を取り戻す前に、レグルスくん宛ということで呪いに強いヴィクトルさんとブラダマンテさん立ち会いのもと開封させてもらったけど、「短剣の乙女」伝説に因んで「慈悲の剣《コルタナ》」と呼ばれるようになった刃を落とした儀礼用の短剣で。

ブラダマンテさんが「これはわたくしが旅に出る時に桜蘭から持ち出したものですわ」って驚いてた。

デミリッチは生前ブラダマンテさんに調伏されたらしいから、その恨みで短剣に憑いたんだろう。

呪いの方はデミリッチが実体化した時点で消えたそうな。

因みにブラダマンテさんなんだけど、あの後すぐに本人たっての希望で身の証をたてるべく、ロマノフ先生と一緒にソーニャさんを訪ねたんだけど、色々あったらしい。

主にブラダマンテさんが結構な時間デミリッチに囚われていたこと、そのせいでブラダマンテさんは桜蘭では殉教扱いだということ、他にも幾つか問題があって、ちょっと扱いが難しい状況だと説明された。

けども、菊乃井には帝国認定英雄もいるし、桜蘭教皇国の衛士団が「心正しき衛士衆」と評したエストレージャもいる。

とりあえず、菊乃井がブラダマンテさんを困らせることはないだろうし、逆はもっとなかろうってことで、うちに逗留してもらうことに。

この辺りは帝国の上の方と桜蘭の上の方とが話し合った結果だけど、なんだろうな。

全体的に菊乃井に対する信用度が高すぎる。

あの両親だぞ？

訳が解らない。

二人を保護してからアンナさんが目覚める今日までの三日間で、その一連の流れが出来てた訳だけど、これ多分、私が知らない事情があるよね。そこは今の私では触れない方がいいことなんだろう。

んで、私はその大人の事情とは別に、父に手紙を書いた。

レグルスくんに誕生日プレゼントをくれたお礼を素直に、アンナさんにレグルスくんからの御礼状が来ないと給料を渡さないと言った件と皇帝陛下からのご叱責に関して、嫌味をふんだんに盛り込んだ上「近々会いに行くから首洗って待ってろ。逃げんなよ？（意訳）」って趣旨の手紙を。

「その商人は普段使ってる出入り商人なんですか？」

「いいえ。出入り商人なんてあのお屋敷にはいません。たまたまあの時はお隣の大きな商家と間違えて訪ねたそうで、イルマさんに物を買わせたかったのか世間話をしながら商品を見せてたみたいです」

「押し売りの使う手ですね」

「はい。でもイルマさん、その商人から何か買ったみたいで」

私が考え事をしている間にも、ロマノフ先生はアンナさんに聞き取りをしていてくれたようで。

アンナさんは人が少なくなってから、調理場だけじゃなく他の雑用もやらされるようになってたらしい。その彼女が洗濯物を持って庭に出て、全部干して戻ってくるまでずっと、メイド長・イルマと商人は話し込んでいたそうだ。

「商人が帰った時、イルマさんは凄く上機嫌でした。その時にちらっと手に箱の様な物を持ってたなって思ったんですけど……」

「それを持たされて菊乃井に行けと言われたんですね？」

「はい。徒歩と乗り合い馬車で来たので、半月くらい前なんですけど」

なるほど、限りなく黒に近いグレーだ。

動機は十分にある。

アンナさんが嘘をついているのでなければ、目撃証言もあるから、黒と言って差し支えない。

だがしかし。

デミリッチの憑いた物を数日持っていて、そのイルマとやらもだけど屋敷にいた人間、誰にも異変はなかったんだろうか。

私は短剣からデミリッチが出てくる前でさえ、近づくと鳥肌が立った。

呪いを受け付けない人間が一定数いるにしたって、屋敷の人間が全てそんな体質だとかそんな奇跡があるんだろうか？

疑問をそのまま口に出せば、ロマノフ先生が否定系に首を動かした。

「あり得ませんね。現にアンナさんは短剣を持っていて、体調を崩していました」

「ですよねー」

うむ、ないな。

頷いていると、静かにアンナさんが首を横に振った。

「あの、実は体調が悪くなったのはお屋敷に向かう道すがらで、それまでは全然なんとも無かったんです」

「え、そうなんですか？」

「ほう……」

新たなる事実にロマノフ先生の目が細まる。

そう言えば、リッチやレイスなんかは自身が憑いていることを隠蔽するよう魔術が使えると、ヴィクトルさんが言ってた。

リッチやレイスが出来ることを、デミリッチが出来ない筈がない。しない理由もない。

だからあちらのお屋敷では牙を剥かなかった。

ならどうして、この屋敷に続く道で？

デミリッチが私が声を出した、つまり存在を明らかにした途端に実体化したのは、天敵を識別して、これを倒してレベルを上げたかったからだろう。

でも道？

道に魔術をかけたヴィクトルさんを、勝てる相手と踏んだのかな？

いや、でも、それならあの戦いにおいて、私だけを執拗に狙った意味が解らない。

神聖魔術を使えなくたって、強い魔術師を取り込めば強くはなれるんだから、勝てると踏んでたならヴィクトルさんだって狙った筈だ。

あかん、解らん。

プスプスと頭から煙が出そうな勢いで考え込んでいると、ふわりと手を包み込むように握られる。

はっとするとロッテンマイヤーさんが、目の前にいて私の手を握っていた。

「若様、お耳を」

「あ、うん？」

頷くと、ロッテンマイヤーさんの唇が耳に寄せられる。

アンナさんには聞かれたくないのか、聞かせられないのかな。

「もしやデミリッチが牙を剥いてアンナさんを苦しめたのは、こちらによく神様が降りられるためでは？」

うぅん？

ちょっと怪訝な顔をすると、ロマノフ先生がはっとしてこちらを見る。

エルフの耳は地獄耳。ロッテンマイヤーさんのゴニョゴニョが聞こえていたようだ。

ロマノフ先生も私に顔を寄せて、ゴニョゴニョする。あまりにも顔がいい。

「ありえますね。屋敷に続く道も含めて、屋敷ごとご座所のようになっているなら、さぞやデミリッチには命の危険を感じたことでしょう」

「ご座所……あ！」

そうか。

神聖魔術は神様の力をお借りして、歪んだ生死の理を正す魔術。

ご座所ってことは神様のご威光、ようするに神聖魔術の源のような力の満ちた場所だ。

さぞやデミリッチには居心地が悪かったろう。

真綿でじわじわ絞め殺されている気分を味わうことに耐えきれず、自分の依り代を放棄して逃げようとしたか、耐える力を欲してアンナさんを取り込もうとしたのか。

どちらにせよ、隠蔽する魔術が解けてアンナさんに呪いが降りかかってしまったんだろう。

ともあれ、今回の下手人は確定かな。

だけどいずれにせよ言えることがある。

やられたら、百倍返しだ！

夜中の男子お茶会！

ダイエットを始めてから、私は基本、寝る前にはお白湯しか飲まない。

なのでチリンチリンと呼び鈴を鳴らして、部屋に来てもらったロッテンマイヤーさんに紅茶三つとお菓子をお願いすると、とても驚かれた。

でもそれ、私が食べるんじゃないの。

部屋には紅い髪の麗人と、ドレッドヘアとチラチラと布から覗く肉体美が特徴の男性とが。

「夜分に悪いなぁ」

『まったくだ。困っていたではないか』

「ああ、いえ……大丈夫です」

多分。

料理長はクッキーを、こんな時のために毎日焼いてくれてる。

それは神様の訪いがなければ使用人のおやつや、アンジェちゃんを通じてラ・ピュセルのおやつになってたり。

紅茶が三つと、姫君からいただいた蜜柑のジャム・お砂糖・ハチミツ・ミルク、それからクッキーの入った籠を載せたカートを押したロッテンマイヤーさんは、しずしずと部屋に入るとすっと深くお辞儀をした。

「お茶をお持ちいたしました」

「うむ。悪いな、守り役」

『馳走になるぞ』

「は……」

頭を戻したロッテンマイヤーさんは私の方を見ると、静かに隣室に下がろうとする。

それを押し止めたのは、ドレッドヘアの――まあ、平たく言ったらロスマリウス様だ。

「お前がアーデルハイド・ロッテンマイヤーだな？」

「左様で御座います」

「そうか、そう堅苦しくせんでいいぞ。お前は鳳蝶の育ての親みたいなもんだろう？　いずれお前のことを、俺の遠い孫娘なりが『お義母様』と呼ぶことになるやもしれんのだ」

「は⁉」

「……え？」

まるで錆びているようなぎこちない動きで、ロッテンマイヤーさんが私を見る。

私も驚いて首を振ると、その様子にロスマリウス様が片方の眉毛を器用に上げた。

「なんだ。百華にも言っておいたんだがな。お前にはいずれ俺の一族から嫁を出すって」

「え、いや、それは……」

姫君が断るって滅茶苦茶怒ってたヤツでは？

下手な返答は返せない。

だから内心で冷や汗を掻いていると、氷輪様が声を少し尖らせた。

『その話は百華に断られただろう。これを困らせるな』

「確かに断られたが引き下がるとは言ってないぞ。ようは無理強いしなきゃいいんだろ？」

『人間に神の言葉を拒否するなど……』

「いやいや、お前。コイツは本当に嫌ならするって」

『む……』

肩をすくめたロスマリウス様に、氷輪様もそれ以上は言わない。

っていうか、私、神様の言葉を拒否するとか無理だよ。

ガクブルしながらそんな事を思っていると、お二人が物凄く怪訝そうな顔をした。

「どの口がいうんだよ。お前、百華に『作り損じを渡すのは職人の名折れ』とか言って怒ったんだろ？」

『イゴールからも「強制するなら神様でもくそ食らえだ」と言われたと聞いたが？』

「若様……!?」

「言ってないですよ!?」

ロッテンマイヤーさんの悲鳴に、私は思い切り首を横に振る。

いや、確かに姫君には試作品はお渡し出来ないって言ったけど、それはそんな粗末なのを渡せないって言っただけで怒ってない。

イゴール様に至っては、確かに心の中で思ったけど、あれはちょっとした行き違いでそうなっただけで、口に出してないのに。

「お前、だだ漏れだぞ」

「ひぇ!?」

HAHAHAとロスマリウス様が豪快に笑い、氷輪様が口の端を僅かに歪める。

更にロスマリウス様には「そういうとこだぞ」と、旋毛をつつかれてしまった。

「まあ、今日明日急にって訳じゃない。そうなるかもしれんから、あまり格式張るな。そういうことだ」

「……承知致しました」

ロスマリウス様の言葉に頷くと、もう一度礼をしてロッテンマイヤーさんが退出する。

その背中を見送ると、同じくロッテンマイヤーさんを見ていた氷輪様が大きく息を吐いた。

『中々肝が据わっている』

「だな」

ロスマリウス様がご持参くださったローテーブルの上にお茶とお菓子を準備すると、これまたご持参くださった柔らかなマットレスのような椅子を三つおかれる。

夜中のお茶会の始まりだ。

「いやぁ、イゴールがここの茶と菓子が旨いって言うから、一回食ってみたかったんだよ」

『だからと言ってねだるな』

「あん？　お前だって興味あったくせに」

ぱりぽりと良い音をたてて、クッキーを齧るロスマリウス様に、静かに氷輪様が首を振る。

本日のお二人のご訪問は、特に示し合わせたものじゃないらしい。

氷輪様はいつものご訪問で、ロスマリウス様は何やらご用だそうで。

「ああ、そうだった。近々艶陽がお前に会いに来たいと言っていた。俺はその先触れに来てやったのよ」

「へぇ!?」

「お前、桜蘭の巫女を助けたろ？　その礼がしたいそうだ。受けてやれ」

桜蘭の巫女ってブラダマンテさんのことか。

いや、でも、助けたっていってても行き当たりばったりだし。

それになんで艶陽公主様が礼をしたいとか、そんな話になるんだろう？

疑問符を顔に張り付けていると、斜め前に座った氷輪様が手を伸ばして、私の髪の毛をくるくると弄った。

『桜蘭はその国自体が艶陽に捧げられたもの。言い方が正しいかは知らんが、国民全てが艶陽の持ち物だ。失くしたものを拾ってもらったなら、礼はせねば。ましてもう戻らぬと諦めていたものが戻って来たのだからな』

「ブラダマンテって巫女は、艶陽のお気に入りだったのさ。死んだと思っていたのが助けられたんだ。感謝もするだろうよ」

ははぁ。

ブラダマンテさんは艶陽公主様のお気に入りだったのね。

そりゃ、その処遇ですったもんだするわ。

うむうむと一人頷いていると、ジャムを落とした紅茶に口を付けたロスマリウス様が、片眉を上げた。

「お前、これ……。非時香菓《ときじくのかくのこのみ》じゃねぇか。よくこんなもん……ああ、百華か」

「天上では蜜柑を非時香菓と呼ばれるんですか？　姫君様は蜜柑は蜜柑だと仰ってましたが……」

首を傾げると、同じく蜜柑ジャムを落とした紅茶を一口含んだ氷輪様が、ゆったりと頷く。

『蜜柑は蜜柑に違いないが、地上のものは火を通すと甘くなるだろう。天上のそれは、火を通すと非時香菓という物に変わる』

「甘くもなるし効能も変わるんだよ。なんだったか、百華の桃と似たような効能になるんだったか」

「ひょえ⁉」

文字通り飛び上がるっていうか、驚きのあまりマットレスから立ち上がる。

木箱に一杯だったから、かなりの数をジャムにして、お裾分けに色々配ってしまったけど大丈夫かな⁉

あわあわと慌てていると、私の内面なんかお見通しの神様方が笑った。

「大丈夫だろ。紅茶に溶かして飲む分くらいの効能なんて、この冬風邪を引かない程度さ」

『たとえ隠された才に目覚めたとしても、そこに胡座をかくものは、その才をいずれ錆び付かせる。錆び付かせなかったものは、非時香菓を食そうが食すまいが、遅かれ早かれ目覚めていようよ』

神様お二人が言うんだから、そうなんだろう。

それにしても、姫君はそんなこと一言も仰らなかったけど、なんでかな？

ハチミツを入れた紅茶を飲むと、甘さが口に広がる。

「そら、お前。百華は料理なんかしないからだろ。料理をしないんだから、調理法なんぞ思い付く訳がない」

『火を通した物を普段食していても、そこには中々結びつかんだろうな』

「ああ、なるほど」

ローテーブルの上に置かれた山盛りクッキーが、どんどん無くなっていく。

ぼんやりとその光景を見ていると、ロスマリウス様が口を開いた。

「それにしてもデミリッチな」

『艶陽の加護を受けた者を取り込んでそうなったらしいが……』

「なり損ねはなり損ねってこったな」

「なり損ね……？」

聞きなれない言葉に首を捻ると、氷輪様が教えて下さった。

リッチやレイスに自分からなるような魔術師や呪術師は、何故だか大概神様にとって代わろうと野心を抱き、魔物としての自分の位階を上げようとする。

その様を嘲りを込めて「なり損ね」と呼んでいたら、いつの間にか地上でもリッチやレイスの上位種を「デミリッチ《神のなり損ね》」と呼ぶようになっていたらしい。

天上とは違って、地上では恐れを込めて呼ばれるけど。

「あの程度で神に近いと思われるのは傍迷惑な話だ。それならお前の師匠連中やお前の方が、余程俺達に近いぞ」

「は⁉」

『そうだな』

思いもよらない言葉に絶句すると、お二人とも首を縦に振る。

言われた言葉の意味が解らなくて、ロスマリウス様と氷輪様の間で視線を行ったり来たりさせていると、つんっとロスマリウス様の指で額をつつかれた。

「言葉は便利だが本質を的確に表すには少し足りん」

この場合の近いってのは、神様と先生方の力の差を大人と胎児くらいと仮定したとして、先生方と私の力の差は先生方が大人であれば私はやっぱり胎児で、私とデミリッチの実力差は、私が大人でデミリッチが子どもくらいになるそうだ。

「わ、私、そんな、強くないです！」

『そうだな。お前とデミリッチの差は力の差というより、出来ることの差というべきか』

「だな。人形奇術《プッペンシュピール》って魔術だったか。無機物に魔力を通して、つかの間とはいえ命を与えるんだ。神の権能の下位互換に相当する」

「ひぇ⁉」

それって大変なことなんじゃ⁉

さっと血の気が引く音がして、背筋が寒くなる。

これはお叱りをうけるやつかしら。

そう思っていると、氷輪様が首を横に振った。

『ネクロマンサーと似たようなものだ。あちらは操り人形の切れた糸を、魔力で無理やり自分の指に繋いで操るようなものだが、お前の魔術は元々ない糸を魔力で縫い付けて使役しているようなもの。無いものを即興で縫い付けるのは、本来手間隙がかかるがお前はあっさりやってのけた。しかし稼働時間に制限もあれば、動かせるのはお前の作った物に限られる。ならば下位互換にしても欠陥だらけだ。人間が使うには充分であろうが』

「そうだな。だいたい俺は魔術の神だぞ。お前が俺達の意に添わぬ事をすれば、その力を取り上げればいいだけさ」

マットレスの上で片あぐらをかいてたロスマリウス様は、くっと口の端を上げて笑う。ちょいワルでカッコいい。

同じく片あぐらの氷輪様は涼やかで綺麗だ。

素晴らしく目の保養なのに、肌がどうにも粟立つのは神様の御威光の一端に触れているからか。

自然と背筋が伸びる。

そんな私を見て、氷輪様が優しく微笑んだ。

『構えずともよい。お前があの魔術を使うとして、弟に人形劇を見せてやるくらいが関の山だろうよ』

「えぇっと、はい。編みぐるみもそんなに沢山ある訳でもないですし……」

そうだよ。

私が編みぐるみやぬいぐるみを作ったのは、この間動いたレグルスくんのひよこセットと、奏くんのシマエナガセット、それから氷輪様の猫ちゃんと、艶陽公主様にお渡しした妖精馬、そしてアンジェちゃんの誕生日プレゼントに二匹の犬だけ。

ああ、でも、犬の編みぐるみが動けば買い物とかに使えるし、蛇の編みぐるみを作って細い場所の掃除とかさせるのもいいかな。

ネズミみたいな小さいのなら、人が入れない狭い場所にも入り込めるかも。

そこまで考えて「あ」と、口から声が溢れた。

災害救助とかに使えないかな。

例えば土砂崩れや地震で生埋めになってしまった人を探すのに、ネズミくらいの大きさのぬいぐるみが使えたりとか。

ちょっとワクワクした気持ちが、でも次の瞬間にはしゅぽんと沈む。

だってこれ、暗殺にも使える魔術だ。

普通ぬいぐるみが動くなんて思わない。それなのに、人の入れないような場所に、動くぬいぐるみを伏せさせることが出来るんだもん。

私だってそんな風に使う気はないけど、使えてしまうことをきちんと解っていないとまずいやつだ。

ロスマリウス様の愉快そうな目が、ひたりと私を捉える。

「お前は虫も殺さぬ風情でいて、淀《よど》みなくえげつない答えに辿り着くのな」

「う……」

「責めている訳じゃない。俺はお前のそういう処を愉快だと思っているぞ」

ぞっとするような凄みのある笑みを浮かべてロスマリウス様が、「なあ」と氷輪様に顔を向ける。

するとは氷輪様はおもむろにロスマリウス様のおでこを指先で弾いた。

「いっ⁉」

『困らせるなと言っている』

「ぬ、誉めてるんだぞ？」

誉められてる気が、全然しなかったんですが！

眉が八の字に下がるのを感じていると、くしゃっと髪をまぜ返される。

右と左からグシャグシャにされて驚いていると、ロスマリウス様が肩をすくめた。

「俺はお前を買っている。それは本当だ」

「はい、ありがとうございます」

「おう。だからビビらせた詫びに、役に立つ魔術を教えてやろう」

そういうと、ロスマリウス様と氷輪様が目と目で会話して、氷輪様が頷く。

ロスマリウス様の人差し指が額に触れると、そこから仄かな温かさが伝わって来た。

「……物の記憶が読み取れる魔術？」

「おうよ。これからきっと必要になる」

なんでだろう？

解んなくて首を傾げると、氷輪様がグシャグシャになった髪を整えてくださって。

『お前の教師連中は気付いていると思うが、此度の呪いの件。おそらく根が深いぞ』

「え……？　何か、ご存じなんですか⁉」

「いや、知らん。と言うか、知らなくても我らは神だ。全てが手に取るように解る」

と仰るのであれば、この事件はレグルスくんの実家のメイド長が犯人ってだけで終わるほど単純じゃないってことか。

ならばありとあらゆる可能性を検討しなければ！

明かされていく薄暗さ

朝食の席にブラダマンテさんが加わり、菊乃井の朝は賑やかになった。

けど、私は眠い目を擦りぎみ。

ロスマリウス様は結局、あれ以降呪いに関することは教えてくださらなかった。

人間同士の争いに神様が介入するのは良くないかららしいし、私にヒントとそれに使える魔術を教えてくれたのはおもてなしへの対価だそうな。

後は自分で乗り越えろってことなんだけど、「百華の厄除があってさえ降りかかる厄災は、すなわちお前を磨く試練だ」って言われたら、張り切らざるを得ないよね。

サクッと焼けた甘いパンと蜜柑ジャムが美味しい。

蜜柑ジャムって言えば昨日大変なことを教わったんだった。

食事の手を止めて、斯々然々と昨夜の話をすると、先生方が天を仰ぐのと同時に、ブラダマンテさんが手を祈るように組み合わせる。

「なるほど、昨夜の神聖な気配は神様がいらしていたからなんですね。それも二柱も！」

「はい。ちょっと色々呪いのことなんかをお聞きしまして」

そうだ。

ヒントと言えば氷輪様もおもてなしへの対価として、あのデミリッチの放つ呪いに関して教えてくれたんだけど。

あのデミリッチは巧妙に自身を隠蔽していて、普通に持っている分には小さな不幸がたまに起こるくらいの呪いを撒き散らし、それによって持ち主が持つ負の感情を増幅し精神を疲弊させ、生命力を少しずつ奪うっていうものだったそうで、本来は使者に来たアンナさんのように急激に具合が悪くなるような強い呪いを発したりしなかったらしい。

それが暴発したようにアンナさんの命を奪いにかかったのは、やはり菊乃井の屋敷と周辺が姫君のご座所のようになってて、神聖な力に満ち溢れていたことなんだけど、それは二義的な要因で、だいたいの原因は屋敷の中にあのデミリッチではどうしたって勝てないような存在がうようよしてたからだそうな。

ようは先生方に恐れをなして逃げたかったみたい。

それでアンナさんをとり殺して生命力を奪ってなんとかしようと企んだデミリッチだけど、姫君が以前に「人間の女にも目をかけてやろう」と仰ってくださったお蔭で、姫君のご座所になってるうちの森の木々が、アンナさんを守るように命を少しずつ分けてあげてたんだって。

それで私達はアンナさんを助けることが出来たみたい。

つらつらと氷輪様からお聞きした話をすると、ブラダマンテさんはこくっと頷いた。

「たしかに、わたくしがアレのなかで微睡《まどろ》みながら見ていたのも、そんな些細な不幸が少しずつ起こる光景でした……」

「デミリッチみたいなやつほど、本当に呪いを隠すのが上手いんだよねぇ」

ブラダマンテさんの情報が氷輪様のお話を補足する。

ヴィクトルさんは肩をすくめると、ロマノフ先生に視線を移した。

すると先生は難しい顔をしていて。

「宇都宮さんとアンナさんから聞いたあちらのメイド長の人格と、呪いのえげつなさがどうにも合わないと思っていたら、そういうことでしたか……」

「どういうことです？」

「いえね」と前置きしてロマノフ先生が教えてくれたのは、名前が出た二人からの『イルマ』という人の性格だった。

なんというか、人の好き嫌いは激しいしケチくさいし意地悪だけど、レグルスくんのお母様には凄く尽くしていて慈しんでいたらしく、とりあえず「はいはい」って言っておけばそれなりにやり過ごせる程度の人で、嫌いだからって殺すような呪いをかけてくるほどの邪悪さはない。そういう人だそうだ。

アンナさん、死にかけたみたいですけど？

そう問えば、ラーラさんが首を振った。

「呪いの本質を知らなかったんじゃないかな？　ひよこちゃんに意地悪だったみたいだけど、こっちに来た時にひよこちゃんは怪我一つしてなかったんだろう？　子どもに暴力をふるうような悪辣な人間じゃないみたいだし、何よりアリスに菊乃井でひよこちゃんはイビられるかもしれないから気を付けろって言い含めたそうだよ」

「小さな意地悪はしても、大きな不幸は望まないって人ですか……」

面倒な人だな。

善人か悪人かで言えば善人ではないけども、物凄く悪い人じゃない。

そんな人ならちょっとしたアンラッキーがあるくらいの代物を渡してくることはあっても、死ぬような物は選ばないか。

だとすれば、呪いの本質を知らなかったって推論は成り立つ。

成り立ったところで許さないけどね。

でも、ロスマリウス様は今回のことは「根深い」って仰ってた。

そうするとあちらのメイド長が、父上が嫌いでレグルスくんのことも好きじゃないから呪いのかかった物をプレゼントとして送って来ましたでは、どうにも浅い気になる。

何かもう一つか二つくらい、隠れていることがあるんだろうか。

そもそも、だ。

これを切っ掛けにちょっと調べたんだけど、帝国の法律では呪いをかけたのがバレると、かけた人物もだけど、依頼人も罪に問われる。

それには証拠やら証言を積み上げなきゃいけないんだけど、呪術師って自分が捕まった時に蜥蜴《とかげ》の尻尾みたいに切られないように、依頼人との間に固い誓約を交わす。

その誓約はどちらかが捕まれば、もう一方も捕まる的なものだ。

そこまでしたとしても、呪術による暗殺なんてそんなに成功率の高いもんじゃない。

ヴィクトルさんやウパトラさんみたいな隠された物を見る力があったり、同等の効果を持つ道具があれば見破るのも、呪詛を返すことも容易いんだよね。

ましてやうちはエルフの三英雄が滞在している。

お蔭でデミリッチすら逃げ出すような状態のところに、そんな成功率の低いことを仕掛けてなんになるんだ。

いや、待てよ。

デミリッチが憑いていることは知らなかったし、呪いにしたってちょっとした不運くらいにしか感じないような出来事が起こる程度のものだとしか思っていなかったとして。

それを送り付けられた私が、レグルスくんに代わって父に抗議すると思わないんだろうか。

そうなると、父から自身が叱責されるはめになるんだけど……？

んん？

ちょっとナニかが引っ掛かる。

「呪詛って確か、一定数まったく受け付けない人がいるんですよね？」

「ええ。体質の問題ですので、どれほど信仰心が篤くてもこればかりは……」

ブラダマンテさんが残念そうに言った。

呪詛は体質によって全く受け付けない人間がいる。

法律ではそこにも配慮があって、知らずに呪具を他人に渡してしまった場合は罪に問われない。

隠蔽されていて気付かなかったのも、同様の扱いだ。

もしかして。

「今回の一件、狙いはレグルスくんでも私でもなく父……？」

「その可能性もありますねぇ」

「どういうことでしょうか？」

私の呟きを拾ったロマノフ先生達は頷き、ブラダマンテさんとレグルスくんは小首を傾げる。

レグルスくんの前でする話じゃないけど、狙われた側でもあるし、こんなことをしてくる人がいることを解っていてもらうのは必要なことだもんね。

「色々と考えたんですけど」

先ほど話した神様方のお話に、メイド長・イルマについての宇都宮さんとアンナさんの証言とを加え、私と父の関係が最悪な状況であるのを添えると、違うものが見えてくる。

「あちらのメイド長は、こちらの屋敷にいる誰かが呪いの事を見破り、私が父を叱責すると考えたんじゃないかと」

「そうなってもメイド長は呪いを知らなかったと言い張れば良いし、プレゼントを準備したメイド長が知らなかったなら、任せただけのお父上も明確には罪に問われない。鳳蝶様に叱責されても屈辱ではありましょうが、それだけ……ということ……。なるほど、本当に単なる嫌がらせですわね」

ブラダマンテさんが悲しげに大きな溜め息を吐く。

いくら嫌いな人だからといって、策を弄して嵌めたり、呪いのかかったものを利用したり、そんなことは考えられないとブラダマンテさんは首を振った。

私だってそう思う。

それに嫌がらせの範囲から、今回のははみ出ているし。

ここから先はレグルスくんには聞かせられない話だ。

「まずは食事を終わらせましょうか」

苦笑いしてパンを口に入れれば、意図を察してくれたのか、もう誰も呪いのことは口にしない。

代わりといってはなんだけど、にこっと凄い笑顔のヴィクトルさんが口を開いた。

「あーたん、僕ら、あーたんに聞きたいことがあったんだ！」

「は、はい？　なんでしょう？」

「僕ら」ってことはロマノフ先生やラーラさんもなんだろうか。

なにを聞かれるか、心当たりがなくて目を丸くしていると、ニコニコ笑う先生方の視線がやたら刺さる。

「あーたんのお部屋のクローゼットに隠してある、沢山の古龍の鱗とか牙とか色々。あれってなにかなー？」

ぎゃー!?　言うの忘れてた!?

先生方が、クローゼットに仕舞ってある神様方からいただいた古龍のモロモロに気がついたのは、魔力切れを起こして寝落ちた私を部屋に運んだ時だったそうな。

尋常じゃない魔力の渦巻きに、ロマノフ先生がヴィクトルさんを呼んで、ヴィクトルさんがその魔力の出所のクローゼットを開けたら、そこに古龍のモロモロが沢山入った皮袋が鎮座していた、と。

「あの、隠すつもりとかじゃなくて……話そうとは思ってたんですけど……」

「デミリッチなどなどで忘れた、と」

「はい」

嘘じゃないよぅ！

凄く良い笑顔のロマノフ先生やヴィクトルさん、ラーラさんにブンブンと首を縦に振って見せる。

確かにデミリッチの出るちょっと前までは、先生方にモロモロのことを相談しないといけないと思ってたんだ。

でもデミリッチ気持ち悪かったし、父にムカついてたし、アンナさんやブラダマンテさんのことも気になるしで、うっかり忘却の彼方だった訳で。

しゅんとしながら説明すると、ラーラさんがくすりと笑う。

「まんまるちゃんが嘘ついてるなんて思ってないよ。でもホウレンソウは基本だからね？」

「はい、申し訳ありませんでした」

ぺこんと頭を下げると、ヴィクトルさんもロマノフ先生も「仕方ない子」って感じで笑ってくれた。

「だけど」とヴィクトルさんが肩をすくめる。

「あれ、一種類じゃないよね？　なんかやたらと種類の違う神聖さを感じるんだけど」

「あ、えっと、姫君様の飼っておられるのと、氷輪様の古龍と、イゴール様のところのと、艶陽公主様のところのとを混ぜてくださったそうなんです。それも結構良い感じに力が溜まってるのを」

「なにそれ怖い！　迂闊に売ったら、お家が潤うどころか傾くやつも入ってるよ⁉」

「ひぇ⁉」

ヴィクトルさんがドン引きして、ロマノフ先生が目元を手のひらで覆っている。

唯一ラーラさんだけがケラケラ笑っている中で、ブラダマンテさんがおっとりと声をあげた。

「まあまあ、艶陽公主様の古龍のことでしたら大丈夫ですわ。わたくしが此方には二心無きこと、証明いたしますから」

「二心って……？」

出てきた単語に首を捻れば、眉間を押さえながらロマノフ先生が言う。

「艶陽公主様は皇室と桜蘭教皇国を守護くださる神様。個人に強制することはありませんが、暗黙の了解で主神扱いです。その方の古龍の鱗やモロモロなんて、普通手に入らないんですよ」

「……もしかして、持ってたらそれは皇室や桜蘭から下賜されたとかそんな？」

「はい。下賜されるものはきちんと記録も付けられています」

「あわわわわ！」

それって売ったら下賜されたものを売った不届きものだし、下賜の記録にないものを持ってたらそれはそれで盗んだとかそんな話になるヤツじゃん！

さっと血の気が引いたのが解る。

白目を剥きそうな私に気がついたのか、ブラダマンテさんが柔らかく笑んだ。

「誰もこちらに対して、その様な疑念は抱いたりしませんわ。わたくしをこちらに置くように仰せになったのは、その公主様ですもの」

「は……？」

「ああ、そうだったね」

ブラダマンテさんの話にきょとんとした私を置き去りに、ラーラさんが頷いた。

どういうこと？

まったく解りませんって顔をしてるのは、私とレグルスくんだけのようで、ヴィクトルさんもうんうん頷く。

どういうことかと尋ねると、エルフ三人衆が顔を見合わせた。

ブラダマンテさんとも三人は目で会話してから、咳払いしてロマノフ先生が口を開く。

「ブラダマンテさんの処遇ですが、桜蘭では殉教扱いになっています。ですが復帰するまで複雑な手続きが必要なんです」

「はい」

変な話だけど、桜蘭にも政治闘争はあるらしく、その煩雑な手続きの間に、艶陽公主様のお気に入りのブラダマンテさんに近付いてあれこれ利用しようと企むものがないではない。

折角デミリッチから解放されたブラダマンテさんを、そんなややこしい中に放り込みたくないと艶陽公主様は考えたそうで、皇室というか陛下と桜蘭の教皇猊下《げいか》に「ブラダマンテは菊乃井に」って御神託を降されたそうな。

それで猊下は私を知らないから、最初は難色を示されたとか。

「当たり前ですよねー……」

「まあ、確かに。しかしそれは陛下が『菊乃井の嫡男は百華公主様の加護をいただいている』とご説明なさったら、あっさりと承服されたそうですよ」

「わぁ……やたらと上からの信用度が高いなって思ったら……！」

「この世で神様に加護をいただく以上の信用はありませんからね」

きっとその信用度でうちは平地にならないんだな。ありがたいけど、その信用にどう応えればいいのか。複雑。

兎も角、古龍の素材がお家に沢山あった理由は、先生方にご納得いただけたらしい。

だけどご飯の後、その素材の処遇のために話し合いを持つことに。

これはきっと口実だ。

レグルスくんには聞かせられない話があるんだもの。

もしゅもしゅとサラダやパンを平らげて、食後のお茶を飲んだら、レグルスくんは宇都宮さんや源三さんや奏くんと一緒にブラダマンテさんを街の神殿にご案内することに。

私も先生とお話し合いがあるから、同じタイミングで食堂を出ると、ぎゅっとレグルスくんが抱きついてきた。

やっぱり父のことはレグルスくんにショックを与えたんだろうか。

しがみつく小さな身体を、同じように抱き締めると「ふへ」っと小さくレグルスくんが笑った。

「にぃに、いってきます！」

「はい、行ってらっしゃい」

お腹から埋めた顔を上げたレグルスくんは、にかっと晴れ晴れした顔で宇都宮さんとブラダマンテさんを伴って一階へ去って行く。

私も先生方と一緒に部屋に行くと、クローゼットから古龍の鱗やらが入った皮袋を取り出して、それを持って祖母の書斎に。

話し合いをするには祖母の書斎の方が広い。

書斎のテーブルに、どさりとロマノフ先生が持ってくれていた皮袋を置くと、大きな息を吐いた。

「流石にこれだけの物を持つのは緊張しますね」

「凄く貴重な素材だもんね」

少し開いた袋から覗く、色とりどりの鱗にラーラさんも溜め息だ。

だけどこれ、神様には庭の敷石にするくらいあるって代物らしいって伝えると、ヴィクトルさんがこめかみを押さえる。

「スケールが違いすぎるよ。感覚が追い付かない」

「そうですね。……感覚が追い付かないと言えば、あちらのことですが」

ロマノフ先生の言葉に、ヴィクトルさんもラーラさんも、勿論私も首を縦に振った。

「あちらの家の話ですね」

「はい」

「あーたんのお父上への嫌がらせは、嫌がらせの域を超えてるよ」

「そこが解るかどうかが、名ばかりの貴族と、古くから続く貴族の違いなんだろうけどね」

そうだ。

そしてそれは使用人の問題だけでなく、父と母の私への対応の差にも表れている。

父は名ばかりの貴族で階級も帝国騎士だった。

名ばかりの帝国騎士など、その家格は下手をすれば古くからの豪農や豪商よりも下だったり、金銭的にも恵まれていなかったりする。

そうなってくると、家名に対するこだわりなどあって無きが如し。

あって無きが如しのそれを守るために行動することなどほぼ無い。

翻って菊乃井は少なくとも三代は続く伯爵家、家名は命と同じくらい大事だ。

その証拠に、母は家名を守るために形だけとはいえ、私にすり寄ってきている。

自身は叱責されたが、陛下は私、ひいては菊乃井に対しては好意的でいてくださっているから、私を立てて「あれは息子を育てるための計算だ」と言っておけば、自分の失点も私の挙げた成果で打ち消し出来るからだ。家名に傷は付かない。

顧みて父の行動はそれとは逆を行く。

陛下からの叱責に反省もなく、私の足をまだ引っ張る。

家名を危うくする行動ばかりで、これでは毒の杯を渡されても貴族的には納得するよりない。

そこに来てこの呪詛騒ぎ。

あちらのメイド長が父の失態をそこまで知っているかは知らないけれど、これは不慮の事故や急な病でご逝去されても、貴族社会ではさもありなんだ。

問題はその状況をメイド長がきちんと理解しているか、だけど。

「解ってないと見るべきだね。あちらとこちらでは使用人の格が違いすぎる」

「そうですね。宇都宮さんを見ていたらよく解ります」

こちらに来た初日の宇都宮さんの態度は、それはちょっとどころじゃなく人様にお見せ出来ないものだったとロマノフ先生は言う。

だけど今の宇都宮さんなら、レグルスくんのカテキョとして父が目を付けた人がどんな人なのか、徹底的に調べあげるだろう。

レグルスくんはあちらの家ではたった一人の後嗣。

その守り役になるってことがどれほどのことか、今の彼女なら察せられる筈だ。

メイドの一人をとっても教育に違いがある。

そしてそのメイドを教育する立場にあるのが、こちらだとロッテンマイヤーさんだけど、あちらでは「イルマ」なのだ。

すなわち二人の差ともいえる。

ロッテンマイヤーさんはうちの両親が私から毒の杯を渡されかねないことを知っているけれど、おそらくあちらはそんなことちらとも思っていないのだ。

だからこその、この嫌がらせなんだろうけども。

「どうします？」と問うロマノフ先生の声は硬い
「証拠を積み重ねて、司法の手に委ねましょう。伯爵家の私刑にはしない。それが私に出来る精一杯です」

これは伯爵家への攻撃行動だから、見過ごすことは出来ない。

例えばの話、私の推理が全て外れていて、イルマが呪いも何も本当に解らず、流れの商人も彼女に呪いに関して何も告げず、単に安物を買ってそれを嫌がらせとして送りつけてきただけだったとしても、現実に私（菊乃井の嫡男）はデミリッチに襲われているのだから。

本来ならイルマという人には果無くなっていただくのが、貴族としてのケリの付け方だろう。

だけどこの件の大本は母の横槍と父の不実のせいだ。

そして父の不実がなければ私はレグルスくんという弟を得られていない。

それら全てを鑑みれば、司法の手に彼女を委ね、助命と減刑の嘆願を出すのが最善だろう。

伯爵家の婿養子とはいえ当主が使用人に嵌められたって凄く外聞悪いし、その原因が伯爵夫人の横暴なんて物笑いの種でしかない。

しかしレグルスくんのお母様の乳母だった人を私刑に処せば、本格的にレグルスくんとあちらとの繋がりが切れてしまう。

そうなればレグルスくんと彼のお母様との絆も……。

となれば、公明正大にお互いに痛み分けに持ち込むのが一番だ。

「短剣から記憶を読み取ったものを証拠として提出しましょう。アンナさんにも証言をお願いするとして……」

「自白も取らなきゃだね」

「方法はボク達も考えるよ」

先生達が、穏やかに力強く請け負ってくれる。

ふぅっと大きく溜め息を吐くと、張り詰めていた空気が少し軽くなった気がして。

ぐっと腕を天に突き出して伸びをしていると、「ところで」とロマノフ先生がこちらを見た。

「これ、どうするんです？」

指した先には古龍のモロモロ。

それ、こっちが聞きたいんですけど……？

じっとテーブルの上に置かれた皮袋を見ていても、キラキラ目映《まばゆ》い輝きが眩しいだけでなんの解決にもなりゃしない。

ロマノフ先生が、真剣な表情で大きな息を吐いた。

「ムリマにいくつか牙や爪を渡すのと、材料をほぼこちらで準備することを条件に鳳蝶君の武器を作ってもらいましょうか」

「うん。良い機会だと思うよ」

「こんなことがこれからもあるだろうしね」

ヴィクトルさんとラーラさんも同じような表情で頷いたけど、なんでさ⁉

いや、それよりムリマってあのムリマ⁉

慌てて先生方に待ったをかける。

「待ってください！　ムリマってあのムリマですか⁉　いや、それ以前に武器とかって……！」

私には武道の才能はないって、先生もブラダマンテさんに言ったじゃん！

恥ずかしいから皆まで言わないけど、武器を操るなんて無理。

相手を切るより自分が怪我するってば！

そんな気持ちを込めてロマノフ先生を見ていると、ヴィクトルさんが首を横に振った。

「武器って言ったって、バーバリアンから貰ったような魔力消費を抑えられて、尚且つ魔力を溜めておけるアクセサリーだよ」

「や、でも、良いものを戴いたばっかりなのに？」

「魔術師はああいうものを沢山持ってるもんなんだよ。僕だって普段はマグヌム・オプスを身に付けたりしないけど、近しいものを身に付けてる」

ヴィクトルさん曰く、魔術師にとって魔力は矢みたいなもの。尽きないように沢山溜めておくのがセオリーなのだとか。

それに私の魔力量だと、バーバリアンの三人から貰ったパームカフを一ヶ月ほど身に付けていたら、あれに付いていた石が魔力で満杯になってしまうという。

となると、折角削れた余剰魔力が勿体ない。だからこの際、そう簡単に満杯にならない容量の物を作ってしまえってことみたい。

それで何でムリマが出てくるのさ？

びたんっと疑問が顔に張り付いてたのか、今度はラーラさんが肩をすくめる。

「ムリマ以外に古龍の逆鱗を加工できる職人が思い浮かばないからだよ」

「鱗なら兎も角、鳳蝶くんも覚えがあるでしょう？」

そうなんだよねー。

鱗なら私にも砕いてビーズにすることはできたけど、逆鱗は砕くどころかやんわり魔力を受け流されて、その受け流された魔力をタラちゃんがモシャモシャ食べてたっけ。

と言うか、私が逆鱗に手を出したのバレバレなのね。

まあ、理由を積み上げられたら納得するより他ないんだけど、やっぱり素直に頷けない。それはとりもなおさず、費用のせいな訳で。

「でもムリマさんに依頼するとなると、お高いですよね……。そんな費用、菊乃井に用意できると思えないっていうか……」

「頂戴した牙や爪、鱗をいくつか渡したらお釣りがきますよ」

おぉう、つまり私がいただいた物ってそれくらいの代物なのね。怖い。

という訳で、古龍のモロモロは先生方にお任せすることに。

ムリマさんには会いたいけど、今はそれより優先しなくてはいけないことがある。

先にそちらを片付けたかったけど、先生としては古龍のモロモロが山ほどお家にある方が落ち着かないからと、ムリマさん家に三人で飛んで行った。

昼には帰ってくるそうなので、私はその間にアンナさんに証言を頼んでおこう。

アンナさんは回復してから、本人の希望とうちの求人状況を鑑みて、厨房で料理人見習いとして働いている。

ポテポテと歩いて厨房へと到着すると、中から絹を裂くような悲鳴が聞こえて。

慌てて飛び込むと、床にダイブするアンナさんを、卵を確保しながら支える料理長の姿があった。

「大丈夫ですか⁉」

「わ、若様っ！　卵をっ！」

「ちょっ、ちょっと待ってね！」

片手に卵を抱えて、もう片方に軽そうな女の子って言っても人間を抱えて、まるでダンスのフィニッシュポーズみたいな無理な姿勢を強いられたら、いくら熊みたいに逞しそうな料理長でも、腰やら足やらがヤバいだろう。

厨房に遠慮会釈なく踏み込んで、料理長の抱えた卵を素早く受け取ると作業台へと置く。

すると料理長は空いた片手も使ってアンナさんを起き上がらせた。

「大丈夫かい？」

「は、はいぃぃぃっ！」

ほぼほぼ悲鳴に近い返事にアンナさんを見れば、真っ青な顔。対して料理長は柔く苦笑いしていた。

「料理長も大丈夫ですか？」

「はい。ありがとうございます、若様」

「アンナさんも無事？」

「はい！」

思いっきり肩に力が入ったような返事に、料理長がアンナさんの肩を出来るだけ優しく叩く。

「あのな、お前さん力みすぎだよ」

「それは……」

「失敗するのが怖いのかもしれんが、したところでそれはそれだけだ。取り返しのつかんことはほぼほぼないぞ。それより怪我する方が困るよ。今は手が足りんのだから」

「も、申し訳ありません！」

「だから、力みすぎだって」

料理長が「ね？」と私を見る。

その通りだから頷いたけど、それでもアンナさんの表情は浮かない。

もしかして、宇都宮さんみたいにこっちは怖いとこだって刷り込まれてるのかな？

だとしたら誤解は解かないと。

説明するために口を開く前に、アンナさんがおずおずと両手のひらを差し出す。

料理長と二人できょとんとそれを見ていると、アンナさんは目を潤ませた。

「ば、罰の鞭打ちもきちんと受けますから、追い出さないでくださいまし！」

「「む、鞭打ち⁉」」

料理長と叫び声が重なる。

失敗は誰にでもあることなんだから、鞭打ちなんて酷いことする訳がない。

慌てて料理長と二人で、そんなことしないとアンナさんに伝えれば、今度はアンナさんがきょとんとした。

「だ、だって、私、転びそうになって、ご迷惑をおかけして……」

「そんなの鞭打ちするほどのことじゃないぞ⁉」

「だけど、あちらでは失敗したら……」

あっちってレグルスくんの実家だよね？

どんな使用人教育してんの⁉　ダメじゃん！

思わず白目を剥いて倒れそうなのを叱咤《しった》して、料理長と顔を見合わせると、料理長は今まで見たこともないような厳しい顔をしていて。

アンナさんの手を、その厳つい両の手で包み込む。

「あちらの事は知らんが、ここでは若様がそんなことは許さないから安心しなさい。第一、舌と手は料理人の大事だ。簡単に差し出したらいかん！」

「でも……」

アンナさんが戸惑う。

その様子に料理長が私の方を見て頷いた。

でも私も前世の記憶が生えるまでは、皆に当たってたし！

テンパりながら口を開く。

「その節は料理長にも大変アレソレしちゃって謝りきれないけど、今は絶対そんなことしないし、させないよ⁉」

「あー……ありましたね、そんなことも。いや、それは良いんですよ、あれは私らも良くなかったんですから。じゃなくて、今は絶対に許さないって聞いたろ？」

「へ……あ、はい！　あ、あの、ありがとうございます」

目を白黒させながらアンナさんはどうにか頷いた。

とりあえずこの話はここまで。

あちらの使用人教育に関しては疑問が出たけど、それはちょっと置いておくとして。

アンナさんにこれからの方針を伝えると、少し躊躇いつつも証言をすることに同意してくれた。

「ありがとうございます。菊乃井の主として、貴方のことは全力で守りますから安心してください」

「は、はい。イルマさんはどうなるんでしょう……？」

「司法の判断によりますが、極刑にはならないようにこちらも手を尽くします」

私の言葉に少しだけアンナさんがほっとしたような表情になった。

アンナさんはイルマのことは「好きではないけど憎めない人」だと思っているそうだ。

確かに意地悪だし、折檻《せっかん》もされたけど、あまりにアンナさんが落ち込んだら慰めてくれたし、ここに来る時には「ドジだから気を付けなさい」って言葉とお札をくれたらしい。

躓《つまず》いたり、ぶつかったり、物を落としたりの失敗は日常茶飯事だったアンナさんだったけど、出発する前の二、三日はその頻度が異様に多かったからだそうだけど。

いや、ちょっと待って。

「出発の二、三日前って、もしかしてもうレグルスくんのプレゼント預けられてたんでは⁉」

「はい、そうです。なんでお分かりに……？」

「なんでって……」

私が知っているプレゼントにかかっていた呪い——すなわち、何気ない不運を装った小さな不幸を招かれることを告げると、アンナさんは顔色を失った。

「いつもよりよく転ぶと思ってたら……！」

「ここに来てからじゃなく、その前から呪いは発動していたみたいですね。それがアンナさんの元からの不運に紛れて解らなかった……と」

と言うことは、イルマの手元にあった時も、彼女に小さな不幸をもたらしていて、それを厭ってアンナさんに出発の二、三日前に呪いのかかったプレゼントを渡したのかも。

なんという性の悪さだ。

アンナさんの話では、使用人に対して折檻していたのもイルマだという。

ふっと思い立って、私はアンナさんに声をかけた。

「アンナさん。レグルスくんのお母様は折檻のことはご存じで？」

「いえ、ご存じなかったと思います。一度アリスちゃんが折檻されたのを見て、イルマさんに注意してましたから」

「なるほど。それでも折檻は無くならなかった？」

「はい。その……奥様から見えない場所を……」

つまり、レグルスくんのお母様はメイドの一人も御し得なかったのか。

家の奥向きのこと——使用人の監督はその家の女主人の役割だったはずだ。しかし、女主人の意向を無視してメイド長が幅を利かせているということは、まったく女主人が機能していないってことでもある。

翻ってもう一人の女主人、私の母の方はどうなんだろう？

この本家は私の支配下で、女主人の役割はやれるところはロッテンマイヤーさんが代行して行ってくれている。

帝都の別邸の方は、正直よく解らない。

解らないが、母の従僕である蛇のような男は、内心は別として見える場所では母を立てていたように思う。

まあ、そう見せていただけかも知れないが。

ともあれ、極刑にはならないならと、アンナさんは日和ることなく証言してくれると請け負ってくれた。

そんな訳で、お昼前に帰ってきた先生方やレグルスくん、ブラダマンテさんと一緒に昼食を取る。

それからレグルスくんはロッテンマイヤーさんと宇都宮さんと相談して、今度は宇都宮さんと一緒に源三さんのお家に遊びに行って貰った。

奏くんがアンジェちゃんと弟の紡くんと一緒に、源三さん宅で待っててくれているそうな。

そしてレグルスくんがお土産を持って出掛けるのを見送って、再び祖母の書斎へ。

先生方とブラダマンテさん、それからロッテンマイヤーさんが見守るなか、飴色のテーブルに件の短剣が置かれる。

「それでは、始めます」

静かな書斎に、私の声がよく響いた。

無関心の対義語は好意ではない

刃を落とした短剣の柄には、いくつも見事な宝石が填まっていた。

その中の一番大きな物は、丁度柄の中央にあって不思議な光彩を放つ。

紅く輝くそれはヴィーヴルの額の石だそうで、これはブラダマンテさんのお母様の形見の品だそうな。

彼の聖女ブラダマンテは歳経たヴィーヴルに育てられ、母の死の床で母と親交のあった桜蘭の神官に、額の石と共に託されたという逸話を持つ。

だから帝国ではブラダマンテという名前を娘に付けたなら、ヴィーヴルの額の石といわれるガーネットの付いた、刃を落とした短剣を持たせるのが習わしとなっているのだ。

ちゃんとそういう風習を守ってる辺り、ブラダマンテさんのお母様はとても信心深かったのかも。

そんな娘さんが聖女ブラダマンテの道を辿って、巫女さんになって行方不明なんて、どれほど親御さんは悲しんだろう……。

じゃ、ない。

今はそういうことを考えてる場合じゃない。そんな大事なことは、こっちのゴタゴタと混ぜて考えちゃダメだ。

すっと深く息を吸うと、短剣のガーネットに指先で触れる。

「短剣に宿る精霊よ、私にあなたの記憶を見せてください。もしも見せてくださったなら、あなたをピカピカに磨いてさしあげる」

半分歌いながら告げると、「え、軽っ⁉」と、ヴィクトルさんが呻いた。

「軽いです？」

「いや、だって……。昔、その魔術の詠唱聞いたことがあるんだけど、もっと仰々しかったよ？」

「はぁ、でもロスマリウス様は物に宿る精霊に『記憶を見せてくれたらこれこれしてやる』って言えば等価交換で見せてくれるって仰ってました。あとゴテゴテ言葉を飾ったら、精霊が理解するまで時間がかかるから簡潔にって」

なんでも精霊と私達の言葉ってかなり違うみたいで、訳するのが中々難しいそうだ。

前世でいうなら日本語を外国語に訳すみたいなものかな。

だからゴテゴテ言葉を飾るより、簡潔にした方が伝わり易いんだって。

なんなら何にも言わないで、使いたい魔術をイメージしながら魔力を渡した方が、してほしい事をそこから汲み取ってやってくれるとか。

じゃあなんで詠唱するかっていうと、きな臭いのとそうじゃない理由があったり。

でもそんなことは私が言わなくても、先生方は気付いたようで。

「使い方を難しくした方が、使える者が少なくて済むからかい？　攻撃魔術の最上位のやつなんか、とんでもなく詠唱長いもんね」

「時間がかかれば発動が難しくなるばかりですしね」

そう、最上位の攻撃魔術の詠唱はやたら長い。

私が攻撃魔術の上位をほぼほぼ使わないのは、効果範囲が広くて威力が強いからフレンドリーファイアが怖いってのが一番の理由だけど、二番目の理由は呪文が長すぎて覚えきれないからだもん。

ラーラさんとロマノフ先生の言葉に「でも」とヴィクトルさんは首を振る。

「詠唱は精霊に渡すのに十分な魔力を練り上げるためには、必要なルーティンだ。呪文を口にすることで、体内に魔素を取り込んで練った魔力と術のイメージが組上がる。それに詠唱時間が長いと精霊が術者に気づいて沢山近寄ってきてくれるんだよ」

その通りなんだけど、瞬時に魔力とイメージを組める者は少数の精霊に沢山の魔力を渡し、詠唱でそれをする者は沢山の精霊に均等に魔力を行き渡らせているってだけで、威力に違いはほぼないらしいんだよね。ロスマリウス様談だ。

つらつら話していると、ロッテンマイヤーさんがおずおずと机の上を指した。

「あの、先程から短剣が光って御座いますが……」

「おお！　どうやら承諾してくれたみたいですね」

キラキラと金の燐光を纏う短剣に、もう一度指先で触れて、今度は多めに魔力を注ぐ。

すると逆流するように、頭の中に色付で画像が流れ始めた。

記憶の再生は短剣が作られたところから始まったようで、ちょっと長丁場になりそうな予感がひしひし。

なので、精霊にお願いすることに。

「精霊さん、申し訳ないんだけどここのお屋敷にくる一ヶ月半くらい前から見せてくれるかな？」

語りかけると、ふつりと脳内の画像が途切れる。

それからほんのちょっとして、再び脳内に映像が流れてきた。

真っ黒な仕立ての良さげな袖に、暗い中から引っ張り出されて正面には引っつめ髪のおばさん。

メイド服を着ていて、凄くニタニタしてる。

『……これがその、呪いの短剣？』

ちょっと聞き取りにくいんだけど、女の人の声。

どうやら、短剣は肝心の場面をぴたりと再生し始めてくれたようだ。

先生方やロッテンマイヤーさん、ブラダマンテさんにカーテンに目を向けてほしいと告げて、私は窓にかかるカーテンへと手のひらを向ける。

幻灯奇術《ファンタズマゴリア》をカーテンにかけて、私の脳内で再生されてる状況を見てもらうんだ。

少しだけ短剣に記憶の再生を止めてもらって、今見た場面をカーテンに映す。そして再生が追い付くと、短剣にまた記憶を見せてもらう。

『……左様です。所有者に些細な不運が訪れますが、それだけ。子どもなら始終動き回って転んだりするもの。その回数が一回くらい増えたところで……』

『怪しまれないって訳だ。アンタ、こんなの扱って儲けてんの？』

『人の不幸は蜜の味と申しますからねぇ』

人品が下衆だと思えば、笑い方まで下衆に思えてくるから不思議だ。

脳内でもカーテンのスクリーンでも笑う男女にゾッとする。

景色が回転した。

女が短剣を手に取ったのだろう。くるくると回される視界に、黒い袖の主であろう男の顔が映った。

顔は笑っている。

しかし眼がどうにも、気になる。まるで短剣を持つ女を嗤う蛇のような雰囲気があった。

この目、なんか引っ掛かるな。

どこかで感じたことがあるような。

いや、私が知る蛇みたいな目の男はたった一人——母の従僕・セバスチャンだけなんだけど。

でも今は関係ない筈だ。

だいたい男の顔に靄がかかったり晴れたりで、中々はっきりしない。

輪郭が二重にぶれていて、凄く見辛いんだよね。

脂ぎったブルドッグみたいなおじさんの中に、スラッとした若い男が見え隠れしてる。

「この商人、認識阻害と姿変えの魔術使ってる……」

「……となると、この商人も怪しくなりますね」

目を細めてカーテンのスクリーンを見るヴィクトルさんと、その言葉に頷くロマノフ先生。

ラーラさんがさもありなんという顔をした。

「呪具をそれと解ってて売る商人だ。さぞや後ろ暗いことがあるんだろうね」

しかし、この商人はこの件で大した罪には問えない。

だって「呪具ですよ」ってきちんと説明してるもん。

本当に使うかどうかは買った側次第だから、解ってて売った程度だと罰金ぐらいが関の山だ。

後はこのメイドがイルマかどうかなんだけど、それは宇都宮さんかアンナさんに確かめてもらうとして。

あと一押し、何か決定的なことを言わないもんか……。

そう思っていると、スクリーンを見ていたブラダマンテさんが小鳥のように小さく首を傾げた。

どうしたのか尋ねる前に、メイドが動く。

エプロンのポケットから小さな布袋をおもむろに取り出し、その中から銀貨を一枚、商人に差し出したのだ。

『まったく、あんな子どもの誕生日に金貨一枚も使うなんて馬鹿馬鹿しい。御嬢様と少しでも似てりゃあ可愛げもあったろうけど、父親にばかり似てて憎らしいんだから……！』

『それはそれは……』

『お屋敷を維持するために置いてやってるってのに、その金も持ってこれない役立たずのくせに贅沢な……』

蔑むように言うメイドの目は暗く淀んで、ちょっと鳥肌が立った。

なんだこの、他人を貶めたり虐げるのを、自分の持つ当然の権利とでも言わんばかりの態度は。

メイドと対面している商人だろう男も、少しばかり引いているようだ。

銀貨を手にすると、男はそそくさと荷物を片付ける。

その様子に引っ掛かりを感じた。

だってこのイルマとおぼしきメイド、先ほど「あんな子どもに金貨一枚使うなんて」って吐き捨てた癖に、商人に渡したのは銀貨一枚きり。

あとのお金はどこに消えたんだろう？

もしかして自分の懐か？

嫌な感じに眉間を押さえていると、短剣の記憶の光景のなかでメイドは鼻を鳴らした。

『ねぇアンタ、また面白いのが手に入ったら持ってきてよ。気に入ったら買ってあげなくもないわよ』

『ありがとうございます。しかし、よろしいんですか？　私のような行商人が出入りして』

『アンタ、ここは菊乃井伯爵の別邸よ？　商人が出入りしてて、なんの不都合がある訳？』

女が吐いた言葉に、室内が凍る。

確かに「菊乃井伯爵」と、女は口にした。

ビンゴだ。

顎を一撫でると、先生方やロッテンマイヤーさんと目線を交わす。

だが、まだ画像は続いていて。

『それにしても、アンタもワルい奴よねぇ？』

『あはは……』

『あっちが呪いに気付かなくても子どもがあの男のせいでちょっと不運な目に遭うだけだし、呪いがバレたってアタシが知らぬ存ぜぬを通しゃ、あの男が恥をかくだけ。面白いったら！』

『菊乃井様にエルフの三英雄がご滞在なのは有名な話ですしね。ふんぞり返ってるだけの貴族なんぞ、ちょっと痛い目をみればいいんですよ』

ぐふぐふと腹を揺らして嗤う男の中で、スレンダーな男が冷たい目をしていた。

男の様子に、やはりブラダマンテさんが首を傾げる。

何か引っ掛かっているのだろうか？

尋ねてみると、ブラダマンテさんが頬に手を当てる。

「いえ、実は先ほどからちらちら見えている蛇のような男性に見覚えがありまして……」

「え？」

「おそらく、この暫く前、わたくし少しばかり意識があったのでは……と」

ブラダマンテさんの言うには、その蛇のような男は菊乃井の屋敷と同じような格式の家に住んでいて、ブラダマンテさんの短剣はそこに飾られていたそうだ。

菊乃井の屋敷と同じような格式と言えば貴族だろう。

「……ちょっと過去を見てみましょうか」

もしも何処かの貴族が噛んでいるなら、また話が違ってくる。

なので短剣にお願いして、記憶をそこから巻き戻してもらって。

商人がメイドと話しているところから、箱の中に仕舞われ、更に荷物の中に仕舞われてと画像が逆再生されるのを見ていると、今度は何処かの屋敷に戻ったのか、菊乃井の屋敷と似た調度のある部屋の様子が見えた。

壁紙に菊っぽい花が沢山付いてるし、家具にも菊の彫り物があったり。

商人の泊まっている部屋だろうか。

短剣が箱から出されて、飴色のテーブルに置かれると、先ほどの黒い袖が目に留まる。

ピカッと光ったあと、何やら男がぶつぶつと呟いているけど、逆再生だからか意味ある言葉に聞こえない。

徐々に現れていく男の姿に、私とロマノフ先生、ロッテンマイヤーさんは目を見張った。

「なんで、コイツが⁉」

「これは……」

「この男はたしか……」

絶句する。

そこにいたのは、母の従僕・セバスチャンだった。

どういうことなの⁉

なんで別邸でイルマに呪具を売り付けた商人が、あの母の従僕のセバスチャンになる訳⁉

注意して見たら背景の壁紙とか、うちとそっくりだよ⁉

目と思考がぐるぐる回る。

意味が解らなすぎて唖然としていると、パンッとブラダマンテさんが手を打った。

「やはりこの方です。時々『お嬢様のために……』とか『お家とお嬢様をお守りしなければ』とか呟いていらしたから、この方がお仕えされる方はどのような立派な方かと思っていたんです」

「へ……?」

私が混乱していても、短剣の記憶の逆再生は続いていて、セバスチャンの手によって箱の中に短剣が戻されて暗転。

その暗さにちょっと落ち着いたから、記憶の画像を止めてもらうと深呼吸をする。

その頃にはロマノフ先生もロッテンマイヤーさんも平静を取り戻していて。

「……まさか、こうくるとは」

「やり方が貴族的だと思ってはおりましたが、流石にこれは……」

呟いた二人に、皆で首を傾げる。

どういうことか尋ねる前に、ヴィクトルさんが声を上げた。

「あの蛇みたいな男、あーたん知ってるの？　アリョーシャもハイジ……ああ、ごめん。ロッテンマイヤーさんも？」

職務中はハイジじゃなくてロッテンマイヤーって呼んでくれって頼んでたっけ……なんて現実から逃げてる場合じゃない。

この男が母の従僕のセバスチャンだと説明すると、ラーラさんが不快げに眉を跳ね上げた。

「ひよこちゃんを階段から突き飛ばしたやつか……！」

「はい。その外道従僕です」

頷くと、今度はロマノフ先生が口を開く。

「これは私達教師陣もロッテンマイヤーさんも鳳蝶君も、推測が外れたような当たったような、ですね」

「左様でございますね」

「うん？　どういうことでしょう？」

首を傾げると、ロッテンマイヤーさんが「僭越《せんえつ》ながら」と説明してくれた。

この一件、ロッテンマイヤーさんはイルマにはこちらを呪う意図は無かったのではないかと思っていたそうな。

だってメイド。

専門的な知識なんてないし呪具の見分けなど出来ない。

まして宇都宮さんやアンナさんから察するあちらのメイド長の水準は、貴族としては失格ライン。

更に主人である父に対しても、レグルスくんに対しても悪感情しかない。

それらを総合するに流れの商人から二束三文で買ったプレゼントを送りつけて、双方に恥をかかせるくらいが思い付く嫌がらせとしては関の山なのではないかと思ったそうで。

「どちらかと言えば、プレゼントを購入する資金の着服の方が主目的ではないかと思っていたのです。なんというか、若様が仰るような策謀とは無縁の方のようでしたし」

確かに短剣の記憶の中でメイド長はそれらしき行動を取っていた。

そしたらメイド長が最初に企んでたのは購入費の着服で、呪詛自体は然程重要な目的ではなかったってこと？

私の疑問に答えるように、ロマノフ先生が唇を動かす。

「私はロッテンマイヤーさんの案に加えて、黒幕に他家の貴族や商人がいて、鳳蝶君の案をあちらのメイド長に入れ知恵したんだと思ってたんですよね」

えぇっと、それは要するに誕生日プレゼントの購入資金を懐に入れたいイルマを利用して、父やレグルスくんひいては私に、私が思い付いたような嫌がらせをしようとした黒幕がいるんじゃないかと先生方は思っていたってことか。

ロッテンマイヤーさんの貴族的だというのは、その遠回り加減と貴族のお家事情を知らなければ出来ない、言い方は良くないかもだけど「メイド風情」では出来ない嫌がらせだという意味合いなんだそうな。

でもロッテンマイヤーさんは出来そうだよ？

「あーたんのメイド長の基準はロッテンマイヤーさんだけど、彼女が有能すぎるぐらい有能なだけで普通のメイドさんはここまで有能な人、少ないからね？」

「は!?　そうだった！」

ヴィクトルさんの苦笑に、私ははっとする。

私のメイド長の基準はロッテンマイヤーさんだ。

一人で二人分以上の働きをしてくれる人なんて、そうそういやしない。

そう解ってる筈なのに、やっぱり目の前にいる人を基準にしてしまう。

普通のメイドさんはこんなこと出来ない。

むぅっと唸ればラーラさんに肩を叩かれた。

「でも黒幕が企んでたことはまんまるちゃんが推理した通りだから、全く的はずれって訳でもないよ」

「ですが、黒幕が鳳蝶君の母上の従僕となると話が変わってきますね。鳳蝶君の母上が関わっているか否かでも色々と違ってくる……」

ロマノフ先生の苦いものを飲み込んだような顔に、皆が頷く。

しかし、と私は思った。

ブラダマンテさんがデミリッチの中で見ていたセバスチャンは『お嬢様のために』とか『お家とお嬢様をお守りしなければ』とか言ってたらしい。

それならセバスチャンは家（菊乃井）を守るため、お嬢様を守るために今回の行動を起こしたんだろうか？

って言うか。

「お嬢様って、母のことですかね?」

疑問が口から無意識に溢れ落ちたらしい。

先生とブラダマンテさんがきょとんとして、ロッテンマイヤーさんが「あ!」と珍しく声を上げた。

「若様は五歳以前の記憶が病のせいであやふやで覚えていらっしゃらないのでしょうが、セバスチャンは奥様のご幼少の頃から従僕としてお側に仕えている者でございます」

「んん? 若そうに見えて結構な歳なの?」

「いいえ。セバスチャンは先代執事の息子で、年の頃が近いからと先々代の奥様が奥様にお与えになったそうなのです」

「与えたって……オモチャじゃないんだから……」

人間を物のようにいうなんて、ロッテンマイヤーさんらしからぬ言動に驚いていると、彼女は首を横に振った。

「まさしく玩具をお与えになったような感覚で、奥様のセバスチャンへの扱いもそうだったと、大奥様がお嘆きだったのを覚えております」

「……なんという……!」

いや、でも、そんな扱いを受けていて、家を守るだとかお嬢様を守るとかいう言葉が出てくるだろうか?

もしかしてこの記憶の男はセバスチャンじゃなかったりして。

だけど、父上やレグルスくんや私に隔意があるセバスチャンに似た男が、こんなに近場に何人もいるとも思えないし。

仮に執事の息子だったから、菊乃井を守らなきゃいけないと思ってたとして、何で今動くんだろう？

動く機会はいくらでもあったし、菊乃井を大事に思うなら母の浪費やなんやかやを先に止めてくれれば良かったんだ。

それなのに全部すっ飛ばしてこれって、どういうことな訳？

頭には疑問符が幾つも生える。

でもあれこれ考えたって、私はセバスチャンじゃないんだから解る筈もない。

眉間にシワを寄せて考えていると、ブラダマンテさんが「あの」と躊躇いがちに言葉を紡ぐ。

「わたくしにはこの方が良い方か悪い方かは解りかねますが、この方が『お嬢様を守りたい』と願うのは本心だと思います」

ブラダマンテさんが言うには、セバスチャンはずっと薄暗い情念を纏ってはいたけど、「お嬢様」のことを口にする時は一本すっと芯が通った感があったとか。

じゃあ、なんであの時嗤ったんだろう？

セバスチャンは、先生やロッテンマイヤーさんを交えた、両親との話し合いの席で醜態を晒す両親を嘲笑していた。

家を守りたい、母を守りたいと考えたなら、あそこであんな醜態を見せるのはまずいだろうに、それを諫めなかったのは何故だ？

ダメだ、謎が多すぎる。

思考が煮詰まりすぎて、ぷすぷすと頭から湯気があがりそうだ。

ロマノフ先生とロッテンマイヤーさん、あの場にいた二人も凄く複雑な顔をしていて。

パンパンと手を打ち鳴らす音が書斎に響いた。

はっとするとヴィクトルさんが肩をすくめる。

「ちょっと一息入れようよ。お茶でも飲んで気持ちを落ち着けたら、また見えるものがあるかもだし」

その言葉に皆が頷いた。

私が普段飲んでるお茶は紅茶なんだけど、緑茶も東の方では作っているそうだ。

この辺は緑茶より紅茶が好まれるから、あまり流れてこないだけ。

温かい物を飲むと若干気分が落ち着いたようで、皆どこかホッとしたような顔だ。

想定外の人物の登場に、ちょっとパニック起こしたけど、もう大丈夫。

蜜柑ジャム入り紅茶が沁みる。

はふっと息を吐けば、ロマノフ先生が難しい顔をしながら、顎を擦っていた。

「もしかして」と呟いた言葉に、ヴィクトルさんもラーラさんも、何かに気づいたような表情を見せる。

そんな二人の間で暫し視線を行き来してから、ロマノフ先生は口を開いた。

「皇居での新年パーティーの席で、内密にとロートリンゲン公爵が教えてくれた事があるんですが……」

首を捻ると、ヴィクトルさんもラーラさんも頷く。

そしてちょっと微妙な顔で先生方が教えてくれたことには、貴族の間で菊乃井の噂が流れているそうだ。

曰く、菊乃井の嫡男は両親が取り返しのつかない失態を犯すのを待っている、と。

理由は両親が取り返しのつかない失態を犯した時、陛下より二人を隠居させるようにというお言葉を賜る約束が出来ているから。

陛下は菊乃井の嫡男の両親に似ぬ聡明さを愛し、それを発揮できぬ状況を憂えている。

しかし暗愚と言えど親は親。

家名を汚さぬためとはいえ親殺しをなした者を、未来のためだとしても重用するのはいかがなものか。風当たりは強かろう。

そうお考えになったからこそ、陛下はあえて菊乃井の嫡男を「時を待て」と押し止めておられるのだとか。

「……帝都の方々って妄想、げふん想像力高くないですか？」

「身も蓋も底もないことを言わないんですよ」

「だって、単に殺すほどの価値があの二人にあるのかって話なのに……」

たしかに私は母にも父にも飲み込ませたい事があるんだけど、それは別に飲まなかったからって私は一向に困らない。

だって領地に関する権限も軍権も取り上げた。

ほぼあの二人にはなんの力も残っていないのだから。

血腥《ちなまぐさ》いことをするのは手っ取り早い。

でも、それをしたら大人は私をどう思うだろう。

あの両親のことだから仕方ないと言いつつ、私を恐れ、要らぬ猜疑《さいぎ》心を持つ筈だ。

そしてそれを我が子に話すだろう。そっちの方が私やレグルスくんが大人になった時に痛手だ。

という訳で殺すより出家なんだけどな。

生きてたら私が失敗した時の責任を押し付けられるけど、死体に鞭打つのは憚《はばか》られる。

そこまで考えて「あ……」と声が出た。

「もしかして、母はその噂を真に受けたんじゃ……!?」

「可能性はあるでしょうね」

「蜥蜴の尻尾切り、かな」

「相当彼方《あちら》さんも怯えてるってことではあるんだろうけども……」

先生方それぞれから声が上がる。

ブラダマンテさんが、物凄く複雑な表情を私に向けた。

「えぇっと、お母上はそのお噂を真に受けて、家名に傷をつけるような真似ばかりなさるお父上に愛想をつかし、生き残りを図って切り捨てようとなさっている……ということでしょうか?」

「醜態を晒す父を私に始末させるために、プレゼントの名義をレグルスくんになるように小細工したんでしょう。私が怒り狂って父に毒の杯を渡すと思った……のかな?」

迂遠《うえん》だ。

物凄い迂遠だ。

オマケに見当違いの作戦だし。

頭を掻けば、伸びた髪がワサワサと揺れる。

母は去年から徐々にこちらにすり寄ってきていたけれど、それは私の機嫌を取るためだったとして、じゃあこの件はなんなんだろう？

私が口実を与えられて、嬉々として父を始末するとでも思ったんだろうか？

「だとしたら随分舐められたもんだな……」

血が沸騰するような怒りが、腹の底から沸き上がる。

短絡的に私が血を流すようなことを是とすると思ってのことなら、私をお前達と同列に扱うな！

叫びそうになる気持ちを押し止めて、体内で渦巻く魔力を散らす。

私の怒りはブリザードを起こすから、意識して散らさないと。

瞬時に登った血も、深呼吸すればなんとか降りていく。

「若様……」

「……大丈夫です」

ロッテンマイヤーさんが心配そうな顔で私を見てる。それに手を振ると、少し冷めた紅茶で喉を湿らせた。

うん、紅茶の香りって落ち着く。

もうなんか、色々慮るのも面倒臭くなってきちゃったんだけどな。

「目が据わってるけど、あっちもこっちも潰しちゃう？」

「魔力を流したら今見た映像がいつでも再生出来るよう、カーテンに魔術を固定化したから証拠としては使えるよ」

ラーラさんとヴィクトルさんの言葉に、ちょっと考える。

イルマの単独犯であれば、ことを公にして菊乃井の家名に泥を塗ってくれたことを償うために、父に出家を迫ろうと思ってたんだけど、これはそれでいけるんだろうか？

それからセバスチャンか。

ヤツは野放しにするのは危ないだろうから、紐付きにして母と纏めて幽閉にでも処したいところだな。

イルマはまあ、成り行きで私に危害を加えたことになったけど、本人が明確に意図してやったことはレグルスくんへのプレゼント購入資金の着服と呪具をそれと知っていて渡したことか。

レグルスくんへのことは個別で圧迫面接必須だけど、それは菊乃井のこととは切り離す……としても微妙。

後は母だな。

うーん、頭が痛い。

ぐりぐりとこめかみを揉んでいると、おずおずと白い手が挙がった。

ブラダマンテさんだ。

どうしたのか尋ねると、躊躇いがちに唇を解く。

「あの……宇気比《うけひ》をなさるのはいかがでしょう？」

「宇気比って、あの宇気比ですか？」

懐かしい儀式の名に私が首を傾げると、ブラダマンテさんが頷く。

「宇気比は冤罪や真実を明かす方法ではあるのですが、逆にも使えます。この件にお母様が関わっていなければお母様の身にはなにも起きず、関わっていれば……」

「ああ、なるほど」

まあ、関わってなくても使用人の監督不行き届きかつ女主人失格で、出家か幽閉かって話になるだけなんだけどね。

それにしても面倒だ。

なんでどいつもこいつも、大人しくしていてくれないんだろう。

大人しくさえしていてくれたら、適当に落とし所に落としたものを。

歯噛みすれば、大人がみんな複雑な顔を私に向けた。

「そりゃあ、無理ですよ。あちらは鳳蝶君を知らないけれど、バラス男爵の末路は知れ渡っていますし」

「あーたんから恨まれる自覚はある訳だし、あんな噂が出回ってたらそりゃ怖いよねぇ」

「そうだろうね。特にまんまるちゃんのお母上は貴族らしい貴族な訳だし、お父上を生け贄にして生き残れるならそうするんじゃない？　虎の尻尾を踏んでそれで済むなら安いとかって」

なんだ、その私への評価は⁉

「心外な……。あのですね、道端の雑草や小石に足を取られたからって、その雑草を絶滅させたり、小石を無になるまで燃やしたりする人がいますか？」

私にとってあの二人はそういう存在だ。

顔を見れば憎らしく感じるのかもしれないけど、価値としてはそれくらいでしかない。

そんなモノを憎んでる暇があるなら、私はレグルスくんと遊びたいし、領地を耕したいんだよ！

むすっとしながらそう告げると、先生方が至極真面目な顔をした。

ロマノフ先生が静かに問う。

「未練は全くないんですね？」

「まったく、これっぽっちも」

「二度と会えなくなったとしても？」

「私を最初に切り捨てたのはあの人達です。先生は前に私は一度死んだのかも知れないと仰いました。ならその時に、私とあの人達の今生の縁は切れたんです」

正直な話、私はあの人達をもう親とは思ってないんだと思う。

だって会話らしい会話をした覚えもなければ、共に過ごした記憶もない。

今の私に親と呼ぶものがいるとするなら、それはやっぱりロッテンマイヤーさんだろう。

しかし。

きゅっと目を瞑る。

「……レグルスくんには……父は……」

必要かもしれない。

それを思うと、父の事は踏ん切りが中々つかないんだよね。

大きな溜め息が出る。

すると、ロマノフ先生が優美に組んでいた脚を替えた。

「では王城から攻めとりましょうか？」

「王城？　母からお片付けですか？」

「はい。本拠地を攻め落とせば、後は捨て置こうが攻め潰そうが自在です。何せ連携したりする筈のところが、勝手に分断されているんですから」

変わった例えにちょっと首を捻ると、ロマノフ先生が頷く。

ヴィクトルさんも頷いた。

「各個撃破は定石《じょうせき》だね。王城が落ちたら、あっちの支城は補給も儘ならないんだもん」

「今でも十分兵糧攻めが効いてるし、後ろを衝かれる心配もないしね」

ラーラさんの言葉に私は苦く笑った。

そりゃ父から母に援軍なんか出せないだろう。

というか、その支城を窮地に陥れたのは王城なんだから。

私の様子に同じく苦笑いすると、「ともかく」とロマノフ先生がソファから立ち上がった。

それに続いてヴィクトルさんやラーラさんも立ち上がる。

「一週間、いや、三日ほど時間を下さい。ちょっと根回ししてきます」

先生方は凄く晴れやかな顔だった。

突撃ラッパが鳴り響く時

菊乃井は雪深いから、普通に郵便なんかだすと、夏には十日で帝都に着く筈の物が、冬だと早くてもその倍はかかる。

なのでよほど大事な案件は、ギルドの速達で送られるのが冬の常識だ。

私が父に出した手紙は正規ルートだから、まだあちらの手には渡っていない。

その間に王城である母を陥落させないといけない訳なんだけど。

犯人確定の話し合いから三日の間に、二通手紙が来た。

一つは次男坊さん。

時候の挨拶や誕生日プレゼントのお礼に紛れて、コーサラの海底神殿からもお守りを売る打診があった話とそのお礼が書いてあった。

次男坊さんから派遣されてきたアリサさんは、エリーゼから教わったことを、ちょいちょいギルド経由で次男坊さんのところに送っているそうで、その成果の孤児院の子ども達が作ったミサンガが見本として、手紙に同封されてて。

中々に見事な出来映えなんで、そのように手紙に書いておいた。

売るからには中途半端な物は出せないもんね。

そしてもう一通は、ロートリンゲン公爵から。

ロマノフ先生やヴィクトルさん、ラーラさんが使者に立って、閣下に色々ご説明くださったようで「後見は任せなさい」と仰って、その旨をきっちり書面で下さった。

それから文末には帝都では冬になると厄介な風邪が流行るから「こちらに来るなら気を付けなさい」とも。

高熱が出て関節が痛くなるっていうから、インフルエンザかな?

二人の他にも、帝都にいるソーニャさんから魔術通信が。

ロマノフ先生から今度の話を聞いたそうで、神殿などなどをいくつか見繕ってくれたそうな。

父も母も有象無象引っくるめて、放り込める場所を探してくれたってことだ。

菊乃井の神殿に放り込めるよう、ルイさんには手配してもらってたんだけど、より遠くに追放げふんごふん出家してもらったほうが領民は安心するだろうって言われてたんだよね。

凄くありがたい。

夜にはいつも通り氷輪様もおとなって下さって。

事件のご報告も兼ねて、母に宇気比を使うことをお話しすると、一つ重要なことを教えてくださった。

それは宇気比で罰が下ったものは、償いが済むまでは他から命を奪われることも、自裁することも許されず、呪いを受け付けない体質の者は、その者が大切に想う者に呪いが降りかかるのだそうな。

サイクロプスの時に言わなかったのは忘れてたからとのこと。

神様は宇気比をやったところで死なないし、人間には興味なかったしで、思い出したのはサイクロプスがどうしているか気まぐれで覗いてみたかららしい。

因みにサイクロプスはわりと元気に生きているそうだ。

その他にも解ったことがある。

セバスチャンがどうしてイルマがレグルスくんの誕生日プレゼントを選ぶことになったのかを知っていたか。

あの男、蚊《か》型の魔物を別邸に放っていたそうだ。

魔物使いは自身の使い魔と感覚を共有できる。

それで盗み聞きしていたんだろうって、飼い主に解らないような方法で蚊を捕まえて来てくれたラーラさんの言だ。

なんでそういうことしてるんじゃないかと思ったかっていうと、ヤツはこの本家にも一昨年の両親とロマノフ先生とロッテンマイヤーさんの話し合いの後蚊を仕掛けようとしたから。

その蚊をロマノフ先生がヤツの目の前で凄くいい笑顔で叩き潰して以来、うちには何にも仕掛けてきてないそうだ。

小さい子どもしかいない家にそんなことするんだから、父の別邸にやらない理由はないよね。

そうでなくたって、別邸は元々はレグルスくんのお母上のご実家で、色々あって売りに出されていたのを父が菊乃井伯爵家別邸として買い上げたものだそうで、周りの屋敷とは古くからお付き合いがあったらしく、イルマがグチグチ愚痴ってるのを井戸端会議で沢山のメイドさんが聞いていたんだって。

「ちょっとお小遣いを渡したら、簡単にお喋りしてくれたよ」ってラーラさんが呆れてた。

愚痴る方が愚痴る方なら、喋る方も喋る方だよ。

絶対別邸周辺の御屋敷から紹介状持ってきた人は雇わないんだからね！

……っていうか、先生方の動きが早すぎて目が回りそう。

そう溢すと、ロッテンマイヤーさんが凄く困った顔をして、実はちょっと前から周到に準備してて、私が決断すれば全部動く程度に整えていたっていうじゃん？

「そりゃそうですよ」

パカパカ走る馬車の中、隣に座るロマノフ先生が肩をすくめた。

「鳳蝶君はご両親に代わって統治実績を積んでからと思って焦ってなかったんでしょうが、私達にはどうも彼らが、その間なんの失敗もしないではいられないような気がしてましてねぇ」

「うぐ……！」

そうだよねー……。

これは私の方が甘かったんだ。

立場が悪いのが解ってるなら、大人しくしてるだろうって楽観的に考えてたんだよね。

まさか共食いするとか思わないじゃん。うへぇ。

現在、菊乃井から馬車ごと帝都の外れに転移してきて、菊乃井帝都邸へと移動中だ。

付き添いに帝国三英雄が来てくださるとか豪華なんだけど、更に豪華なのは私が着てる毛皮のクロークと髪に付いてる髪留め。

なんとこのクローク、エルフ一の裁縫の腕前を持つソーニャさんが、誕生日プレゼントとして作ってくれたんだよね。

レグルスくんにはひよこのポンチョ、奏くんには森に紛れる色彩のポンチョをいただいたから、きちんと二人に渡さないと。

いない二人の分も含めてお礼を言ったら「朔日に間に合わそうとしたんだけど、材料が中々見つからなくて」と申し訳なさそうに言われちゃった。

でも凄く暖かいし、菊乃井の冬はまだ雪深くなるからとても嬉しいって伝えたら、ソーニャさんも笑ってくれたっけ。

それから髪留め。

これねー……。

長くなった髪を後ろで纏めて髪留めで留めてるんだけど、これ……。

最初にロマノフ先生から差し出された時には、物凄く豪華な箱に入ってて、おめめが飛び出るかと思うぐらい驚いた。

箱自体はロマノフ先生が何処かのダンジョンで拾った物らしいんだけど、その中に翠のガラスのような羽根の蝶が鎮座していて。

透けるほど薄い羽根に触れると、いきなり私の魔力をちょっと吸い取って羽ばたいて、長くなったから後ろでひっつめておいた髪にしがみついた。

不思議な細工物にびっくりしていると、ロマノフ先生から「ムリマが一つだけなら出来ていると言ったので」って言われて何の事かと思ったんだけど、これ私の武器の一部らしい。

あと四つ同じ様な蝶が揃って、五つで一つの武器なんだとか。

しかも五つ全てが独立した武器にもなるらしく、魔力を通すと勝手にふよふよ飛んで、私の魔術を遠くに届けることが出来るそうな。

前世でもたしかこんな技術があった気がするけど、ドローンとかラジコンとか、そんな名前じゃなかったかな？

透ける羽根は古龍の逆鱗で出来ていて、胴体は爪やら牙やら、触角は髭だそうで、お代は聞かない方が心臓に優しそうだ。

この翠の羽根は、姫君の古龍・盤古の逆鱗だそうで、これ単体でも【常時回復（魔力・体力）】・【状態異常無効（心身）】・【絶対防御】・【貫通】・【攻撃力上昇（魔・物）】・【防御力上昇（魔・物）】・【敏捷《びんしょう》上昇】等々が付いてるという。

残りの四つが揃うと、多分もっと恐ろしい効果になる筈で、銘も「プシュケ」と付くそうな。

滅多に手に入らない素材が使いたい放題で、オマケにインスピレーションも溢れ出て、気がついたら二日の朝にはこの一個が出来上がってたと、物凄く早口で捲し立てられたんだって。

無理を承知で受け取りに行ったロマノフ先生も、ムリマさんのあまりのテンションにちょっと引いたらしい。

そう説明された瞬間、白目剥いて倒れそうになったのは、私が悪い訳じゃないと思うんだよね。

帝都の大きな門を潜り抜け、大通りを道なりに、貴族の邸宅が固まっている住宅地へと馬車は進んでいく。

「あーたん、サン＝ジュスト君がサインの必要な場所に付箋貼ってくれてるって」

「あ、はい。二枚一組の計四枚ですね」

「うん。お上に提出用と、受領印押して菊乃井で保管用ね」

ヴィクトルさんが鞄から取り出した書類を確認している間に、馬車はどんどん目的地に近付いて、馬が嘶いたかと思うとピタリと停まった。

「まんまるちゃん、用意と覚悟は出来てるかい？」

「はい、勿論」

昨日ギルド経由で「明日そっち行くから逃げんなよ？（意訳）」って手紙を届けてもらった時に腹は括った。

かたりと馬車の扉が開く。

荊《いばら》の巻き付いた鉄門が重苦しく、私の前を塞いでいた。

人でなしと畜生以下の戦争

帝都で私達を迎えたのはセバスチャンと帝都のメイド長だった。

玄関先で私を見た一瞬、二人は驚愕してから、表情を隠すように深々と頭を下げた。

そして案内された応接室は、菊乃井本邸の応接室や短剣の記憶の中の部屋の壁紙と同じく、菊の模様が。

室内には母がいて、セバスチャンと同じく私の顔を見て驚いていた。

セバスチャンと違って一拍おいて、鬼……こっちだとオーガとかその辺のモンスターなんだろうけど、そんな形相になった母に、私は密かにため息を吐く。

そりゃね、私は祖母そっくりらしいよ。

祖母を知ってる人に会うたびにそう言われるから、真実似てるんだろう。

自分とイザコザがあった母親にそっくりな息子とか、たしかに嫌なんだろうけど、仮にもお客様、それも帝国認定英雄お三方様が来てるんだから、ちょっとは取り繕いなさいよ。

これは頭痛が痛いってやつだ。

のっけからこの態度とか、先が思いやられる。

時候やらなんやらの挨拶もすっ飛ばして、勧められた席に着くと、途端に嫌味っぽく「なにしに来やがった（意訳）」だってさ。

お互いに臨戦態勢な訳だ。

私はこの人のために時間を浪費する気はない。

目配せすると、ロマノフ先生が持ってくれていた包みを木の光沢があまり感じられないテーブルに置いた。

包みが解けて慈悲の剣——ブラダマンテさんの短剣が露になって、ピクリと僅かに母の頬がひきつる。

彼女の後ろに控えたセバスチャンは全く表情を変えない。

男の反応は至極当然だと思うけど、母の方はそれに比べればお粗末な反応だ。

これじゃどっちが上位者なんだか。

「これは……？」

私のそんな内心の動きを知らず、母が声を低くして呟く。

訝し気な母に、私は静かにこの短剣が手元に来た経緯……短剣は父がレグルスくんに宛てて送って来た誕生日プレゼントで、実は憑依の呪いがかけられていたこと、それからその呪具に憑いていたモンスターと交戦したことを話した。

「まぁ！　それで……貴方は無事なの？」

「見ての通りです」

「……そう」

大袈裟に声を上げた母に短く返す。

母の背後にいるセバスチャンは、微動だにしない。

母の声が僅かにトーンを上げた。

「あの男は何を考えているのかしら？　愛人の息子に誕生日の祝いを渡して、貴方には何もしない。それどころか魔物を送り込むだなんて！」

「さて、私には解りかねます。ただ、この事は父に納得のいく説明を求めようとは思っています」

そう告げると、母が扇を広げて口元を隠す。

しかし隠しきれない頬の緩みが見て取れた。

嗤っているのは父が苦境にたたされているからか、それとも自分達の思惑通りに私が動こうとしているように見えているからか。

瞳に喜びを乗せて、母がセバスチャンを仰ぎ見た。

だが、当のセバスチャンは表情を緩めない。

「失礼ながら」と、蛇のような男が口を開いた。

「本日のご来訪は、旦那様への対応を奥様とご相談なさるため……ということでしょうか？」

「憑いていたモンスターと鳳蝶君は軽く言いますが、デミリッチに襲われたのです。これは菊乃井家嫡男の暗殺を企てたのと同義かと」

「…………!?」

探るようなセバスチャンの視線を無視したロマノフ先生の言葉に、ヴィクトルさんとラーラさんが頷く。

三英雄の様子に、セバスチャンの肩が僅かに揺れた。母の顔が少しだけ青くなる。

私はこてんと首を傾げた。

「どうしました、母上？　後ろの人も顔色が良くないように見えますが？」

「デ、デミリッチなんてそんな……伝説のような存在が出てくるとは思わなかったのよ」

「奥様の仰る通りで御座います。僭越ながら、リッチの勘違いでは？」

いや、セバスチャン、お前知ってたんじゃないのかよ⁉

そう突っ込みたくなるのを抑えて男を見ていると、本当に顔色が良くない。

まさかこれ、憑いてるのはただのリッチだと思ってたのかな。

判断に困っていると、ヴィクトルさんが不機嫌そうに眉を跳ねあげた。

「失礼な。デミリッチを倒して帝国認定英雄になった僕が、ただのリッチとデミリッチを取り違えたとでも？」

普段のヴィクトルさんとは全然違う高圧的な雰囲気にも驚いたけど、もっと驚くことがあった。

ヴィクトルさんが英雄になったのってデミリッチ倒したからなの？

思わず彼の方に顔を向けると、にこやかに「後でね」って言われた。

けど、ヴィクトルさんはセバスチャンに対してはにこりともせず、発言の意図を追及するような鋭い視線を注ぐ。

それにセバスチャンはそんなつもりはなく、驚いて確認してしまったと無礼を詫びた。

ちょっと別件で気になることが出てきちゃったけど、今は置いといて。

深く息を吸い込むと、私は背筋を伸ばした。

「先に言っておきます。私は腹の探り合いをする気も、この件に長く時間を割く気もありません」

告げた言葉に母が眉を寄せた。

セバスチャンも首を少しだけ傾ける。

さて、勝負といきますか。

瞬きを一つして、私は言葉を紡ぐ。

「母上、正直にお答えいただきたい。この短剣に、覚えはありませんか？」

沈黙が室内を満たす。

母が瞬きを繰り返すこと数度。

そうして何を言われたのか理解出来たのか、上質なビロードで出来たドレスに包まれたたっぷりとした腹肉を揺らして哄笑《こうしょう》する。

その姿を一瞥して視線を上げると、セバスチャンが私を見ていた。

母と違い、こちらは無表情だ。

私とセバスチャンで睨み合いを続けていると、母の高笑いがやっと止む。

そしてパシッと風を切って扇が畳まれると、不機嫌を隠そうともせず、母が吠えた。

「これはあの男が送って寄越したものでしょう⁉　見覚えなどある筈ないでしょ！」

高笑いの次は激昂なんて、情緒が不安定すぎる。

伯爵家の女主人としては、あまりにもな姿にラーラさんが眉をひそめた。

私は構わずセバスチャンと睨み合いを続ける。

「セバスチャン、あなたも覚えはありませんか？」

「……御座いません」

こちらはぴくりとも表情が動かない。形状記憶合金かよ。

私とセバスチャンの様子に、母は失礼だのなんだの騒ぐ。

だけどこれは想定内だ。

私は呆れたようにわざと大きなため息を吐く。

……いいだろう。

ヴィクトルさんとラーラさんに目配せすると、二人が立ち上がって持ってきていた大きな布を広げた。

「これでも？」

「…………？」

手のひらを広げられた布に向けて魔力を放つ。

するとぼんやりと布が薄く光りだし、その表面には髪をひっつめたメイドが映った。

「これがなんだというの……!?」

「黙って見ていらっしゃい。菊乃井の伯爵夫人が、先程からガタガタとはしたない」

「なっ!?」

顔を真っ赤にした母の声が大きくなりかけた刹那、私は小規模なブリザードを起こす。

「黙って見ていろ」という意図を込めて睨むと、赤くなった顔色を白くして、ガタガタと震え出した。

セバスチャンも母の背後から、彼女を守るために飛び出してきたけれど、母の傍でその細長い身体を硬くする。

なんだろうと視線を男に向ければ、彼の背後をラーラさんが取っていた。

「君も動かずにちゃんと見るんだね。まあ、ボクの影縫いから逃げられるとは思わないけど」

「っ⁉　若様、これは、なんの真似ですか⁉」

焦りを滲ませるセバスチャンを「大人しくなさい」とロマノフ先生が窘める。

抵抗が無駄だと解ったのか、蛇のような男は忌々しげな目をして布に視線を向けた。

そう、この布は菊乃井で私が短剣の記憶を映したカーテンで。

イルマと怪しげな商人のやり取りをブツブツと文句を言いながら見ている母とは対照的に、セバスチャンは一言も発しない。

しかし、怪しげな商人の行動を逆再生した画像が始まると、母の顔つきが変わった。

だらだらと額には脂汗を滲ませて、動揺も明らかな姿に、私は暗く笑う。

こんなものか。

高々映像があるくらいで揺らぐなんて、どうかしている。

敵が作ったものなのだから、陥れようとしているとシラを切ればいいものを。

逆にセバスチャンの方はふてぶてしい迄に落ち着いている。

そうこうしている間に、逆再生の短剣の記憶はクライマックスまで来たようだ。

飴色のテーブルと黒い袖、それから光が溢れて画面にセバスチャンの顔が大映しになって。

「私は知らないわ!? 全てセバスチャンのしたことよ！ 私は関係ない！ 関係ないのよ！」

金切り声。

そう表現するに相応しい声で母が叫ぶのを、私は冷ややかに聞いていた。


やがてセバスチャンが口を開いた。

「……奥様の仰る通り、全ては私が一人で考えて行動したことです」

「そ、そうよ！ 私は何にも知らない！」

静かに暗い目をしたセバスチャンと違い、母の甲高い声で室内が揺れる。

その煩わしさに、私はこめかみをもんだ。

「いい加減少し黙ってください」と低い声で呟くと、ぐっと母が息を呑む。

愚かな人だ。

こんな映像は知らぬ存ぜぬとシラを切り通せば良いものを、こんな風に取り乱せば関わりがあると白状しているようなもんじゃないか。

眉間にシワが寄るのを自覚して、力を抜いた。

母のことはいい。それよりあっさり自分の関与を認めて、けれど自分だけの企みと認めたセバスチャンが気にかかる。

ロマノフ先生と顔を見合わせると、私はソファにもたれて冷たく笑った。

「母上、どうなさるおつもりです？」

「ど、どう、ですって⁉」

「ええ、私に対する暗殺未遂です。どのように責任を取ってくださるので？」

歌うように告げれば、母がガタガタと震え出す。

私だけでなく、帝国三英雄の視線が集中して、母の顔色が白くなっていくのが解った。

「わ、私は関係ない！　知らないと言っているじゃないの⁉」

「貴方も伯爵夫人なら、それが通じる言い訳かどうか解るでしょう？　それとも使用人の手綱も取れぬ愚かな女主人と嘲られたいのですか？」

屋敷の使用人を預かり采配を振るうのは、その家の女主人の役割だ。

それを果たせず使用人に好き勝手された挙げ句、伯爵の足を引っ張り、嫡男の暗殺を企てるとは。

言外にその呆れを滲ませると、途端に母の顔が赤くなった。

しかし解決策が見つからないのだろう。

口ごもってこちらを睨むだけ。

やれやれとロマノフ先生が肩をすくめた。

「お話になりませんね。鳳蝶君、どうします？」

「どうもこうも……。母には責任を取る能力もないようなので、これで伯爵夫人を名乗るのは無理があるかと」

「お家のためにはならないだろうね」

冷ややかな私の言葉に、ヴィクトルさんが足してくれる。

宮廷音楽家の筆頭だったヴィクトルさんは、他所のお家騒動の顛末を知る生き字引みたいな所があるから、そんな人に「家のためにならない」と言い切られてしまって母の顔色は紙より白くなった。

その様子を見て、セバスチャンが焦ったように大声を出す。

「お待ちください！　この度の事は全て私一人が画策したこと！　お恥ずかしながら、私はあの短剣にデミリッチが憑いていたなど知らなかったのです……！」

「それで？」

「私の狙いは旦那様を……伯爵家の御名を汚すあの不心得な男の排除であって、若様の暗殺などではなかったのです！」

「父も不心得ですけど母上も大概ですよ」

目糞鼻糞が耳糞を「汚い」って指差すんじゃねぇよ。

そんな思いを込めてセバスチャンを見れば、ぐっと唇を噛み締める。

コイツのいうことが本当だったとして、じゃああれか？

思い当たったことを、セバスチャンに聞いてみる。

「もしかして去年辺りから母上が私にすり寄って……失礼、私のやり方に同意するような姿勢を見せていたのは、貴方の入れ知恵……じゃない、助言を受けてのことです？」

「まんまるちゃん、毒が隠しきれてないよ」

「これでも頑張って歯に衣着せてるんですけど……。難しいな、貴族的な言い回しって。で、どうなんです？」

じっとセバスチャンを見れば、観念したように頷く。

母はというと忌々しそうな目で私を睨んでいた。

だろうなっていう結果に、私は「それでどうなさるんです？」と、母に再び問いかける。

しかし答えはない。

仕方なく、またセバスチャンに問いかける。

「セバスチャン、貴方は父よりも私と母の仲が改善される方がこの人のためになると踏んで、去年からずっと助言していた訳でしょう。何故です？」

「……菊乃井の発展状況と三英雄が揃っていること。これを見て、何故あの男と手を組むことを奥様にお勧めできましょう？　ましてバラス男爵に対する苛烈さは、まさに菊乃井のお血筋ですのに」

「血筋ねぇ？」

「先々代の旦那様より薫陶を受けられた先代の奥様のなさりようと、若様のなさりようはよく似ておいでです。菊乃井の正統なお血筋の方に奥様が味方なさるのは当たり前、ましてご子息なのですから」

蛇のような男はにやりと顔を歪める。

だけど、その母は私を滅茶苦茶不服そうに睨んでるんだけど？

横目でちらっとみると、鼻息荒く母は顔を逸らした。

埒もないことを続けていては時間が嵩む。

私は本題に入る事にした。

「なるほど、忠義に篤い従僕だ。私としても母上のため、ひいては家のためと言われてしまったら、考えざるを得ませんね」

そう言って肩をすくめれば、母の顔がこちらを向く。そして表情を明るく変えた。

「そ、そうよ。セバスチャンはこの家のために、私に内緒でこんなことをしたのよ？　ひいては貴方のためでもあるわ！」

「……そういう言い方も出来なくはありませんね。まあ、母上には菊乃井の存在を社交界でアピールしていただいていましたしね。陛下のご叱責はあれど、いわばそれだけで済ませていただける間柄なのだ、と。その功は鑑みなければとは、思っていたんですが」

実際は神様方からご加護をいただいてる故の恩情というやつなんだろうけど、それをこの人達に教える必要はない。

とりあえず、狙い通り相手の優位には立てた。

さて、追い込みにかかろうか。

にっこりと穏やかに笑って見せると、セバスチャンと母が訝しげに顔を歪めた。

「……良いでしょう。母上は何も知らなかった、そして私との親子関係を改善したくはある。そういう理解でよろしいか？」

「も、勿論よ！」

私の笑みに不穏な物を感じたのか、セバスチャンが止めようと口を開きかけたが、母がそれより早く同意する。

「そうですか」と頷けば、母の顔が輝く。

なので笑顔のままでロマノフ先生を見ると、先生も柔らかく笑んで、書類入れから四枚の書類を取り出し、テーブルに置いた。

「では、仲直りの証にお願いを二つほど聞いてくださいませんか？」

「……なにかしら？」

母にその四枚の書類を渡すと、自分は赦されたのだと錯覚したのか、にこやかに視線を落とす。

しかし読み進めるに連れて、ぎちぎちと書類を持つ手に力が入りだした。

ぐしゃりと母が握る辺りから紙が歪んだ音がする。

「これは……どういうことなの⁉」

「読まれたままですよ。それにサインをいただければ、結構」

書類から母が顔を上げる。

眦《まなじり》はつり上がり、わなわなと唇が震えて、抑えきれない怒りがくっきりと現れていた。

これが所謂憤怒の形相ってやつかな。

だんっと書類を握った母の手が、テーブルに叩きつけられる。

「どうして私があの女の息子を養子にしなければいけないの⁉　それに出家願いですって⁉　私はそんなこと望んでいなくてよ！」

激しい怒りを金切り声に乗せて叫ぶ母に、私は肩をすくめてみせた。

「そうですか。でしたら仲直りの件は無しですね」

「なっ⁉」

「だってこれは母上を救済するための案なんですよ？」

思わぬ言葉に母が唖然とする。

毒気を抜かれたのか、静かになって、ちらりとセバスチャンの方を見た。

同じくセバスチャンを見ればこちらは微妙な顔つきで。

「別に母上がそれにサインしなくても、私は構わないんですけどね」

このまま統治実績を重ねて両親が統治者として失格であると、公に訴え出れば家名に傷は付くかもしれないが、権力は奪い取れる。

その上で私がレグルスくんに菊乃井の籍を与えることも可能だし、両親を追放するのも簡単だ。

だけどそんなことをするより、レグルスくんを母が養子にすれば美談が作れる。

夫が不実だったせいで、実母の乳母に逆恨みされて命を脅かされる可哀想な妾腹の子どもを見るに見かねたのと、自身が過去にしたことに対しての罪滅ぼしとして、引き取って養子にしてやった、と。

そしてそんな不実な男には愛想が尽きた、だから出家して俗世の縁を切る。

帝国の法律では嫡男を儲けた貴族の夫婦は離婚が出来なくなっているが、出家して世俗と縁を切るのであれば例外として離婚が認められるのだ。

この美談があれば、レグルスくんを可愛がっている私と、彼を養子にしたことで親子仲が急に修復されたとしても、不自然にはならないだろう。

そう説明してやれば、母は口惜しげに唇を噛む。

「どうします？」と尋ねた私に、母が憎々しげに叫んだ。

「実の母親に愛人の子を養子に迎えろだなんて……！　人でなし！」

投げ付けられた言葉に、腹の底から沸き上がるものがあった。

抑え付けなくてはと思うと余計にそれは沸き出してきて、思わず俯く。

ロマノフ先生やヴィクトルさん、ラーラさんが心配そうに私の名を呼ぶのが聞こえた。

顔を上げると、抑えきれなかった笑い声が口から溢れる。

一頻り笑った後で母の顔を見れば、彼女は奇妙な物を見るような目をしていた。

その表情にまた笑いが込み上げてくる。

「母上、良いことを教えて差し上げますね。犬畜生だって子を産めば育てるんですよ。しかるにそれが出来なかった貴方は畜生以下です。畜生以下から人でないもの……人でなしが生まれるのは道理じゃありませんか」

傑作だ。

心底からおかしい。

「そんな畜生以下な母上と、人でなしな私。私達は所詮同じ穴の貉《むじな》……いや、白豚なんですよ。存外似た者親子ですよね。それでサインするんですか？　しないんですか？」

笑いながら告げれば、何か怖いものでも見たのか、真っ青になりながら母は書類にサインを入れた。

四枚全てに記名を終えると、血色の悪くなった顔を背けて「これでいいでしょ……」と呟く。

受け取った書類に不備がないか確かめて、私はヴィクトルさんへと目配せした。

それにヴィクトルさんが頷いた途端、魔石を光源とするシャンデリアが明滅して、ふっと光がかき消える。

「おや、魔石の魔力切れですかね？」

「僕がメイドさんにでも知らせてくるよ」

「ああ、いえ、もうお暇しますし」

そういいつつ私は手のひらに魔力を集め、火を灯す。

そして書類をロマノフ先生に渡すと、小さく首を傾げた。

「念のために聞きますが、本当に母上はこの件には関わっていないのですね？」

「そう言っているでしょう⁉　人の弱味に付け込んでまだ疑うだなんて！」

「……セバスチャンも、母は一切関係ないと？」

「はい」

「神掛けて誓えますか？」

神妙な声が出た。

しかし母はそれに気付かなかったようで「何度もしつこい！」と喚く。

だが、セバスチャンは違って。

「なにゆえ、神などと……」

「誓えないんですか？」

疑問には答えないで、反対に尋ねてやればセバスチャンは首を横に振った。

「いえ……」

「嘘を吐いたら呪われますよ？」

「誓えるわ！　私は無関係よ！」

「私もです。奥様は関係御座いません」

「そうですか」

にこりと二人に笑いかけると、私は手のひらに灯した火を消した。


魔石を光源にするシャンデリアは、所詮魔術で光を灯しているのだから、魔力を遮断してやれば簡単に消せる。

私が手のひらの炎を消したのを合図に、ヴィクトルさんが魔力の遮断を解けば、ちかちかしながら再びシャンデリアに明かりが点いた。

刹那、黒い靄が母を取り巻き、鋭い悲鳴が彼女の喉から迸る。

「おじょ……っ⁉　奥様っ⁉」

セバスチャンが苦しそうに黒い靄を払おうと足掻く母に近づこうとするも、ダンッとラーラさんが足を踏み鳴らすと、その身体は再び動きを止めた。

「ボクの影縫いからは逃げられないったら」

冷ややかにいうラーラさんの足は、しっかりセバスチャンの影を踏んでいる。

影縫いというのは影を踏みつけて相手の動きを止めるスキルのようだ。

それでも踠《もが》くセバスチャンを横目に、私はヴィクトルさんを窺う。

ヴィクトルさんはその目を細めて母を観察し、それから首を横に振った。

「腐肉の呪いだ。近づかない方がいい」

「腐肉……」

腐肉の呪いとは皮膚が爛《ただ》れ肉が腐る呪いだ。

ヴィクトルさんの言葉に、セバスチャンが私を睨む。

「これはどういうことです⁉」

「どうもこうも……貴方達が嘘を吐いたからでしょう？　宇気比の結果ですよ」

「宇気比……⁉」

そう、これは宇気比の結果だ。

私は簡単な宇気比の作法にのっとり、帝国の三英雄立ち会いのもと二人に対して手のひらの上に灯した炎を前に、神掛けて真実を告げているか否かを問うただけ。

嘘を吐けば呪われるとも忠告した。

「貴方達二人は神掛けて嘘は吐いていないと誓いましたね？　それがこの結果ですよ。残念なことだ」

「……そ、んな……っ……」

ただそれにしては二人ともでなく、母だけが呪いを受けている。

そのことに「ああ」と溢せば、ロマノフ先生やヴィクトルさんも頷いた。

「セバスチャン。貴方、呪いを受け付けない体質なのでは？」

「何故、それを……」

苦痛に呻く母から目を逸らさずに、セバスチャンが呻く。

呆然とした様子に、宇気比の呪いの仕組み——呪いを受け付けない体質の者には、その者の大事な人が身代わりに呪われることを説明してやれば、その顔から血の気が失せた。

「で、では、奥様……お嬢様は、私の分の呪いまで⁉」

「貴方が真実、母を大事に想っていたならそうでしょうね」

お前らの関係なんか知らんがな。

っていうか、さっきから「奥様」と「お嬢様」が混ざってる。

ブラダマンテさんがデミリッチの中で微睡みながら見ていたのは、本当にセバスチャンかも知れないな。

そう思っているとヴィクトルさんとロマノフ先生が、いつの間にか座り込んで苦痛にのたうっている母に近付く。

「うーん、これ……。単なる呪いなら僕にも解けるけど、宇気比の呪いは神様のお怒りだから無理だね。僕に出来るのはちょっと腐るスピードを落とすだけ。苦痛の緩和とか呪いの侵蝕を食い止めるには神様に愛された人。あれだ、桜蘭の巫女さんとか神官さん、それも結構偉い人にお祈りしてもらわなきゃ駄目だね」

「そうですか」

ブラダマンテさんなら、なんとかできるかな？

考えていると、ロマノフ先生がセバスチャンを冷たく見据えた。

「それで、君は腐っていく夫人を見ているだけですか？」

「……私が全てお話すれば、お嬢様を治療していただけるので？」

殺気を滲ませてセバスチャンは私達を見据える。

私はため息を大袈裟に吐いた。

「自分の立場が余程解らないと見える。私はね、別にこの人の治療なんかしなくったって構わないんですよ。だって死なないんだから」

「なんっ……!?」

「宇気比をして呪いを受けた者は、その償いが終わるまで死ねないんですよ。そりゃそうですよね。死ぬくらいで償える罪なら罰が下った瞬間に死んでいる。そうでないから、生かされて死ぬより苦しい目にあわされるんでしょうよ」

それはまあ、呪いが重篤だった場合の話で、軽微な罪だったら「この程度で死なんでよろしい」ってことだから、それなら呪いだって軽いはずだ。

母の場合は多分二人分を背負ったから、腐肉の呪いなんて恐ろしい呪いを受けただけで、一人分ならもっと軽かったんじゃないかな。

神様のお怒りは加算じゃなくて、累乗っぽいのが怖いところだ。

「嘘だと思うなら喉笛掻っ切ってご覧なさい。死ねないから」

私の言葉に、ラーラさんがセバスチャンの影から足を離す。

すると解放された男は、ふらふらと私の前に膝を折り、この脚に縋り付いた。

「どうか……！　どうかお嬢様をお助けください！」

私が黙っていると、恥も外聞もないのだろう。脚から手を離してセバスチャンは額を床に擦り付けた。

大きな息を吐く。

そうして私は土下座する男に視線を合わせるために屈むと、いっそ優しく囁いた。

「セバスチャン、私は真実が知りたいのです。土下座なんかしてないで、話すべきことを話しなさい。無意味なことをしていれば、治療がその分遅れるだけですよ」

何がどうであろうと、真実を知るまでは手当てなんかしない。

言外に込められた意図を悟ったのか、セバスチャンが訥々《とつとつ》と真実を語り始めた。

それは予想通りというのか何なのか、貴族の間で流れる噂——皇帝陛下と私との間で家督相続に関する密約が結ばれているという話を真に受けて、怯えた母が父を排除するために今回のことを画策したということで。

母としては私に父を排除する口実を与えたら、嬉々としてそうするだろうと思っていたらしい。

しかし、セバスチャンはそれには反対したそうだ。

セバスチャンは私が母にレグルスくんを養子にと言ってくると睨んでいたらしい。

その時に母に有利な条件を引き出すために、色々と母に助言してこちらの味方に立つような発言をさせていたそうだ。

だがそれも母には気に入らなかったのだろう。

どうしても父を排除するといきり立つ母のために、セバスチャンは今度の策を講じた。

それが真実だという。

「バレないと思ってたんですか？」

「危ういとは思っていましたが……」

バレた時は自分が全て被ればいいと考えていたというセバスチャンに、私は疑問を抱いた。

何故こんなに母に尽くすんだろう？

ヴィクトルさんに声をかけて呪いの侵食スピードを落としてもらうと、ラーラさんにブラダマンテさんを呼んで来てもらうようお願いする。

すっと、ロマノフ先生が私の近くに移動した。

「セバスチャン、解放されてすぐ私に縋り付いたのは何故です？　人質に取ることもできたでしょうに」

「英雄のお三方がそれを考えない筈もない。離れているのはそうしていても、私が若様に危害を加えることが出来ない状況なのでは……と。それならばお慈悲に縋るほうが建設的だと判断しました」

「なるほど」

それだけの判断が出来るのに、なんでこの男は……？

第一、そんな計算が出来るならもっと上手く母を操縦できたろうし、母が大事ならあの交渉の場で何故嘲笑を浮かべていたんだろう？

不可解な事が多い。

そういう矛盾というか、私の理解の範囲外にあることを尋ねると、今度はセバスチャンがきょとんとした。

「何故私がお嬢様の行動を制しなければならないのです？　あの方は心のままに生きられてこそ、あの方ですのに」

「は……？」

「産まれ持った全ての特権を使って恣に振る舞われるお嬢様は、まるで女神の如く強く麗しくあらせられるのに！」

セバスチャンは恍惚とした表情で、高らかに声を上げた。

権力を持ち、それを恣意的に使い、他人のことをこれっぽっちも省みず、自らの欲望を叶えるためなら、誰かを不幸にしてもいい。

それが許される立場だと奢り苛烈に振る舞うその姿が、セバスチャンには生命力に溢れ美しく感じられたらしい。

ドン引き。

いや、でもそんな崇拝してるお嬢様が窮地に立たされて、なんで嗤ってたのさ。

私が引いているのにも気づかず、男はその理由を語り始めた。

セバスチャンには大変魅力的でも、我が儘で気まぐれ、優しさの欠片もないご令嬢なんて、いくら家柄が良くても付き合いたくはない。ましてや家柄がっていっても、公爵レベルなら兎も角、伯爵程度では……。

そう判断されて母は段々と孤立していき、その分唯々諾々と付き従い、いつも賛美してくれるセバスチャンに母は依存していった。

それが嬉しかったのだと、セバスチャンはいう。

そうしてこのまま孤立を深めれば、母の中にはセバスチャン以外いなくなるのではないか、と。

「浅ましくもそのような考えが浮かび……」

「じゃあ、あの時嗤ったのは母の孤立を喜んだから……？」

「嗤ったつもりは御座いませんが、お嬢様は益々私に依存してくださる。その喜びを隠しきれなかったのやも……」

男の答えに背筋が寒くなる。

レグルスくんを階段から突き飛ばしたのだって、栄誉ある伴侶に選ばれながら母を蔑ろにした男を苦しめたかっただけで、怪我をしようが最悪死のうが母の心痛が取れればそれで良かったと宣う男に、私は嫌悪感を隠せなかった。

「気持ち悪い」

ポロリと落ちた言葉に、セバスチャンはニヤリと頬を歪める。

その蛇のような雰囲気に、私は頭を振った。

するとロマノフ先生が私を隠すように、セバスチャンとの間に入る。

「しかし、因果なものだ。その強い想いが伯爵夫人に降りかかる呪いをより激しいものにしたのだから」

「呪いが緩和されようが何しようが、多分もう伯爵夫人は人として立ち行かないよ」

ロマノフ先生とヴィクトルさんの、冷たく凍てつく視線と言葉を受けて、セバスチャンが泣き崩れるのを、私は何処か空虚に眺めた。

巡り来るツケ

ラーラさんがブラダマンテさんを連れて戻って来たら、ロマノフ先生とヴィクトルさんが「後のことは任せなさい」と請け負ってくれた。

きちんと最後までやるって言ったんだけど、お膳立てを先生方にしてもらった関係上、手続きとかは私が手を出すと煩雑になるそうなので、お言葉に甘えて一足先にラーラさんと家に帰ることに。

帰路の馬車の中で、ラーラさんに「出会った時はたしかにまんまるちゃんだったし、痩せて益々可愛くなった今だって、中身はシルキーシープみたいなまんまるちゃんだと思ってる。けど君が白豚だったことなんか、一度もないんだからね」って、ぎゅっぎゅ手を握られた。

なんだか余計な気を使わせちゃったな。

菊乃井の屋敷に帰ったら帰ったで、ロッテンマイヤーさんにぎゅっと手を握られて「お疲れ様でした」って労われた。

レグルスくんや奏くんもいて。

彼らには私が何をしに帝都に行ったかなんて教えてないけど、何かを察したのか黙って傍にいてくれた。

正直な感想を言えば、疲れたとしか。

最小限の徒労でいかに相手に大ダメージを与えられるか。

ここ最近そんなことばかり考えていた。

そうすると、自分がいかに卑しく厭なヤツなのかを思い知ることになって。

だけどまだあと一人残っている。

こんなところで自己嫌悪だの自己憐憫に浸っている場合じゃない。

それでも今はちょっとだけ休みたい。

リビングのソファでレグルスくんと奏くんの声を聞きながら、私はそっと目を閉じた。

……のが、ダメだったみたいで、起きたら翌日だったよ。びっくり。

いつも通りの寝起きに、いつも通りのルーティンで着替えたり顔を洗ったり、いつもと同じだ。

そりゃそうだよね。

私がしたのは母とセバスチャンに引導渡して、家督相続の手続きを何年か分前倒しにしただけで、抱えている問題や課題が解決した訳じゃない。

正式に菊乃井の諸問題に取り組める権利を有するための手続きが一つクリア出来る段階に至っただけだもん。

色々と遠いわー。

さてさて、あの後どうなったかって言うと、母は帝都で冬に流行る質の悪い風邪にかかったそうだ。

実際は腐肉の呪いなんだけど、先生方が色々あれこれどうこうしてそういうことになったそうで、私が帝都に行ったのは病が存外重くて気弱になった母が、今までの所業を詫びたいと言ってきたからってことになってる。

んで、ブラダマンテさんは母が神様に今までの自分のことを懺悔したいと言ったから、私が伝手で桜蘭から招いた巫女さんだとか。

つまり、それだけ母の具合は良くない。

いつ何時、人事不省に陥ってもおかしくないという噂の下地を作った訳だ。

これで一命は取り留めたけど「人として立ち行かなくなりました」は、成立しやすくなった。

他にも色々手回し根回しはあったらしいけど、それをスムーズにしたのは帝都のメイド長だ。

あの人、本来は祖母の側仕えだったらしいけど、祖母が亡くなった後は帝都の屋敷に移されたんだそうな。

ロッテンマイヤーさんのメイドとしての師匠に当たる人で、先代の執事さんが息子のセバスチャンの行状に内心で不審と不安を抱いて、彼女に屋敷の業務全てを引き継いだらしい。

母へは何度か諫言を試みたらしいけど、「三回言って聞かなかったら娘のことは諦めて、孫のために帝都の屋敷を守ってほしい」という祖母の遺言に従い、母というより菊乃井に忠実に勤めてくれていたようで、なんと彼女は帝都屋敷の無駄遣いをかなり抑制してくれていたそうだ。

私の兵糧攻めは母の屋敷にも甚大なる被害をもたらしていて、使用人の数がかなり減っていたので、何が起こったのか情報を統制するのも、彼女の手腕をもってすれば楽に出来るとか。

養子縁組と出家願いの提出は、先生方とセバスチャンでやったとも。

ブラダマンテさんによると、母にかかった呪いは本当に重篤で、宇気比の結果でさえなくば三日と持たずに落命するようなものだったらしい。

艶陽公主の加護をいただくブラダマンテさんですら、痛みを和らげるのがやっとという有り様で、これ以上は教皇猊下でもどうにも出来ないという。

それでも希望があるとするなら、宇気比の呪いは罪の償いなのだから、それを全うすれば……。

その言葉に反応したセバスチャンが協力を申し出たのだ。

罪の償いというのがこの場合どういうことになるのか曖昧だけど、善行を施せばそれは償いになるのではないか。

すぐ出来る善行と言えば菊乃井の領地を豊かにし、領民を富ませる私に協力して、更に菊乃井を発展させることではないかと考えたらしい。

母の側近だったセバスチャンと、私の味方の先生方が一緒に行動してれば、それは私と母の関係改善がなった噂の補強にもなる。

これで家督相続の件はお沙汰を待つばかり。

父が離縁に異を唱えようが何をしようが、血筋的に相続を許されるのは私しかいないんだもん。

あっちにはもうどうしようもない。

問題は父の処遇なんだけど、これがなぁ……。

家との縁切りは兎も角、レグルスくんとも縁切りしてもらわないと。

もう二度と彼とは会わない。

それくらいの誓いを立ててもらわなきゃ、レグルスくんを養子にした後で私に何かあったら、絶対にレグルスくんが痛くない腹を探られるもんね。

まあ、「何か」は起こるんだけど、余人からは起こったことが見えないようにしとかなきゃ。

しかし、これでとりあえずの目処は立った訳で、父に引導を渡すまで少しはゆっくり出来る。

そういうことで、本日はお勉強もお仕事もなく、のんびりだらけてなさいって先生方に言われて。

朝御飯の後、レグルスくんとポニ子さん一家のお世話に行って、お昼までお絵描きするレグルスくんの横でバーバリアンの服を作ることにしたんだよね。

お昼ご飯の後はアンジェちゃんや奏くん、奏くんの弟の紡くんも一緒に雪遊びの予定。

クレヨンでぐりぐりと画用紙に黄色い丸を描いて、その丸の中に黒でまた丸を二つ。

その少し下辺りにオレンジの三角がちょんっと付いたら、レグルスくんのひよこが完成する。

「にぃに、ひよこちゃんかけた！　つぎはタラちゃんとござるまるかくね！」

「うん。レグルスくんは絵が上手いねぇ」

「そう？　れー、うまい？」

「うんうん、上手。才能あると思うよ」

ふんすっと鼻息荒く絵を見せてくるひよこちゃんが最高に可愛い。

色とりどりのクレヨンとにらめっこしながら、画用紙に線を引くレグルスくんに癒されていると、静かに部屋の扉を叩く音がして。

「どうぞ」という私の答えに、扉を開けたのはロッテンマイヤーさんとロマノフ先生だった。

「何かありましたか？」

二人揃って来るってことは、あちらで何かあったのかと顔を強張らせると、ロッテンマイヤーさんが首を横に振る。

「いいえ、あちらのことは問題ございません」

「そうですか、良かった」

頷けば、ロマノフ先生が柔い笑みを浮かべた。

「家督相続に関する件と言えばそうなんですが、もう少し柔らかな話ですよ」

「柔らかな話？」

「はい。旗印の件ですね」

「旗印？」

なんぞ？

頭に疑問符が沢山浮かんだのがロッテンマイヤーさんと先生には解ったようで、斯々然々と教えてくれたことには、貴族の男子は幼年学校入学時に自分の旗印を決めておくそうだ。

旗印というのは、戦場に軍を率いて行った時に「某家の誰某」が解る目印みたいなもの。

帝国も昔は戦争をしていたし、今だってモンスター相手に兵を派遣していくことがある。

昔は「某家の誰某がここにいるぞ！」っていう示威の一環だったけど、今は「某家の誰某がモンスターを討ち取ったぞ！」っていう手柄のアピールに使われているそうだ。

傾向としては、昔は戦に家の勃興がかかっていたから当主やその跡継ぎの旗が派手だったけど、今はモンスター退治で名を揚げて家を興したり、良い婿入り先を望む次男三男の旗の方が派手なんだとか。

家の紋章の下に、自分の旗印を付けるのがお約束。

手柄があったとかで特別に許されると、家の紋章の上や中に自分の紋章を組み合わせられることもあるそうな。

菊乃井家で言えば、家の紋章は盾型の真ん中に大輪の菊花が三つのシンプルな紋章の下に、私の紋章が来ることになる。

「でも、幼年学校入学の時に決めるものなら、まだ早いんじゃ……？」

「そうとも言えませんよ。君が当主になってすぐ、ダンジョンからモンスターが溢れ出て来ないとも限らないでしょう？」

「あ！」

そうだ。

うちにはそういう危険があって、両親を領主の座から追う以上、大発生が起こったらモンスター討伐の指揮を執るのは私なんだ。

その時に戦場に翻る旗に、私の紋がないなんてあり得ない。

「決めないとダメですね」と言った私に、ロマノフ先生とロッテンマイヤーさんが頷く。

それだけじゃなく、先生は視線をお絵描きに夢中なレグルスくんへと飛ばした。

「レグルス君のも決めないとダメですね。彼も菊乃井家の男子、大発生が起こって当主の君が戦場に行くなら、彼を街の守りにおかないと領民が落ち着かない」

「……っ！」

両親を廃したなら私の跡継ぎはレグルスくんただ一人だ。

危ないことをさせる気はないけれど、街の守りに跡継ぎのレグルスくんがいるのといないのとじゃ、領民の安心度が違うだろう。

もっと時間をかけて両親を追い出したかったのは、こういう側面があったからだ。

だから大人しくしていてほしかったのに！

本当にろくなことしやがらない。

「気持ちは解りますけど、とりあえずやれるところから片付けていきましょうね」

「はい……」

親父、はっ倒してやりたい。

遊びをせんとや生まれけん

「お貴族サマって大変だなぁ」

「ねー……」

さくさくと雪を踏みしめて奏くんと歩く。

前にはソーニャさんからいただいたひよこちゃんポンチョを着たレグルスくんと、菊乃井メイドのお仕着せコートを着たアンジェちゃん、去年のクラーケン退治でもらったお小遣いを出して奏くんがEffet・Papillonで買ったポンチョを着けた、彼の弟の紡くんがピコピコ跳ねるように走っていた。

奏くんもソーニャさんからもらった迷彩ポンチョを翻してて。

私はあのクロークで雪遊びは無理だから、去年のコートをサイズ調整して着てる。

奏くんの見た感じ、菊乃井はEffet・Papillonの商品が流通してて、色彩が豊かになってきたそうだ。

冬は寒いばっかりで気が塞ぐことも多いけど、温かくて色鮮やかな防寒具を身につければ、出掛けるのもそんなに苦じゃないって、皆言ってるとも教えてくれた。

Effet・Papillonが経済を支えるだけじゃなく、それなりに生活の役に立ってるなら嬉しい。

因みにポンチョのお礼は私が寝てしまったので、今朝きちんと連絡しました！

現状報告はロマノフ先生が前の日にしておいてくれたんだけど、もう一度私の口からもして。するとと少し考えて母の療養先と、帝都の御屋敷をお手伝いしてくれる人を手配するって言ってくださった。


ソーニャさんは「こういう時は役に立つ大人は全員使えばいいのよぉ」って笑ってたっけ。

「それにしても、旗印だっけ？　どんな絵でもいいのか？」

奏くんの言葉にはっとする。

問題は些細なことから大きなものまで、まだ沢山あるんだった。

「へ？　あ、うぅん。ちゃんと紋章図鑑を見て被らないようにしないと駄目っぽい」

「めんどくさいな！」

本当に面倒だけど、形式ってのはある以上は必要なんだよね。

一応、ロッテンマイヤーさんが持ってきてくれた紋章図鑑を頼りに決めるだけは決めた。

後は被りがないかを調べるんだけど、被っちゃ駄目なのは生きてる人で、お亡くなりになってる人とは問題がないそうな。

私の旗印は豪華な王冠の下にトライバルな蝶という図案、レグルスくんは蝶が止まっている剣を持つ獅子の図案にした。

レグルスくんのは最初、剣を持つ獅子だけだったのが、本人の「にぃにもいっしょがいい」という言葉で、剣先に蝶を止まらせることになったんだよね。

将来を考えるとどうかと思ったんだけど、剣を持つ獅子の意匠は被りやすいからワンポイント入れた方が良いんだって。

「かぶるとやっぱりめんどうなんだな。近所の女の子達もくつ下の色がどうの、かぶったとかまねたとかうるせぇもん」

「ああ、そういうのあるんだ……」

「あるある。でもちょっと前まで、そんなことも言ってられないくらいビンボウだったのにな。毎日同じくつ下だし、裸足の日も多かったのにさ」

奏くんの朗らかな言葉に、気付かれないように息を呑む。

まだ、皆が皆、お洒落を楽しむ段階に、菊乃井は来ていない。

面倒とか言ってる場合じゃなかった。

弛《ゆる》んだ兜の緒を締め直していると、奏くんが苦笑いしてる。

「若さま、また難しいこと考えてるだろ？　今はさ、遊びに来てるんだから、真剣に遊ぼうぜ」

「真剣に遊ぶの？」

「うん。遊びも難しいことも真剣にやるんだ。生きるってそういうことだって、じいちゃんが言ってた」

「生きるってそういうこと……」

「難しくってよく解んないけどな！」

奏くんの豪快な笑い声に、前を行く三人が振り返る。

レグルスくんもアンジェちゃんも紡くんも、ほっぺと鼻の頭が赤くなっていた。

「なんでもないよ」と声をかければ、雪に足を取られる感覚も楽しいのか、三人はまたきゃらきゃらとはしゃぎ出す。

紡くんとは、そう言えば今日初めて会ったんだけど、奏くんとの特訓の成果か噛まずにちゃんと自己紹介が出来ていた。

三白眼でちょっと目元が鋭いんだけど、笑うと奏くんに似てる。

歳はレグルスくんの一つ下。

「紡さぁ、弓はまだ無理そうなんだよな」

「小さいもんね」

「うん。だからおれ、モッちゃんじいちゃんに協力してもらって、スリングショット作ってやったんだ！」

「そうなんだ」

私の言葉に奏くんはからっとした笑顔で頷くと、いつも持ってるマジックバッグから自分の弓を取り出した。

心なしか、前に見た時より立派になっているような。

そう言うと、へへんっと奏くんが胸を張った。

「ロスマリウス様に龍のヒゲもらったろ？　あれをモッちゃんじいちゃんがラーラ先生からもらった弓に付け替えて、ちょっと補強してくれたんだ」

「おお！　使い心地とかどんな感じ⁉」

「めっちゃ手になじむし、魔力をこめたら氷やら水の魔術が矢に付けられるんだぜ！」

「おぉお！　それは凄い！」

だけど、それをいきなり出してどうしたんだろう？

首を傾げると、奏くんが少し難しい顔をした。

「実はさ、紡のスリングショットにも余った龍のヒゲを使ったんだよ。そしたらアイツ、全然スリング弾けなくって」

「えぇ……なんで？」

「モッちゃんじいちゃんは魔力が足んないからだって言ってた」

「ああ、そうなんだ……」

なるほど、あの歳の子どもだと魔力はまだ使えないだろう。

いや、レグルスくんは使えてたっけ？

奏くんも同じことを思ったのか、レグルスくんに視線を向ける。

私達の視線の先で、紡くんがレグルスくんとアンジェちゃんにスリングショットを見せて。

聞こえてくる会話は「にーちゃんにつくってもらった」とか「まじゅちゅ、むじゅかしい？」とか「れーおしえようか？」とか、凄く平和。

隣の奏くんもその様子に和んでいるのか、難しい表情だったのが穏やかな笑みに変わっていた。

するとアンジェちゃんがコートのポケットから鉄の棒を二本取り出す。

アンジェちゃんに近づいて見ると、彼女が握っているのがサイリウムだと気づいて。

「アンジェちゃん？」

「あのねぇ、アンジェねぇ、まじゅちゅのれんしゅー、これでしてるの！」

言うやいなや、レグルスくんにサイリウムを一本渡したアンジェちゃんが、棒を持った腕を振ったり、くるくる回転させたり。

同じくレグルスくんもサイリウムを振りながら、独特のダンスを踊り始める。

っていうか、踊ってるんじゃなくて、打ってるんだけどね。

身体をやや右斜めに倒して、腕を右から左へぶん回して、顔の横でサイリウムをクロスさせるって動きは「ＯＡＤ《オーバーアクションドルフィン》」という技で、それを数度繰り返してから右手を腰の辺りで三回転半させる。

そこから左手を右斜めに高く上げ、右腕は腰辺りで止めて、次は右手を大きく左斜めに高く振り回すと、左手は腰辺り。それから振り子のように両腕を振る。

それはアイドルのコンサートなんかで、ファンがアイドルに捧げる情熱の一つの形、所謂オタ芸ってやつ。

幼児二人の、それはもうキレッキレな打ちに、私は感動すら覚えてしまった。

超が付くほど可愛い。

しばらくそれを見ていると、二人の持ったサイリウムがチカチカと光り始めて。

「すごーい!?　つむもするー！」

「ぼうがひかったらまじゅつがつかえるようになるからな！　れーがおしえてあげるから、つむもアンジェもれんしゅうだぞ！」

ちびっこ三人がサイリウムを振って踊ってる。可愛すぎか。

サイリウムも幼児三人の手に握られて、美しい光の螺旋を描けるなんてサイリウム冥利に尽きるだろう。

とりあえず、私の周りはゴタゴタしてても菊乃井は平和でなによりだ。

戯れせんとや生まれけん

人生には遊びも必要だし、遊ぶにも真剣に手を抜かずにやらないと楽しくない。

源三さんが言ったそれは、確かに至言。

サイリウムを振り振り踊って身体を温めたあと、私達はお馬の運動場に来ていた。

モッちゃんじいちゃんこと、モトさんがなんと橇《かんじき》を作って、それを源三さんが持って来てくれたそうで。

お馬の運動場には小高い丘のようなところがあるから、そこから滑ったら楽しいだろうと！

橇の定員は二名、アンジェちゃんと紡くんはまだ小さいから一人では乗れない。

そうなると組み分けと順番決めが重要になるわけで。

紡くんは奏くんと一緒に乗るとして、アンジェちゃんとレグルスくんを一緒には出来ないだろう。

レグルスくんは紡くんやアンジェちゃんの前ではお兄ちゃんぽく振舞ってるけど、実際は五歳な

訳で。

やっぱり一人で橇に乗せるのはどうなんだろう？

人数が足りない。

困ったなと思っていると、屋敷の方から小さな人影が走ってくるのが見えた。

「若さまー！　おやつ届けに来ましたー！」

「はーい、ありがとう！」

近づいてきたのはバスケットを持った奏くんよりちょっと大きな背丈の男の子だ。

「おお、カイじゃん。今日は仕事の日なのか？」

「うん。今日の仕事はこれで終わりだな！　勉強も雪が深すぎて休みだし」

奏くんが手を上げて男の子に挨拶する。

カイくん。

ちょっと財政が上向いてきたから調理場に見習いさんが欲しいと言われて求人を出したら、妹のゲルダちゃんと応募してくれた子なんだよね。

奏くんの家の近所に住んでて、お父さんが足が悪くて働きに出られなくて、お母さんが家計を支えるために一人で働いていたのを見かねて、二人で働きに来てくれたんだけど、私と同い年のゲルダちゃんは歌やお芝居の方に才能があって、ヴィクトルさんとユウリさんに菊乃井歌劇団の方にスカウトされていった。

カイくんは午前中だけ菊乃井の調理場で働いて、午後からは街の孤児院でそこの子ども達と、ゲルダちゃんも一緒にラーラさんに読み書き計算の授業を受けてもらってる。

最初は「勉強なんてしないで働いてお金を稼ぎたい」って言ってたけど、ゲルダちゃんが歌劇団で修行してるのを見て、このまま菊乃井が豊かになったらできるだろう歌劇団専用劇場の併設リストランテの料理長になる夢を持ったとかで、勉強も下働きも熱心にしている。

あ、と私は手を打った。

「カイくんお仕事終わりなんだよね？」

「です、若さま！　どうかしました？」

「あのね、ちょっと相談なんだけど……」

橇で遊ぼうにも人数が足りない。

そんな話をすると、カイくんが固まる。

その様子に私ははっとした。

カイくんは今までお仕事していたわけで、それなのに私は遊んでて、それに気を悪くしたのかも。

無神経だったかもしれない。

菊乃井はまだ子どもが遊んでいられるほど豊かじゃないのに、その地を治めるはずの私が遊んでるなんてよく思えないよね。

慌てて言葉を取り消そうとすると、先にカイくんが口を開いた。

「いいんですか？　俺、働きに来てるのに、給料も貰って勉強して、おまけに雪遊びとかしちゃって⁉」

「へ？　いいよ！　ちゃんと仕事はしてくれてるし、勉強だって将来の菊乃井のためだもの」

「マジで⁉　わぁ、誘ってもらえてうれしいです！」

そういうとにかっと笑って、カイくんが輪の中に入った。

これならアンジェちゃんとレグルスくん、どちらも一人で橇に乗せないで済む。

さてそれじゃあ組み分けだけど、どうしようかと問う前に、カイくんがアンジェちゃんに手を差し出した。

「アンジェちゃん、俺と橇に乗ろうな？」

「うん！　アンジェ、カイおにぃちゃんとそりすゆ！」

「にぃにはれーとのろうね？」

「う、うん。それでいい？」

尋ねた私に、奏くんとカイくんが「それ以外にどう分けろと？」と口を揃える。

いや、私がアンジェちゃんと橇に乗るのもありじゃん？

そういうと、奏くんとカイくんが微妙な顔をした。

「若さま、世の中変えたらだめなことってあるんだぜ？」

「そうそう。ゲルダも小さい時、そんなだったんだよな」

「なにそれ？」

「いや、若さまはひよさまとそり。カイはアンジェちゃんと、それでいいじゃん」

「だな。ゲルダの小さい時を思い出すし、俺はアンジェちゃんと乗ります！」

よく解らない反応だけど、カイくんがアンジェちゃんと乗りたいって言うならそれでいいか。

レグルスくんもそれでいいようで、私の手をぎゅっと握ってくる。

なので橇をもって丘を登ると、それぞれ前に小さい子を乗せて、後ろに大きい子……私や奏くんやカイくんが乗って雪を蹴って。

ざっと雪を跳ね飛ばしながら、橇が一気に丘を駆け下りる。

「ひゃー！　はやいー！　にぃに、はやーい！」

「おおお！　はや!?」

キャッキャ笑っていると、奏くんや紡くん、アンジェちゃんやカイくんの方からも歓声が上がる。

跳ね飛んだ雪が時々かかるのも楽しくて！

けらけらレグルスくんと笑いながら、雪の上に下りると、みんなも降りてきた。

ヤバい、橇遊び楽しすぎる。

スピードも出るし、前世の絶叫マシーンってこんな感じなのかな？

思わぬ速さにレグルスくんも驚いたようだけど、凄く笑ってる。

「にぃに、もう一回！」

「うん！　橇を上に上げなきゃね」

「おれらも上げよう、つむ！」

「うん、にぃちゃん！」

「アンジェちゃんは後ろ押してくれたらいいからな？」

「あい！」

良い子のお返事で小さい子達が橇の後ろを押してくれるから、私達年長組は橇の前を引く。

丘の上まで登ると、もう一度橇に座って丘を駆け下りて。

その度に皆の笑い声がお馬の運動場に響く。

こういう楽しげな声が、菊乃井の其処彼処で響くようになるのはどれくらいかかるかな？

そのためにも早いところ、色んなことに決着を付けなくては。

笑う奏くんや紡くん、カイくんやアンジェちゃんを見ていると、闘志が湧いてくる。

ぐっと手を握り締めると、そっとその手をレグルスくんの手が包んでくれた。

「にぃに？」

この子の事を思えば、父と事を構える気持ちが揺れる。

それでも、やらなくては菊乃井に明るい未来は訪れない。

それはレグルスくんの未来を暗いものにするのと同じことだ。

私が揺らいではいけない。

私が答えないでいることに何を感じたのか、そっとレグルスくんが抱き着いてくる。

その小さな身体を抱きしめ返した瞬間、レグルスくんのお腹が派手に鳴った。

「おやつ！　れー、おなかぺこぺこ！」

「そうだね、皆おやつにしようか？」

「じゃあ、ちょっと暖かいとこにいきましょうよ、若さま！」

「そうだな、さみぃもんな！」

「おやちゅ！」

「アンジェもおなかしゅいたー！」

そんな訳で橇遊びは一時中断、運動場から一番近いサンルームに向かう。

サンルームは寒さに弱いタラちゃんやござる丸のために、冬はいつでも暖かくしているから、中に入るとぽかぽかだ。

防寒具を脱いで衣服掛けにかけると、カイくんがバスケットの中から料理長が持たせてくれたおやつを取り出してテーブルに並べる。

するとアンジェちゃんが、ポットからコップにお茶を注いでくれて。

「アンジェ、メイドさんなので！」

「アンジェちゃん、ありがとう」

張り切るアンジェちゃんを、カイくんがフォローしてお茶とお菓子が全員に配られる。

一口お茶を飲むと、冷えた身体が仄かに暖かくなって来た。

ふうっと大きな息を吐くと、カイくんが「旨いな」とポツリと呟く。

「若さま……、ありがとうございます」

「うん？　なにが？　お菓子だったらまだあると思うから、ゲルダちゃんとご家族に持って帰る？」

「いいんですか!?　いや、じゃなくて。俺とゲルダを雇ってくれて。ああ、違う。なんか、それもあるんだけど……」

言いよどむカイくんに、奏くんが頷く。

「分かるよ、うん。なんか、言葉にうまく出来ないけど、カイの言いたいことはわかる」

カイくんと奏くんがお互い顔を見合わせてにかっとやんちゃに笑う。

「若さまはわかんないかもだけど、おれやカイは若さまに感謝してるんだ。だって若さまがいなかったら、おれは紡を守れる兄ちゃんになれなかったと思うんだ」

「俺も。ゲルダを守ってやれないとこだったと思う」

「そんなこと……」

ない、とは言えないのかもしれない。

私が菊乃井の現状に危機感を持った段階で、ぎりぎり間に合ったって言う状況だった。

それが、これ以上悪くなった段階だったらもうどうにもできなかったかもしれない。

私は躊躇ってはいけない。反省はしても後悔だけはしてはいけない。

守りたいものはレグルスくんと、家族や友達、大事な人達の笑顔と未来だ。

温かいお茶とお菓子に、私は改めて決意を固くした。

思ってたのと違う反応はテンパる

役所に母とレグルスくんの養子縁組と母の出家願い、平たく言ったら母の隠居の届け出を出してから三日、早速帝都から非公式の召喚状が来た。

それも宰相閣下のお名前で。

基本宰相閣下は貴族の家督相続なんかには関わらないんだけど、なにか怪しいものを感じたら非公式で出家願いを出した貴族やら、その家督相続をする跡継ぎやらを呼び出すらしい。

だけど今回はこっちから手回しして呼び出してもらったヤツだったり。

なんでかって言うと、どうせ父が煩く騒ぐのは目に見えてるし、それなら逆手に取ってこの時期の家督相続が私にとってどれだけ急で不本意かをアピールしようって作戦なのだ。

よくそんなことに宰相閣下が協力してくれたなと思ったら、なんとコーサラで私が大きな貸しを作った麒凰帝国の大貴族って、宰相閣下のことだったそうで。

「それだけじゃないよ。サン＝ジュスト君を菊乃井で受け入れられたでしょ？　あれでルマーニュには大分影響力を強められたらしいから」

「向こうの大貴族の、叩けば出る埃を掌握出来たんでしたっけ？」

「そういうこと。内政干渉出来る大義名分を得た訳だよ」

手紙を読んだヴィクトルさんが得意気に笑う。

ルマーニュは帝国建国から臣従してるようなもんなんだけど、その頃から隙あらば帝国の影響を撥ね付けようとする気風があって。

関係的にはルマーニュはかつての宗主国、帝国はその宗主国に反旗を翻す形で生まれた新興国だから、当然反発もあるだろう。

だけどここ数十年はちょっと事情が違って、どうもルマーニュは圧政が原因で一揆が各地で勃発してて、基がかなりがたついてるからか、帝国の動向に異様にピリついてるそうだ。

帝国が一揆の糸を引いていると思っているらしい。

何かと当て擦ってきて鬱陶しいことこの上なかったから、弱味を握ることが出来てかつ静かになったことに宰相閣下はご満足されているとか。

なのでその功労者たる私に、善きに計らってくれるそうだ。

「まあ、つまりお国にとって、君はとても使い勝手がいいと思われてるんですね」

「風評被害！」

「いやいや、中々の功臣ぶりですよ。将来を嘱望されるのも当たり前ですね」

「陰謀の匂いがします！」

「そりゃそうです。私達は乗っ取りを企てる一味なんですから」

「乗っ取りって……私は正統な家督相続人ですよ」

からからと笑うロマノフ先生に、唇を尖らせると、益々笑って先生は首を横に振る。

なんのこっちゃと思っていると、ラーラさんが呆れたように溜め息を吐いた。

「君のお父上が正月の皇宮パーティーで、ロートリンゲン公爵にそう訴えたんだよ」

「……あの人、頭は大丈夫ですかね？」

「さあ？　軍役から外されてないし、大丈夫なんじゃないの？」

勿論、ロートリンゲン閣下はそれを笑い飛ばしたそうで、これじゃ代替わりしても仕方ない的な空気がその場に流れたそうだ。

我が父ながら恥ずかしい。

先生方に無礼をお詫びすると、揃って「あれじゃしょうがないから手伝ってるって思われて丁度良い」と言って下さった。

帝国三英雄、信用度が半端ない。

兎も角、この召喚状は父にも届いているそうだ。

三日後、皇宮内の宰相執務室に来られたし。

そう、決戦は三日後だ。

となると、その前にレグルスくんときちんと話し合いをしないといけない訳で。

それを察してくれたようで、ヴィクトルさんがそっと私の肩を抱いてくれた。

憂鬱さに自然と唇が尖る。

「あーたん。僕やアリョーシャやラーラから、れーたんにお話ししようか？」

「いえ、これは私がやらないといけないことなので」

「そう。でも辛かったらいつでも代わるからね？」

「ありがとうございます……」

わさわさと頭を撫でてくれる手が大小二つ。大きい方はロマノフ先生で、小さい方はラーラさんだ。

戸惑わないと決めたじゃないか。

たとえこれが原因で、将来、私が見た大人のレグルスくんが私に剣を振り下ろす場面に繋がったって、父を引き摺り下ろして追放しなきゃ、菊乃井の今が危ういんだから。

一度目を瞑って、唇を噛む。

覚悟を決めて目を開くと、呼び鈴を鳴らしてロッテンマイヤーさんを呼んだ。

するとすぐにロッテンマイヤーさんが来てくれて。

「レグルスくんをここに呼んで来てもらえますか？」

「承知致しました」

ここっていうのは、最近私の書斎になりつつある祖母の書斎だ。

しばらく待っていると、レグルスくんを伴ったロッテンマイヤーさんが部屋に入ってくる。

それと同時に先生方には席をはずしてもらう。

ロッテンマイヤーさんは心配そうに私を見ていたけど、私が頷くと彼女も部屋から退出してくれた。

「いらっしゃい、レグルスくん」

「にぃに、どうしたの？」

呼ばれた理由が解らないレグルスくんは、こてんと首を傾げた。

きちんと父との離別を伝えようと思った決意が、レグルスくん本人を目にすると揺らいでしまう。

いや、でも、言わなきゃいけない。

それは他の誰でもなく私の口からでなくては。

ぐっと手を握って、私は口を開いた。

「三日後、帝都に行きます」

「ていと⁉　れーも⁉」

「勿論、レグルスくんも」

「またおしばい⁉　マリアおねえさんのコンサート⁉」

楽しげな想像にレグルスくんの目がキラキラと輝く。

嬉しそうなその姿に、私は緊張しながら話を進める。

「うぅん、今回はお芝居とかコンサートじゃないよ」

「ちがうの？」

「うん。そうじゃなくて今回は……」

一度言葉を切って深呼吸を一つ。

手汗が気持ち悪い。

「今回は父上に会いに行くんだ」

「え……」

すっとレグルスくんの顔から表情が抜け落ちる。

驚きすぎて上手く表情が出せなかったんだろう。

少し経てばきっと笑顔になるんだろうと思ってその時を待っていた。

しかし、レグルスくんは顔を思いっきり嫌そうにしかめてしまい。

「やだ」

「へ……？」

「やだ。れー、とうさまきらい！」

「ひぇ⁉」

結構な大声にびくっとすると、ぷくっとレグルスくんが頬を膨らませる。

なんで？　どういうこと？

「な、なな、なん、なんで⁉」

なんでー⁉

思いもよらない言葉にパニックを起こした私の声が、部屋に滅茶苦茶響く。

「れー、ていとなんかいかない！　とうさまとあいたくない！」

「で、でも、これが最後になっちゃうかも知れないんだよ⁉」

「やー！　とうさまなんかしらない！　れーはにぃにといっしょにいるの！」

「や、父上とはまた別々に暮らすけど⁉　いやいや、そうじゃなくて⁉」

どうなってんの、これー⁉

悲鳴を上げれば、レグルスくんがぷいっと怒ったようにそっぽを向いた。

おかあさんの昔語り

そうね、何から話しましょうか？

まずはアリョーシュカから？

アリョーシュカはね、小さな頃から好奇心が旺盛だったのよ。

エルフって生まれた時から魔素神経があって、物心がついたらすぐに魔術を使えるようになるの。

でも小さいうちは魔術の制御なんて難しいでしょ？

だから親は子どもが幼い間は、魔封じや防御用の結界を張ったりするものなんだけど。

アリョーシュカはねぇ……。

好奇心が強いって良いことだと思うのよ？

思うんだけど、家の結界が破れないからって里の結界を破っちゃって。

もう、あの時どれだけ族長から叱られたか。

だってこの子、謝らないのよ？

挙げ句の果てに「家の結界より甘かったんだもん。子どもに破られる方がどうかと思います」って。

まあ、ね？

私もね、ちょっと……多少……かなり……大分、そう思ったわよ？

なんで生まれて十年も経たない子どもに破られるような結界で、里が守れると思ってんのよって。

手抜きしてんじゃないわよ、族長め！

……なんて思わなくもなかったわ。

でも、それは大人の問題点で、里の結界を破ったこと自体は悪いことなのよ。

そういったらこの子、何て言ったと思う？

「お家で魔術を使っちゃダメとは言われてましたけど、里の結界を破っちゃダメとは言われてませんから」って言ったのよ！

屁理屈捏ねて！

もうね、昔からそうなのよ！

小さな頃から口から先に生まれてきたみたいな子だったの！

それだけじゃないわよ。

あれはいつだったかしらね、多分生まれて二十年は経ってない頃だったと思うのよ。

ん？

エルフの二十歳なんてアリスちゃんと同じくらいじゃないかしらね？

人間と違ってエルフは大人になるまで大分かかるのよ。

それでね。

ある日、泥んこになって帰ってきたと思ったら片手にベヒーモス、もう片手に半分に折れた剣を持って帰ってきたの。

そう、ベヒーモス。

知ってるでしょ、あの大きくて狂暴な野生の暴れ牛。

食べると美味しいんだけど、倒すにはそれなりの冒険者さんが結構な人数いるじゃない？

あれを引き摺って帰ってきたのよ！

大体、里にはアリョーシュカが壊したやつの代わりに、私が張った結界があるし、魔物から里を隠すような術も組み込んでたのに！

いったい何処でベヒーモスなんて……って思ったら、ご近所にある始祖エルフの遺跡だったのよ。

始祖エルフの遺跡は魔素の濃度が高くて、狂暴で強いモンスターが沢山出るの。

だから里では子どもに近付かないように言い含めるんだけど……。

そうよ。

そうなの。

この子ったら「あの遺跡で遊ぶなとは言われたけど、修行したり、研究のために入っちゃダメとは言われてませんし」って！

それで「はい」って突き出すのよ、そのベヒーモスと折れた剣を。

なんだろうって思うじゃない？

そしたら「ベヒーモスは修行の成果で、折れた剣は遺跡の最深部で見つけた昔の剣です。今と製法が違うような気がして持って帰ってきました。古代語で銘がないか調べます」って言うのよ。

その時悟ったわ。

ダメだこりゃって。

それでも一応、注意とかはしたのよ？

だけど、まあ、見たら解るわよね……。

それでね、我が子がそんなだと大概のことには動じなくなるんだけど、その暫く後にヴィーチェニカが、ね？

え？　ヴィーチェニカは大人しくなかったのかって？

たしかにアリョーシュカよりはヴィーチェニカの方が大人しかったわ。

それはもう、本当に良い子だったのよ。

お家の結界を家ごと木っ端微塵にぶっ飛ばしたくらい、里の結界を破ることに比べたら全然。

ええ、もう、なんてことないわよ。

それが族長の渾身の魔力で張られた結界で、家だってオリハルコンとか世界樹の建材で造られた超頑丈な家だったからって、気にすることなんて何もないわ。

でもまあ、それくらい出来る子なんだから早めに魔術を教えるじゃない？

それからが大変だったのよ。

なんだか、興味のあることには没頭するタイプだったみたいで、里の書架にある魔術の本を読み漁って教えてもないのに転移魔術とか使えるようになっちゃって。

そんなことこっちは知らないから、お願いされてはヴィーチェニカを連れて帝都に行ったり、ルマーニュ王国に行ったり、色々したの。

そしたら今度は転移魔術を使って、勝手にあっちふらふらこっちふらふらふらって出掛けるようになってしまって。

もう、あの時は本当に頭が痛かったわ。

ふらふら出歩いてたのが判った理由がねぇ？

いつだったかしらね、ヴィーチェニカが見たことのない箱を持って帰って来たのよ。

その箱を嬉しそうに開けたら、中には小さなピアノが入ってたの。

なんでも職人さんが出来たばかりのそれを、助けたお礼にくださったらしくて。

山賊に襲われてたのを、そこにヴィーチェニカがたまたま転移してきたお蔭で助かったんですって。

それからヴィーチェニカはピアノに夢中になっちゃって、飲まず食わず寝ずで三日間過ごして、寝込んじゃったのよね。

もうねぇ、実子と甥っ子がこんな調子でしょう?

だからもう、何が起こっても動じない。

本当にそう思ったわ。

だけど、子どもって大人の斜め上を軽々と行くものよね。

アリョーシュカもヴィーチェニカも大きくなって、大分手がかからなくなったなと思った頃に、ラルーシュカが生まれたの。

まあ、それは可愛い可愛い赤ちゃんだったわ。

アリョーシュカもヴィーチェニカも大喜びで、二人して「ラーラのご飯になるもの獲ってくるね」って、ベヒーモスやらワイバーンやらを狩ってきては、妹に食べさせてたくらいで。

ほら、赤ちゃんのご飯はミルクでしょ?

ミルクはお母さんの胸から出るものだから、妹に栄養のある美味しいものを食べさせたら、ラルーシュカにも栄養があって美味しいミルクを飲ませてあげられると思ったみたい。

ええ、そうでしょう？

二人とも優しいお兄ちゃんなのよ。

アリョーシュカは私にはあんまり優しくないんだけど、ヴィーチェニカやラルーシュカには優しいのよねぇ。

本当に自分より小さい子が好きなんだから……。

ああ、話がそれちゃったわね。

ラルーシュカもお家に張った結界を破っちゃったけど、それが……。

ひのきの棒を魔術で強化して、こう……勢いよく振り回してばしっと。

私も長いこと生きてるけど、ひのきの棒で結界を破っちゃった子なんて初めてみたわ。

ええ、そう、そうなのよ。

私も三人目になったら魔術で結界をやぶるなんて、あるあるよね〜って思ってたわ。

思ってたけど……思ってたのと何だか違うのよ。

なんで物理なの……？

え、違うんじゃない？

そこは魔術で家ごと結界をぶっ飛ばすところよね？

本当に本当にそう思ったわ。

でもラルーシュカは全部物理だったわ。

魔術が使えないって訳じゃないのに、何故か物理。

良くない魔術師がエルフの郷に攻撃を仕掛けてきた事があるんだけど、そいつが周りに張った結界を投石で破った時なんて、相手が可哀想なくらいだったわ。

でね、生まれた歳も近いし、何より親戚だったから、自然と三人で一緒に遊んでたのよ。

そしたらある日よ。

三人と歳の近い、ご近所の子のお母さんがうちに怒鳴り込んで来てね。

ご近所の子は怪我をしてて、もしかして三人のうちの誰かと喧嘩して怪我をしたのかと思って、そのお母さんのお話を聞いたら、もう！

あら、あれは別に三人の落ち度なんて思ってないわよ。

だって、出来ないことを真似する方が悪いんだもの。

第一、親御さんから「危ないことはしちゃダメ」って教えられてたでしょうに。

それでもしちゃったのは、お家での教育の問題よ。

私や妹達が貴方達を叱ったのは、親の言うことを聞かずに危ないことをしたってだけだったでしょ？

ああ、ごめんなさいね。

話の続きだったわね。

ご近所の子の怪我の原因はね、モンスター牛に乗ってロデオをしようとして、振り払われて落っこちた所を踏み殺されそうになったからよ。

それだって大事に至る前に、ご近所の狩人さんがモンスター牛を狩って助けてもらった訳だけど。

えぇっと、あの牛は……名前が……たしか、あっちゃんのお祖母様の稀世ちゃんが教えてくれたんだけど、菊乃井で飼育されてる体毛がモップみたいにモフモフの牛に似たので……思い出せないわ。

兎に角、その牛の背中に乗ってロデオをしようとしてたんですって。

普通の牛でも危ないのに、なんでモンスター牛なんか……って聞いたら、その子「ラーラがやってたから」って言ったそうなの。

でもラルーシュカがロデオしたって、その子が真似する必要なんてどこにもないでしょ？

やりたいからやった癖に、怪我したら人のせいってなんなのよ。

そう言って追い返してやったわ。

それにいくらラルーシュカが「物理」な子でも、まさかそんな事出来る筈ないって思ったし。

だってその牛、エルフの大人だって倒すのにてこずるのよ？

でも目撃者がいる訳だしってことで、一応見に行ったの。

そしたら……！

跳ねる牛の首辺りにラルーシュカがちょんって座ってるのよ！

それだけでも気絶しそうなのに、アリョーシュカやヴィーチェニカが「新記録達成ですよ！」とか「がんばれー！」とか応援してるんだから！

私ね、躾でも手を上げるってどうかと思うほうなんだけど、流石にこれはお尻百叩きの刑だったわ……。

あら、どうしたの？

三人ともおめめが死んだお魚みたいよ？

死屍累々？

死屍累々なのは三人の所業のせいだから放っておいて大丈夫よ。

ええ、子どもの頃のオイタなんて、大人になって聞かされたら恥ずかしいでしょうね。

お母さん、幼少期の恥は掻き捨てになんかしてやりませんからね！

……こんな三人が帝都に出てきて、冒険者になるって言い出した時、本当に心配したわ。

だって三人とも若くて、向こう見ずで、怖いもの知らずで……。

こっちの心配なんて何のそので、危ない場所にでも突っ込んで行くんですもの。

アリョーシュカもヴィーチェニカもラルーシュカも帝国認定英雄になった時、それぞれ本当に無茶苦茶なことをやったと思うわ。

そうしなければ守れないものがあったから、それに関しては誉めてもいいかなって思うところもあるの。

歳を経て落ち着いた今でも、守るもののためなら、無茶苦茶も無理も承知で頑張るんだろうなって思うし。

同時に向こう見ずも怖いもの知らずも、今のこの子達には無縁だとも感じるわ。

どうしてかって？

そうね、それは……あっちゃんやれーちゃんに考えてほしいかな？

アリョーシュカやヴィーチェニカ、ラルーシュカも、昔の私や両親が口煩かった理由が今頃身に沁みたみたいだし？
ねぇ？

だれがちょうちょをころしたの?

明晰夢というのは、夢を見ているのだと解る夢のことを指すらしい。

私はあまり夢を見ない方だけど、たまに見れば夢だと解る夢を見る。

今夜もそうなんだろう。

壁に張られた菊の壁紙はいつも見ているものより、なんだかくすんでいる。

部屋に置かれた大きな姿見の前には、ぽつんと白い豚がいた。

手足は太くて短くて、胴体はぶよぶよ。

目なんて開けてる筈なのに、顔についた脂肪に圧迫されて埋もれて、なんて不格好なんだろう。

私だった。

今より小さくて、不格好で、惨めな。

うごうごと蠢く肉塊を見ていると、すっとその中に吸い込まれる感覚があって、そっと私は目を閉じた。

この頃の私は何を思って生きていたんだったか。

毎日毎日、ただただ寒くて。

時々肩や頭が痛くて、でもそれを伝える術を持たなかった気がする。

だって上手く話せなくて。

ロッテンマイヤーさんは傍にいてくれたはずなんだけど、今よりも近くにはこなかった……ような？

使用人だからしかたない。

お祖母さまの本に、しょうにんはそういうものってかいてあった。

だからしかたないんだ。

わたしはひとりでもしかたないんだ。


ぱっとめをあけると、かがみにぶよぶよのおにくがうつって、わたしはそっとおなかのそれをつまんでみた。

あまいものをたべたり、すきなものをおなかがいたくなるほどたべたりしたとき。

すうすうとさむいむねが、すこしだけあたたかくなった。

でもそれだってながくはつづかなくて、ひろいいえでぽつんとひとりでいると、すぐにむねがすうすうしてくる。

だからロッテンマイヤーにあまいものや、あまくしたミルクをもってこさせるけど、それもすぐになくなっちゃう。

そしたらまたさむくて。

おなかがすいているわけじゃないけれど、なにかしらたべていたらあたたかい。

そんなじょうたいを、なくなったおばあさまのへやにあるほんに「ひもじい」とかいてあった。

だからってたべたいだけごはんをたべたり、あまいものをたべたりするのは「あさましい」とか「はじしらず」とかいうのだそうだ。

まるで「ぶた」みたい。

へやのかがみでじぶんをみると、てあしがみじかくて、どうたいはぶよぶよで、ぜんたいてきにまるい。

ぶたがいる。

でもわたしは「ぶた」じゃなくてにんげん。

ぶたならたべることもできるけど、にんげんの「ぶた」はなんのやくにもたたない。

そうか。

わたしはやっときがついた。

わたしにははうえやちちうえがあいにきてくれないのは、わたしがぶたで、にんげんのぶたはなんのやくにもたたないから。

なんのやくにもたたないものを、ひとは「ごみ」とよぶ。

おやしきのごみはメイドがきれいにしてすてにいくけど、にんげんのごみはどうやってすてるんだろう？

とことことわたしはあるきだす。

このいえのごみすてばってどこかな？

おにわかな？

かいだんをゆっくりとおりる。

だれもいない。

きれいなじゅうたんのもようは、だれがどんなふうにつくるんだろう？

……ちがう、わたしがさがしているのはごみすてば。

てくてくあるくと、そのうちげんかんにでて、そとのもんにつづくみちがみえる。

げんかんからそとにでてはだめ。

ロッテンマイヤーもほかのメイドもみんなそういう。

モンスターがでるかもしれないからって。

だからげんかんとはぎゃくむきにあるく。

おやしきのうらにはきれいなにわがあって、げんぞうがととのえてる。

でもげんぞうはおとしよりだから、こしがいたいらしくて、こしをまげられないからか、ひくいいちにあるはなにみずをやれずにからしそうになっていたりする。

しかたないから、わたしがかわりにみずをやる。

はなにとってみずは、わたしのミルクみたいなものらしいって、おばあさまのほんでみた。

ひもじいのはつらい。

かわいそうだから、みずをやる。

じょうろをもってきて、はなにみずをやって、わたしはまたごみすてばをさがす。

ぽてぽてとあるいていると、うまごやがみえてきた。

なかからひょっこり、やせぎすのポニーがかおをだす。

メスのポニーだから「ポニこ」ってつけた。

ヨーゼフがかってきたポニーだけど、ヨーゼフはほんとうはおとなのうまをかうようにいわれていたらしい。

でもポニこはいじめられていて、ごはんをたべさせてもらえてなかったからやせぎすで、かわいそうだったとヨーゼフはないてた。

わたしはしってる。

ひもじいのはつらいんだ。

だからふとるほどごはんをたべさせていいっていいったのに、ポニこはなかなかたべなくてまだふとらない。

まあ、そのうちふとるよ。

わたしもむかしはちいさかったもの。

ポニこはわたしをちょっとみてしっぽをふると、またうまごやにはいっていった。

ちらちらと、おそらからしろくてつめたいものがふってきたからだ。

これはゆき。

ふゆになるとふってきて、へいみんをこまらせる。

わたしはきぞくだからこまらないけど、やしきのしようにんはへいみんだから、あたたかいふくやてぶくろがないからこまっている。

さむいといろいろいたくなるからだ。

でもわたしはなつでもさむいし、いろいろいたい。

ロッテンマイヤーやメイドにそういっても、わかってくれないんだ。

だけど、それもなぜかわかった。

わたしはにんげんじゃなくて、ぶただからにんげんのことばをはなしているつもりで、「ぶひぶひ」わめいているだけだったからだ。

わたしだってぶたのことばなんかわかんないし、ぶたのわたしがわからないことを、にんげんのロッテンマイヤーやメイドにわかるわけない。

そうか。

それならなっとくだ。

どてどてとさらに、にわをあるく。

うえこみのさきにはおくにわがあって、はるになるとのばらがさく。

げんぞうが、あそこだけはこしがいたくてもがんばってたんせいしている。

だってあそこはおばあさまのにわだから。

いまはわたしのにわだけど。

あるいているうちに、いきがきれてきた。

てのさきがまっかになって、つめたくていたい。

あしのさきっちょも、つめたいしいたくなってきた。

うちのごみすてばは、どこにあるんだろう？

おくにわにはそんなものはないから、こんどはかってぐちのほうにあるく。

かってぐちはちゅうぼうにつながっていて、よくりょうりちょうがきゅうけいしている。

でもふだんはあんまりちかづかない。

わたしがひもじくてぶひぶひおおきなこえでなくと、りょうりちょうがびくっとするからだ。

りょうりちょうはおおきなこえがきらい。

でもわたしはひもじいと、がまんできなくなって、どうしてもどなってしまう。

そんなわたしに、りょうりちょうはすごくびくびくする。

そのすがたをみると、すごくわるいことをしているようにおもう。

だからがんばってがまんしようとおもうのに、やっぱりひもじいとどなってしまうのだ。

でもそれもなんでかわかった。

わたしはぶたで、にんげんじゃないから、りせいというものがないからだ。

おばあさまのほんにかいてあった。

にんげんにはりせいがある。

どうぶつにはりせいがない。

にんげんはりせいがあるから、がまんができる。

どうぶつにはりせいがないから、がまんができない。

わたしはぶたで、どうぶつだから、がまんができなかったのだ。

りょうりちょうも、ぶたのあいてはさぞこまっただろう。

わたしはちゅうぼうにはちかづかず、ひきかえす。

ちゅうぼうはりょうりをつくるから、つねにせいけつでなければいけない。

そんなところのちかくには、ごみすてばなんてきっとないだろう。

だけど、それならごみすてばはどこにあるんだろう？

いろいろみてまわったけど、それらしいところがない。

こまったぞ。

これだと、ごみがすてられない。

そういえばと、ふと、おばあさまのほんをおもいだす。

はなにはみずいがいにも、ようぶんがひつようなんだそうだ。

そのようぶんは、つちになまごみをまぜてくさらせてつくることがあるらしい。

わたしはとてもいいことをおもいついた。

うれしくなってスキップをするけれど、おなかがじゃまでなんだかどすどすしてしまう。

でもそれもきにならないくらい、わたしはいいことをおもいついたのだ。

いそいでおくにわにむかう。

はやくしないと、きくのいはたくさんゆきがふるから、じめんがゆきでうまってしまう。

ぼてんぼてんとはしっておくにわにいくと、つくころにはいきがはあはあしてしまった。

ちょうどいいから、のばらのいけがきのねもとにこしをおろす。

わたしはいいことにきがついたのだ。

わたしはぶたでごみだけど、いきているからなまごみで。

はなのようぶんは、つちとなまごみをまぜてつくる。

それならのばらのねもとにわたしをすてておいたら、いつかくさって、つちとまじって、そのようぶんで、のばらがきれいにさくはずだ。

じまんじゃないけど、わたしはぶただし、えいようはたっぷり。

ようぶんをたくさんすったはなは、きれいなはながさくってげんぞうもいってたし。

はるになって、わたしをようぶんにしたのばらが、きれいなはなをつけたなら。

ロッテンマイヤーもメイドも、ヨーゼフもポニこも、げんぞうもりょうりちょうも、みんなよろこんでくれるかな？

ははうえやちちうえも、ほめてくれる？

かたやあたまにゆきがつもる。

さむくてさむくて、あしやゆびもつめたいのに、なんだかあたまはがんがんしてあつくなってきた。

わたしはそっとめをとじた。

ねがわくは、はなのしたにて春しなん

そのきさらぎの、もちづきのころ

これ、なんだっけ？

…………西行法師の辞世の句だ。

閉じていた目を開ければ、野ばらの生垣が歪んで消えて、炎が揺らめく祖母の書斎の景色に変わった。

玉座のような椅子にかけて、一人静かに笑う。

目の前には金髪で空に溶けそうな青い目、褐色の肌の青年がいた。

また未来の光景だ。

だって炎がカーテンを焼くのに、ちっとも熱くない。

憎いと雄弁に語る忌々しげな目は、初めてあった時に父が私に向けたものにそっくりだ。

身体つきも凛々しく大きくなって、今のひよこちゃんから良く育ったなと思う。

頭を撫でると凄く喜ぶんだけど、この頃はやっぱり嫌になってるかな？

じわじわと剣を持って青年が近付いてくる。

レグルスくん、抱っこも好きなんだよね。

だからって訳ではないけど、なんとなく招くように腕を広げると、青年は片手に持った剣を掲げた。

奴等のためになんか、死ぬ気はない。

私が死ぬのは野ばらの下でなく、炎の中だ。

君のためなら。

私はゆっくりと目を閉じて――


「にぃに！」

「――ッ⁉」

高く幼い声が響く。

はっとして目を開けると、そこにはにぱっと笑うレグルスくんのドアップ。

びっくりして口から飛び出そうな心臓を宥めていると、レグルスくんがきゃっきゃ笑いながら頬を擦り付けてきた。

「にぃに、おはよーございます！」

「はい、おはようございます……って、どうしたの？」

「んー、おきたらさむかったの！　だっこして！」

ぐりぐりと頭を胸に擦り付けてくる仕草も可愛くて、ついついぎゅっと抱き締めると、そのままの勢いで起きたはずのベッドにまた沈む。

そして被っていた布団を開けてやると、レグルスくんがいそいそと中に潜り込んできた。

たしかに小さな手足が少し冷えていて、冷たく感じる。

「あったかいねぇ」

「そうだねぇ」

ふわふわと揺れる金髪が、ひよこの冬毛のよう。

撫で付ければ、レグルスくんがくすぐったそうに身を捩る。

いつまでこうやっていられるんだろう？

目を細めてふわふわな髪の感触を楽しんでいると、ふいにレグルスくんが真面目な顔をした。

「にぃに、きょう、ていとにいくの？」

「うん。母上に言わなきゃいけないことがあるからね」

「あのね、れー、いいこにしてるから、はやくかえってきてね？」

「うん、なるべく早く戻るよ」

今日は母とセバスチャンに引導を渡す日だ。

これから菊乃井は大きくなる。

そのために、まずは母を。

次いで父をここで捻り潰さなくては。

花を育てるのに、寄生虫と雑草の駆除は基礎中の基礎だ。

特に大輪の花を咲かせるのには、その足元に数多の雑草と虫の死骸が堆《うずたか》く積まれるもの。

奴等の死骸を養分に、菊乃井は大きく育つのだ。

うっそりと笑う私の頬を、レグルスくんの小さな手が包む。

「にぃに、れーはにぃにがだいすきだよ！」

「うん。私もレグルスくんが大好き」

だから全部、君にあげる。

私の持っているもの、全てを君に。

ぎゅっぎゅ抱きついてくるレグルスくんの肩越しに、菊の描かれた壁紙が見える。

そういえば、前世では菊の花は弔いに使われる花だった。

菊乃井が大輪の菊花に育てば、野ばらの下でその花を美しく咲かせる養分にもなれず、蝶として羽ばたくことすらなく、何者にもなれずに惨めに死んだ豚への弔い花にはなるだろうか……。

ぽいしたってひろっていくの

気がつくと、れーはお庭にいました。

いつもひめさまがいる、れーとにぃにのひみつきちです。

でも、れーはさっきまでお部屋のベッドでにぃににお歌を歌ってもらっていたのです。

れーは毎日おやすみの前には、にぃににお歌をうたってもらっています。

なのに、なんでれーはお庭にいるのでしょう?

よく解りません。

それに灰色のお空から、ちらちらと雪がたくさんふっています。

雪がふるなら、冬です。

ひめさまは冬の間はお空に帰ってしまうので、お庭のひみつきちにはいないはず。

どうして、れーはここにいるのでしょう?

うーんと首をひねってお庭の奥に行くと、夏の間はいつも咲いてる野ばらのかべが見えます。

冬だからお花はさいてません。

その野ばらのかべにちかづくと、ねっこに誰かが座っています。

頭や肩に雪がこんもりとつもっていました。

雪というのは、見ているだけなら解らないけど、触ると冷たいのです。

そんなのが頭や肩に積もったら寒いです。

れーは思わず走って近づきます。

まるまってるその人は、れーの大好きなにぃにだったから。

たとえそのひとが、あったばかりの時のにぃによりぽよぽよしていても、背が小さくても、着ている服が違っても、れーがにぃにを見まちがう筈がないのです。

「にぃに！」

れーは急いでにぃにの頭や肩につもった雪を、手でぱっぱとはらいました。

でもまるまって座っているにぃには、ねんねしてるのか、ちっともおめめを開けてくれません。

「にぃに……？」

れーは悲しくなりました。

どうしてにぃにはひとりでこんな寒いところで座ってるんだろう？

どうして、おめめを開けてれーを見てくれないのでしょう？

それになにより、にぃにのからだがとても冷たいのです。

れーはこの冷たさを知っています。

虹の橋をかあさまが渡っていく時に、お別れのキスをしたほっぺが同じくらい冷たかったのです。

れーは怖くなりました。

にぃにがこのままじゃ、いなくなってしまうかもしれない。

誰か助けてくれる大人のひとを呼びに行った方がいいのかも。

でもそうやってはなれた間に、にぃにがいなくなってしまったら？

そう思うと怖くて怖くて、れーはぎゅっとにぃにに抱きつきました。

にぃにはいつも「レグルスくんはあったかいねぇ」って言ってくれます。

だからこうやってひっついていたら、にぃにをあたたかくできるかもしれない。

ぎゅうぎゅうと、れーはにぃにに自分をおしつけます。

すると、ぽんぽんと誰かがれーの肩を叩きました。

誰だろう？

振り返ると、そこには笑顔のにぃに――

「……じゃない。にてません！　だれ!?　だれでもいいけどやりなおし！」

「あ、はい。すいません。私は野ばらの精霊さんです。ひっくい声でましたね、びっくりです」

振り返ると、お顔も声もにぃににそっくりだけど、ちっとも似てない野ばらのせーれーさんとかいうお名前のひとが立っていました。

この人がなんのためにそんなことしているかはわかりませんが、とにかくにぃにのまねっこなのはまるっとオミトオシです。

かながいうには、れーはだいだいのことはこまけぇことはいいんだよって感じらしいですが、にぃにのことはちがいます。

れー、まちがえないので。

れー、にぃにのことはまちがえないので。

「ああ、うん。そうなんだね……。でもちょっとだけこの姿借りさせてね？」

「なんでー？」

「お話が進まないので」

「わかったー！　にぃにのおかおだけど、ぜんぜんにてないし、ちょっとぷんぷんだけど！　ちょっとぷんぷんだけど！」

「おぉう、なんかごめんね……！」

手を挙げて「はい！」とお約束すると、野ばらのせーれーさんはへにょっとまゆげを下げて、にぃにっぽく笑います。

でもれーはそれどころじゃありません。

まんまるく座ったにぃにがあたたかくならないので、お背中をさすさすします。

それを見た野ばらのせーれーさんが、首をかしげました。

「ねぇ、レグルスくん。そのお兄さん、必要？」

「……ひつようって、なに？」

「だってさ、そのまんまるなお兄さん、お兄さん自身がここに棄てて行ったんだよ？」

意味が解らなくて聞き返すと、野ばらのせーれーさんは何だかヤな感じに笑います。

にぃにがにぃにをすてるってなに？

どういうこと？

ますます意味が解らなくて、れーが首をひねると、せーれーさんはまんまるなにぃにを指差しました。

「そのお兄さんはね、レグルスくんのお兄さんが今のお兄さんになるために、ここに棄てていったの。要らないんだって」

「……」

「でもね、私はこうやってお兄さんの姿を借りるくらいにはお兄さんのことを気に入ってるの。だから、要らないならもらっちゃおうかなって」

にこにこと笑っているのに、にぃにのお顔なのに、目の前のせーれーさんはちっともにぃにじゃありません。

それどころか、れーはちょっと、だいぶん、かなり、ぷんぷんです。

「あ？」

「ちょ、ひっく⁉　どこからその低くて濁った声出したの⁉」

「おながのぞごでずが、なにが？」

「お、お腹からそんなの出るの⁉」

「でまずげど、なにが？」

「こわっ⁉」

この野ばらのせーれーさん、とっても失礼です。

にぃになら、れーがどれだけご機嫌悪い声を出しても「可愛いねぇ」って言ってくれるのに。

でも、れーはにぃにと一緒だといつもニコニコなので、そんな声は出しません。

ぶうっと膨れると、野ばらのせーれーさんはまたへにょっとまゆげを下げて笑います。

それから野ばらのせーれーさんは、ぽりぽりとほっぺをかきました。

「えぇっと、今の感じだともらっちゃダメってこと？」

「あげません」

「なんで？　お兄さんが自分で棄てて行ったんだよ？」

「にぃにがぽいってしたのと、れーがにぃにをいらないっていうのはちがうもん」

どうしてにぃにがにぃにをぽいしたのか、れーには解りません。

解りませんが、れーはにぃにがすきなのです。

とってもとってもすきなのです。

にぃにがぽいしたにぃにも、すごくすごく大切なのです。

「にぃにがいらなくても、れーはにぃになら、にぃにがぽいしたにぃにでもすきだもん」

だからあげられないのです。

れーがそう言うと、野ばらのせーれーさんは静かに頷きました。

「レグルスくんは、本当にお兄さんが好きなんだねぇ」

「うん、だいすき！」

ぎゅうっとまんまるなにぃにに抱きつきます。

冷たかったにぃにが段々とあったかくなってきました。

うれしくなって、れーはぐりぐりとほっぺたをにぃにのあたまにおしつけます。

すると野ばらのせーれーさんが、少しだけにぃに似た優しい顔で笑いました。

「実はね、私もレグルスくんのお兄さんが好きなんだ」

「そうなの？」

「うん。枯れそうなお花に水をやったり、芋虫が葉っぱを食い荒らしていたら芋虫を怖がりながら退けてくれたり……。優しくしてくれたんだよ」

「うん、にぃにはやさしいよ！　れーにも、いっぱいいっぱいやさしい！」

さわさわとにぃにのほっぺたをさわると、ぽよぽよして柔らかいです。

にぃには背が高くてお腹はつるぺたでかっこいいけど、まんまるなにぃにも、れーはやっぱりだいすきで。

にぃにのお手々やお背中をもちもちすると、すごくすごく安心します。

「じゃあね、そのお兄さんレグルスくんにあげる」

「あ？」

「ひぃ⁉　なに⁉　なんでまた怖い声なの⁉」

「にぃにはれーのにぃになので！　とうぜん、れーのにぃになので！」

「あ、はい。ごめんなさい、そのお兄さんもレグルスくんのお兄さんです」

野ばらのせーれーさんは、静かに「大事にしてね？」と言いました。

とうぜんです。

にぃにはれーがまもるのです。

けんじゅつもまじゅつも、そのためにならっているんです。

このまんまるにぃにも、お腹つるぺたにぃにも、みんなれーがまもるのです。

れーがそう言うと、野ばらのせーれーさんが泣きそうなお顔になりました。

それからくしゃくしゃとれーの髪を撫でてくれて。

「もう、お目覚めの時間だよ」

「ふぇ⁉」

野ばらのせーれーさんが「またね」と手を振りました。


ぱちん。

「にぃに⁉」

シャボン玉がはじけるような音がすると、れーはベッドから飛び起きていました。

カーテンの隙間からぴかぴかと、太陽の光がお部屋に射しています。

どうやら朝のようです。

なんだか不思議な夢を見たみたい。

ぼんやりする頭に、冬の寒い空気が触れてぶるりと震えます。

寒い。

そう思った瞬間、れーはお部屋から走り出していました。

そしてにぃにのお部屋に飛び込みます。

「にぃに！」

ベッドににぃにはいましたが、起きたばっかりなのかちょっとぼうっとしています。

「にぃに、おはよーございます！」

「はい、おはようございます……って、どうしたの？」

「んー、おきたらさむかったの！　だっこして！」

れーには、にぃにがまんまるにぃにをぽいしたりゆうはわかりません。

だけどれーを抱っこしてくれるにぃにも、まんまるにぃにも、にぃにはにぃに。

どっちのにぃにも、れーのだいすきなにぃになのです。

まんまるにぃにをにぃにのことがだいすきな野ばらのせーれーさんからもらったことを、れーはにぃにいつかお話したいなと思いました。

あとがき

この度は「白豚貴族ですが前世の記憶が生えたのでひよこな弟育てますV」略して「しろひよV」をお手に取っていただき、ありがとうございます。

お久しぶりでございます。毎度お馴染み、名状しがたい何かなやしろです。


五巻でございます。

とうとうやってきました、リベンジ一幕目！　菊乃井母と蛇従僕・セバスチャン！

一巻の頃はこの二人と父親に邪険にされて泣いてた鳳蝶がついに、です。いとエモし。

さて、菊乃井母ですが、作中最後まで名前が出てきませんでしたね。これは二人の確執の深さの象徴だったんですが、設定的には名前があります。

その名も「菊乃井 琴《こと》」です。

これはセバスチャンとの関係性の元ネタから取りまして。

実はこの二人は「春琴抄（谷崎潤一郎著）」からインスピレーションを受けております。

「春琴抄」の内容に関してはここで触れるより読んでいただいた方がいいと思うので触

れませんが、登場人物「春琴」の本名が「琴」なのです。

そして「佐吉」がセバスチャン。

作中で二人の歪な関係に少しだけ触れましたが、あれも世界の多様性の一端だと思っています。

そしてやっと「白豚貴族」の「白豚」たる所以を回収できた話でもあります。

姿がどんなに変わっても、鳳蝶の中にはぬぐい切れない自己嫌悪が根付いています。

レグルスは弟分と妹分が出来て、少し兄貴風をぴーぷー吹かせるようになりました。

二人がこれからどんな風に己の内面を成長させていくかが、今後の物語の核になっていきます。

優しい世界を目指して歩く兄弟に、今後ともお付き合いいただけましたら幸いです。

謝辞

この度は「白豚貴族ですが前世の記憶が生えたのでひよこな弟育てますV」をお手に取っていただき、ありがとうございます。

コロナ禍の中、まだまだ困難な時節ですが、皆様のお陰をもちまして、無事に五巻が刊行されました。


表紙・挿し絵を引き続きご担当いただいておりますkeepout様。

毎回ラフから見せていただくんですが、なんかもう可愛すぎて心臓ヤバいです。

奇声をPC前で発しているのがデフォルトになってきております。


コミカライズをご担当くださるよこわけ様。

四巻の時は鳳蝶の頬っぺたにときめいていましたが、今はレグルスの甘えん坊な表情に動悸が激しくなりなります。とにかく可愛いです。


担当の扶川様。

毎度挿絵の場面チョイスが萌え場面過ぎて、なんでこんなに的確に把握されてるんだろう……とPC前で小一時間くらい考えてしまいました。何故なんですか？（笑）。


その他、沢山の方々がいろんな形で支えてくださって「しろひよ」は出来ております。

いただきました様々なご縁に感謝し、関わってくださった方々や読者の皆様のご健勝とご多幸をお祈りいたします。

本当にありがとうございました。

コミカライズ第六話前半

白豚貴族ですが前世の記憶が生えたのでひよこな弟育てます@comic

shirobuta kizokudesuga zensenokiokugahaetanode hiyokonaotouto sodatemasu@comic

漫画 よこわけ

原作 やしろ

キャラクター原案 keepout

第6話

ばーんしゅたいんけの
れぐるす　です
よろしく
おねがいしますっ

ペコーー
えーっと
菊乃井・レグルス・バーンシュタイン
……ですね
このひよこがそなたの弟か
はい
細い金髪がふわふわ揺れて本当にひよこみたいなんだよな〜〜〜
なごむ〜
キリリッ
これから私が弟の教育係を務めることになりました
同席を許してくださってありがとうございます
よいよいおもしろそうだからの
では…
ゴソゴソ…

ふわっ
ここに座って待っていてね
はい！
……
さて姫君今日は何を歌いましょう
そうよのう……
そなた鞄に何を入れておる？
鞄にですか？

ハサミと
ハンカチ
手製の折り紙と
懐紙《かいし》……
特におかしなものを入れた覚えはないんだけど……
ほれそれじゃ！
鳥のような形の
折り鶴ですか？
折り鶴！

こっちには
折り紙がなかったから
普通の紙を
正方形に切って
作っただけなんだけど
チョキ チョキ
紙は貴族なら
手に入るものだったので
レグルスくんの
知育玩具として
どうかな～って
お試しで
やってみたんだよね
こんなに
食いつかれるとは
本当に紙だけで
作っておるのかえ？
はい
ほう…
まじ
まじ
作り方
ご覧になります？

はい
出来上がりです！
お…
おお〜〜〜
…

四角の紙から こんな形に…
なんと見事な
しゅごい！
ふたりとも なんだか かわいい…
よし
これは妾《わらわ》が もらっておいてやろう
えっっ
なんじゃ？
ムム…
いえ ただの紙で 作ったものですし
もっと綺麗な 紙があれば いいんですけど…

綺麗な紙とはどんなものじゃ？
ええっと こう 姫様がお召しの着物の模様とか
花の模様がついたのとか…ですかね
よかろう 2～3日待っておれ！
パッ
え??
………
……今日のお歌は…？
……お屋敷に戻ろっか
あい！

♪あ・る・こー
あ・る・こー
ふふふふん
ふんふーーん
私たちがこうやってお散歩してる間
宇都宮さんはロッテンマイヤーさんから菊乃井家の使用人としての教育を受けているらしい
それが終わったあとも洗濯や掃除をやるそうなので
レグルスくんは私と一緒に
屋敷の皆さんのお仕事を学ばせてもらうことにした
まあ1日のスケジュールは大体こんな感じ
朝 散歩、歌 屋敷の仕事
昼 先生に教わったことをくんに教える
シュミの時間 昼寝
夜 ロマノフ先生の授業
というわけで

お世話になります
料理長
あいよ
いらっしゃい
じーー…
おせわに…
なります
わぐるすです
ペコ
はい
ご挨拶できましたね

弟です よろしく
ああ… お話はかねがね
――さて 今日は新メニューの開発…
若様のリクエストは「甘くないプリン」でしたかね
はい
「甘くないプリン」…
つまり茶碗蒸しです！ はい！
キラリーン
この世界の文化レベルは不思議だ
魔石を使ったコンロやオーブン冷蔵庫まであって
野菜も果物も前世の世界と変わらないくらい豊富にあるのに
料理がやたら少なくて
あとプリンがあるのに茶碗蒸しがないとか
クレープはあるのにミルクレープはないとか
発展型がないというのだろうか とにかく不思議なのだ

そんなわけで
ドーンッ
お勉強させて
もらいつつ
記憶にある料理を
不自然にならないように
開発しているのだった
若様もまた
変わったことを
考えつきますなあ
だって
卵って塩かけて
食べてもおいしいじゃ
ないですか
まあ確かに
んでも
プリンに塩は
ないでしょう
…ない
のは
甘いから
ですよね…？
ははっ
甘くないプリンは
プリンじゃないですよ
うむ
そのとおり
さて
どう自然に
茶碗蒸しに
持っていこう

料理長
卵の料理法といえばどんなものがあるんでしょう
基本は茹でる焼くでしょうな
玉子焼きオムレツゆで卵
ポーチドエッグなんかもありますな
ゆで卵といえばこの世界は固ゆで
でもポーチドエッグがあるんだから半熟の概念がないわけではない――…
私
ポーチドエッグの半分生みたいなの好きです
そうですか
なら明日の朝はポーチドエッグをお出ししましょうかね
……そういや温泉卵もなかったな
ありがとうございます！
ヤッフゥウ～
明日は半じゅくたまご～～っっ
わーい！言ってみるもんだ～！

……じゃなくて
コホン
ゆで卵は塩で食べてますよね
ポーチドエッグはベーコンにつけたりサラダにつけたり…
そうですね
卵料理には塩以外は合いそうにないから…
ですか?
いやいやそんなことはないかと
現にプリンは砂糖使ってますしね
……
………ふむ

「雑草は駆除します」
当主の座を巡り最終局面へ！
大人気・幼い兄弟の
領地経営ファンタジー第6巻！
第1回
人気キャラクター
投票開催中！
投票締切：2021年10月25日まで！
第6巻の巻末にて結果発表！
▼投票はコチラから▼
舞台DVD
2021年9月24日発売！
▼予約受付中▼
冬発売!!!!!!!!

ついに父との対決へ――
兄弟《ふたり》なら無敵！
にぃに、おかえり！
白豚貴族ですが前世の記憶が生えたのでひよこな弟育てます
やしろ
illust. keepout
VI
2021年

NOVEL
「お姉ちゃんポジション」を
盤石にするため、
挑むは波乱の……
全学舞踏会!?
フィルといたいだけなんだけど…
僕のお姉ちゃんに触るな…!
破滅回避をかけた——
愛する弟《フィル》との
学園生活が始まる!
やり直し
悪役令嬢は、
幼い弟（天使）を溺愛します2
［著］軽井広
［イラスト］さくらしおり
2021年夏発売予定!

COMIC
えっと……
クレアお姉ちゃん
2021年秋、
コミカライズ始動！
か、可愛い……
Comicコロナ
にてお楽しみに！
[漫画]馬場彩玖
[原作]軽井 広
[キャラクター原案]さくらしおり

シオン・ソール・サンクランドが
若くして、死ぬ。
…って、
そうは
させませんわ！

当然、相棒は救いますよ！
次は海の幸を食べられるんですか⁉
運命の相手《エルフ》、
錬金術《新・趣味》、好敵手《ライバル》——
コミカライズ企画進行中!!

それどころじゃないだろ……
様々な出会いの待つ
第2巻へ！
最新刊予約は
こちらから
書き下ろし特典SS付き！
2021年6月19日発売決定！
水属性の魔法使い
第一部　中央諸国編Ⅱ

白豚貴族ですが前世の記憶が生えたので
ひよこな弟育てますV

2021年7月1日　第1刷発行

著　者　やしろ

発行者　本田武市

発行所　TOブックス
〒150-0002
東京都渋谷区渋谷三丁目1番1号　PMO渋谷Ⅱ　11階
TEL 0120-933-772（営業フリーダイヤル）
FAX 050-3156-0508
ホームページ　http://www.tobooks.jp
メール　info@tobooks.jp

印刷・製本　中央精版印刷株式会社

ISBN978-4-86699-231-0